中國語言文字研究輯刊

二二編

許學仁 主編

第 3 冊

漢語顏色詞的生成與發展
——以重疊式顏色詞為中心（上）

沈相淳 著

花木蘭文化事業有限公司

國家圖書館出版品預行編目資料

漢語顏色詞的生成與發展——以重疊式顏色詞為中心（上）
／沈相淳 著 -- 初版 -- 新北市：花木蘭文化事業有限公司，
2022〔民 111〕
目 4+184 面；21×29.7 公分
（中國語言文字研究輯刊 二二編；第 3 冊）
ISBN 978-986-518-829-0（精裝）
1.CST：漢語 2.CST：顏色 3.CST：詞彙 4.CST：歷史
802.08   110022440

中國語言文字研究輯刊
二二編　　第三冊　　　　　　ISBN：978-986-518-829-0

漢語顏色詞的生成與發展
──以重疊式顏色詞為中心（上）

作　　者　沈相淳
主　　編　許學仁
總 編 輯　杜潔祥
副總編輯　楊嘉樂
編輯主任　許郁翎
編　　輯　張雅淋、潘玟靜、劉子瑄　美術編輯　陳逸婷
出　　版　花木蘭文化事業有限公司
發 行 人　高小娟
聯絡地址　235 新北市中和區中安街七二號十三樓
　　　　　電話：02-2923-1455／傳真：02-2923-1452
網　　址　http://www.huamulan.tw 信箱 service@huamulans.com
印　　刷　普羅文化出版廣告事業
初　　版　2022 年 3 月
定　　價　二二編 28 冊（精裝）　台幣 92,000 元

漢語顏色詞的生成與發展
——以重疊式顏色詞為中心（上）

沈相淳　著

作者簡介

沈相淳，韓國忠清南道天安市人。韓國順天鄉大學和南首爾大學講師。1995 年考入韓國培材大學中國學系；2007 年獲韓國順天鄉大學中國語教育學碩士學位；2013 ～ 2017 年在中國南開大學文學院攻讀博士並獲得博士學位。曾受聘為中國天津外國語大學濱海外事學院韓語系外教。主要研究領域為歷史語言學、應用語言學、漢語詞彙、語義語法學。博士在學期間發表《漢語顏色詞「白」的生成與發展初探》、《漢語顏色詞的詞彙生動化及其功能》和《從鏡象機制角度看的漢語造詞法——以感覺詞為中心》。

提　要

　　本文是關於漢語重疊式顏色詞的生成與發展的研究，以西周至晚清不同歷史時段代表性文獻為語料，採用語音、語義、語法、句法、語用五個平面相結合，共時與歷時相結合，句法場分析、統計分析與全面描寫相結合等研究方法，對漢語重疊式顏色詞的生成與發展進行了系統的研究，考察了漢語雙音顏色詞與重疊式顏色詞的有機關係、漢語顏色詞的原生重疊與後生重疊的有機關係、漢語重疊式顏色詞的產生路徑、漢語重疊式顏色詞的生成與發展的動因，探討了漢語重疊式顏色詞的生成與發展的機制，尋求了漢語重疊式顏色詞生成與發展的規律，描寫了漢語重疊式顏色詞的生成與發展的共時狀況與歷時面貌。

　　本文的研究意義與價值在於，釐清了眾多有關顏色詞重疊式的來龍去脈，以有助於全面認識理解漢語重疊式顏色詞的演化脈絡。在前賢的豐碩成果的基礎上，我們能夠發現漢語顏色詞的演變現象，即句法結構的詞彙化、音節的複音化、實詞的語法化和詞彙的生動化，受益匪淺。此外，重疊式顏色詞中的方言口語音變給我們很好地說明詞彙擴散的動態現象，即 ABB 式轉化為 ABC 式的形態變化反映詞彙擴散過程。在不同語境裏不斷產生和變化的語境義與由此伴隨的結構變化呈現顏色詞的演變產生了一個語言的複雜適應系統。

目次

第一章　緒　論

第一節　顏色詞的定義及其特徵

在概念上，顏色與顏色詞有區別，但它們之間有直接關係。顏色是產生語言之前已存在的視覺特徵，顏色詞是描述色彩現象的詞，故此，想要瞭解顏色詞，首先有必要瞭解顏色概念及其基本屬性。

一、顏色概念與顏色詞的關係

通過在日常生活中的經驗，我們知道，因為有光，才能看到各種物體所呈現的顏色。顏色是在光源、物體、眼睛和大腦的相互作用下產生的視覺特徵。

首先，在產生顏色的要素中，光源的輻射和物體的反射屬於物理學範圍。現代物理學詮釋：「光是一種電磁波，只有波長在 380～780 納米之間的電磁波才能引起人的色知覺。」[註1] 在這段波長範圍內，人的眼睛能感知到「紅」「橙」「黃」「綠」短。這意味著人眼感知到的顏色可以用波長來描述。除了波長之外，描述光源的要素還有光強和色溫。前者是指光源的亮度，後者是

〔註1〕葉經文主編《色彩構成》（2014 重印），北京：清華大學出版社，2010 年 9 月第 1 版，11 頁。

指「以溫度的數值來表示光源顏色的徵。」「色溫用絕對溫度『K』表示。」〔註2〕例如：

表 1.1 光源色溫（李鵬程、王輝，2003）

光　　源	色　　溫
晴天室外光	13000
全陰天室外光	6500
45°斜射日光	4800
晝光色、熒光燈	6500

從上面的表 1.1 中可以看出，顏色既可以表示物理現象，又可以表示心理現象。

從認知心理學的觀點看，在漢語中，冷色、暖色、春色、冬色、亮色、暮色、火紅、雪白等這些顏色詞都是人類心理反映的語言產物。

其次，眼睛與大腦屬於生理和認知心理學範疇。光進入眼睛後傳遞給神經系統，經過大腦的加工和處理，最終產生顏色的感覺。在這裡，「光通過角膜、瞳孔、水晶體、玻璃體（虹膜）等，最後在視網膜上成像。」〔註3〕這樣一個視覺的印象存儲在記憶中，以產生顏色概念，並在沒有光照的環境中也可以讓人聯想到其印象。從這一點看，人的生理機制是認知心理現象的前提條件，心理現象是在人的感覺器官和大腦的功能與客觀世界的互動下產生的映象或鏡象。上面的表 1.1 告訴我們，視覺的溫覺化（觸覺化），即色彩現象的溫度化就是心理活動的一種反映，通感。對「通感」，請參見第六章第五章「表示通感的新質要素的湧現」。基於心理活動的顏色形象又表現為「聯想」。「『聯想』，心理學界定為『由當前感知的事物回憶起有關的另一件事物，或由想起的一件事物又想起另一件事物。』」〔註4〕例如，紅色→火→火紅→熱→熱情；走紅→受歡迎；白色→白雪→雪白；黃色→黃金→金黃……。

從這三點看，可以給「顏色」和「顏色詞」下這樣一個定義：顏色是光源或物體的反射光進入眼睛後經過大腦產生的視覺印象。顏色感知又包含著生理

〔註2〕李鵬程、王輝編著《色彩構成》，上海：上海人民美術出版社，2003 年 8 月第一版，17 頁。
〔註3〕葉鴻盤編著《顏色科學》，輕工業出版社，1988 年 8 月第一版，19～20 頁。
〔註4〕楊振蘭《現代漢語詞彩學》，山東大學出版社，1996 年 6 月第 1 版（1997 重印），95 頁。

和心理反應的綜合效應。顏色詞是顏色概念的存在形式，是描述各種色彩現象的詞。顏色詞包含著顏色的物理屬性和人們對顏色的心理感受。

二、顏色三屬性與顏色詞的特徵

　　客觀世界存在著無數種顏色，「通常一個正常人可以分辨一百三十到二百多種不同顏色。」〔註5〕這樣人眼對顏色的高分辨能力是經過長時間的經驗積累來形成的，這裡反映著顏色基本屬性的變化。按照色彩學理論，顏色具有色相、亮度、彩度等三個基本屬性，從下面的圖 1.1 中可以看出，這些顏色屬性也帶有運動性。

圖 1.1　色立體模型示意圖〔註6〕

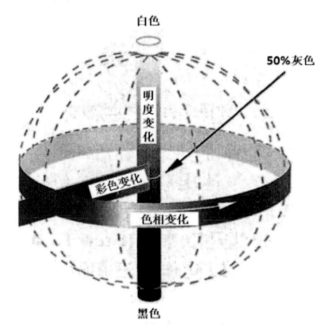

　　首先，就顏色三屬性而言，色相（色調）表示顏色的相貌；亮度（明度）表示顏色的明暗程度；彩度（飽和度）表示顏色的鮮豔程度。在顏色分類上，顏色可分為有彩色和無彩色：紅、橙、黃、綠、藍、紫等顏色屬於前者；白、灰、黑等顏色屬於後者。從亮度上看，白色亮度最高，黑色亮度最低。物體表面光反射率越大，顏色的亮度越高。反過來講，物體的光吸收率越大，顏色的亮度越低。從彩度上看，紅色是鮮豔度最高的色調，在視覺上顯著效應也最高。

〔註5〕〔美〕卡洛琳・M・布魯墨著，張功鈴譯《色覺原理》，1987 年 8 月第一版，118 頁。
〔註6〕資料來源於葉經文主編《色彩構成》（2014.2 重印），北京：清華大學出版社，2010年 9 月第 1 版，25 頁。

在這裡,需要注意的是任何色調都具有一定程度的亮度和彩度。其次,就色彩現象的特徵而言,自然界中的色彩現象隨著環境的變化而變化,感覺上顏色三屬性也具有相對性和可變性。例如,大自然中普遍存在的色調推移、亮度推移和彩度推移現象也是如此。從色彩現象的連續線上看,各種顏色的界線之間存在著模糊性。因此,這些特點可以帶來不同的顏色表現力,即語言表達的主觀性。

從這兩點看,顏色詞的特徵有一下幾點:一是顏色詞反映具體事物的顏色屬性,即顏色詞的依附性和具象性。如,棗紅、鵝黃、草綠、月白、漆黑、檸檬黃、石榴紅,等等。二是顏色詞對帶有不同顏色的具體事物具有區別性和描繪性。三是從歷史上看,顏色詞具有按照一定的規律進行的漸變結構形式。如,白→白雪→雪白→白雪雪→雪雪白→雪白雪白;黑→黑漆→漆黑→黑漆漆→漆黑漆黑。四是顏色詞可以表達顏色的濃度、亮度、鮮豔度和清晰度。如,深綠、淺綠、淡綠、大紅、豔紅、鮮紅、雪白、暗黑、白燦燦、黃閃閃、紅焰焰、紅灼灼、白茫茫、青歷歷、黑糊糊,等等。五是在語義上,顏色詞具有模糊性。在不同的語境中,古代漢語「青」可以表示「綠」「藍」「黑」的意義。如,「綠水:碧水」「青天:藍天」「綠鬢:黑鬢」「青眉:黛眉」等等。

第二節　研究綜述

一、國內顏色詞研究現況

(一)顏色詞的來源及其發展演變研究

胡樸安(1941)[註7],從文字學上考擦了上古漢語五色字的產生與發展情況。據他的考察,五色字的產生具有不同的來源:「白為人面之色,赤為火光之色,黃為地氣之色,黑為灰炱之色,青為草木葉之色。」這表明,上古漢語五色字的產生與客觀世界存在的具體事物有密切關係,即它們都是來源於具有顏色屬性的某種具體事物的。他認為,對某種事物具有的顏色屬性的變色能力帶來了染色技術的發展。結果,產生了大量的色名字,進而對上古漢

〔註7〕 胡樸安《從文字學上考見古代辨色本能與染色技術》,學林第九輯,1941 年 7 月,53～67 頁(載於胡樸安《從文字學上考見中國古代之聲韻與言語》附錄,龍門書店,1969 年 10 月,69～83 頁)。

語單音節顏色詞的大量滋生起了積極作用。他的考察，讓我們瞭解上古漢語顏色詞是由特指事物的顏色現象分化出來的。胡先生從對《說文》中的兩種白色的詳細分析，還注意到古人通過辨色本能給每一事物命名，「白」和事物間存在比擬關係。譬如，「皎，月之白也。曉，日之白也。皙，人色白也。皚，霜雪之白也。皦，玉石之白也。」由此可見，他已經洞見了古代漢語顏色詞的初步階段的發展趨勢。這為後人對色物詞和物色詞的生成與發展進行研究提供了豐富的材料。姚小平（1988）〔註8〕，通過自殷代至清末漢語基本顏色詞的演變史得出結論：「一是柏林（Brent Berlin）和凱（Paul Kay）把現代漢語看做第五階段語言，這與事實不符。」他指出了已使用了千百年的『紫』和『灰』應該包在現代漢語基本顏色詞的範疇內。「二是殷商時代的漢語基本顏色詞系統與普遍發生順序的第四階段相合，即『黑』『紅』『黃』『綠』。現代漢語的基本顏色詞系統與該順序的第期階段相合，但殷商以後至唐代的演變事實與該順序斷定的結果不符。」這證明歷時和共時相結合的語言研究可以得出更為確切的結論。張清常（1991）〔註9〕，對古代卜辭金文、《爾雅》、《說文》等材料進行考察，詳細闡釋了漢語顏色詞的起源與發展過程，並指出了古人的顏色詞是「近取者身，遠取者物」，從實體出發，逐漸才達到抽象的。由此進而，李紅印（2007）〔註10〕認為漢民族色彩認知機制的發展大致是有先後順序的；變色活動→指色活動→描色活動。趙曉馳（2010）〔註11〕，對隋前漢語顏色詞場的歷史演變做研究，並描寫這一時期漢語顏色詞的語義聚合和組合關係，為建立完整的漢語顏色詞發展歷史提供了基礎。郭順、喻志勇（2014），《古代漢語單音節顏色詞發展的基本途徑》一文得出結論：「漢語顏色詞是按照色物詞→物色詞→表色詞的演變順序發展而來的。」〔註12〕他們認為，該途徑是漢民族「整體把握，取象類比」思維方式的直接實現。

〔註8〕姚小平《基本顏色詞理論述評——兼論漢語顏色詞的演變史》，《外語教學與研究》，1988 年第一期（總第 73 期），19〜28 頁、80 頁。

〔註9〕張清常《漢語顏色詞大綱》，《語言教學與研究》，1991 年第三期，63〜80 頁。

〔註10〕李紅印《現代漢語顏色詞語義分析》，北京：商務印書館，2007 年 12 月第 1 版，76〜77 頁。

〔註11〕趙曉馳《隋前漢語顏色詞研究》，蘇州大學博士學位論文，2010 年。

〔註12〕郭順、喻志勇《古代漢語單音節顏色詞發展的基本途徑》，《普洱學院學報》，2014 年 2 月第 30 卷第 1 期，95〜97 頁。

（二）顏色詞詞彙、語義、語法、語用研究

1. 基本顏色詞研究

姚小平（1988）〔註13〕，「確定漢語基本顏色詞，以柏林和凱提出的單語素、抽象性、代表性等標準為據。按照對漢語基本顏色詞的演變進行探索的結果：漢晉南北朝的基本顏色詞是黑、白、赤、青（綠／藍）、紫、紅（粉紅）、灰；唐宋至近代的基本顏色詞是黑、白、紅、黃、青（綠／藍）、綠、藍、紫、灰、褐；現代漢語的基本顏色詞是黑、白、紅、黃、綠、藍、紫、灰、棕、褐（棕）、橙十一個。」這裡可以值得關注的是兩點：一是漢晉南北朝是由「紅」開始取代「赤」的過渡期，唐代是由「紅」完全取代「赤」的時期。二是唐宋至近代「青」和「綠」扔並存，到現代由「綠」完全取代「青」。劉丹青（1990），以現代漢語顏色詞驗證柏林（Brent Berlin）和凱（Paul Kay）提出的顏色理論。從詞形、語義、派生義項、能產性、詞性、形態等方面來分析了現代漢語的基本顏色詞及其序列，說明了該理論基本上能解釋漢語，認為現代漢語的基本顏色詞是：「白、黑、紅、黃、綠、藍、灰、紫」八個。〔註14〕按照研究，基本顏色詞序列不僅具有柏林和凱看到的跨語言意義和歷時意義，還具有同一語言內部的共時意義。劉雲泉（1990）認為，現代漢語的基本顏色詞是：「紅、黃、青。綠、白、藍、黑、灰、紫、褐」十個。按照他確定基本顏色詞的標準有兩個：「一是這些基本顏色詞不是專指某種個別的顏色，而是表示概括的類別意義。」「二是基本色彩詞具有能產性，在色彩詞系統中形成一個子集合。」〔註15〕葉軍（2001）認為，現代漢語的基本色彩詞是：「白、黑、紅、黃、藍、綠、紫、灰」八個。前五個色彩詞屬於純色基本色彩詞，後三個色彩詞屬於混合基本色彩詞。〔註16〕李紅印（2007）認為，現代漢語的基本顏色詞有八個，它們是：「紅、白、黃、綠、藍、紫、灰。」〔註17〕他除了柏林和凱提出的確定基本顏色詞的四條標準，即「單語素、有獨立的顏色義、不限於指某一類事

〔註13〕參見姚小平《基本顏色詞理論述評——兼論漢語顏色詞的演變史》，19〜28 頁。
〔註14〕劉丹青《現代漢語基本顏色詞的數量及序列》，《南京大學學報》（社會科學版），1990 年第 3 期，77〜80 頁。
〔註15〕劉雲泉《語言的色彩美》，安徽教育出版社，1990 年 4 月第 1 版，148〜149 頁。
〔註16〕葉軍《現代漢語色彩詞研究》，內蒙古人民出版社，2001 年 12 月第一版，43〜44 頁。
〔註17〕李紅印《現代漢語顏色詞語義分析》，北京：商務印書館，2007 年 12 月第 1 版，48〜49 頁。

物、心理上具有顯著性和穩定性」〔註18〕等以外，還考慮了顏色詞的歷史發展、使用頻率和構詞能力等因素。

2. 顏色詞中的色物詞與物色詞研究

葉軍（2002），在《談色彩詞中的特殊成員：物色詞》中指出：「『物色詞』是色彩詞中極為重要的成員，它獨特的形成過程和特殊的結構形式客觀上使人們用語言符號記錄和總結複雜色彩經驗的行為便得直觀、形象和便捷，並最終使其成為色彩詞隨機造詞活動中的高產類型。」〔註19〕葉軍（2007），在上文章的續篇中揭示：「『借物表色』的方式作為漢民族表達色彩的一種習慣在上古即已有之，只是囿於詞形的束縛而表現得甚為隱蔽。一旦詞形的束縛被打破，亦即漢語詞彙開始走上複音化道路，『借物表色』的方式就會由一種隱蔽的『思維習慣』物化為一種具體的語言習慣，進而成為色彩詞造詞活動中極富活力的重要方式之一。」〔註20〕這兩個研究給我們提示「色物詞」的詞彙生動化方式。趙曉馳（2013），通過上古漢語「表某物之某色的形容詞」與「表某色之某物的名詞」〔註21〕的用例來詳細闡釋了將名物義和顏色義分析出來的過程。她注意到上古漢語名物義與顏色義常綜合於一個單音詞中，『名物義』是從表某物之某色的形容詞分析出來的，『顏色義』是從表某色之某物的名詞分析出來的。例如，鬒（表頭髮的黑色）、酡（表示飲酒朱顏貌）、皎（表示月亮的潔白明亮）、皚（表示雪霜之白）、騮（赤騮）、丹（丹砂）。這兩類演變顯示名物義與顏色義從隱蔽性到顯著性的表義演變過程。

3. 漢語顏色詞語義學研究

符淮青（1983），揭示了語素「紅」的結合情況。〔註22〕他的後續研究（1988、1989），對漢語中紅色範疇顏色詞群做了考察，發現古代漢語和現代漢語紅色

〔註18〕轉引自姚小平《基本顏色詞理論述評——兼論漢語顏色詞的演變史》，《外語教學與研究》，第一期（總第73期）。21頁。

〔註19〕葉軍《談色彩詞中的特殊成員：物色詞》，《內蒙古師範大學學報》（哲學社會科學版），2002年10月第31卷第5期，29頁。

〔註20〕葉軍《再議「物色詞」——從上古「白」色詞群談起》，《漢字文化》（語言文字學術研究），2007年第4期（總第78期），58頁。

〔註21〕趙曉馳《試論漢語顏色義和名物義從綜合到分析的演變》，《語言研究》，2013年4月第33卷第2期，104～108頁。

〔註22〕參見符淮青《語素「紅」的結合能力分析》，《語文研究》，1983年第2期（總第7期），57～64頁。

範疇顏色詞群中的構成、意義內容、意義關係、語法性質等等，都有明顯的差異。研究顯示「紅」顏色詞群的意義區別在於顏色、亮度、濃度和色彩純度等因素。〔註23〕〔註24〕李紅印（2003）〔註25〕，對現代漢語顏色詞的系統性做了分析，提出了現代漢語顏色詞是一個由「辨色詞」「指色詞」和「描色詞」三類顏色詞組成的詞彙系統。李紅印（2007）〔註26〕，又運用詞彙語義學理論和方法，對漢語顏色詞詞彙集合進行了聚合和組合方面的語義分析，對現代漢語顏色詞詞彙系統進行了一次「完整」的語義分析。解海江、章黎平（2004）〔註27〕，運用結構主義語言學和認知語言學理論相結合的研究觀念來對漢英語顏色詞進行了對比研究。值得關注的是通過顏色語義場來揭示了漢語顏色詞群中存在的細微的意義差異。

4. 漢語顏色詞語義模糊性研究

吳玉璋（1988），在伍鐵平（1986）〔註28〕研究的基礎上，從歷時和共時的角度來討論了顏色詞的模糊性，並說明了這種現象產生的原因。在文章中指出了其原因主要有四點：「其一，世界上的可辨色彩頗多，反而自然語言中的顏色詞卻是有限的。因此，出現一個顏色詞表示多種色彩的現象，這種語言現象對顏色詞的表達帶來模糊性。其二，自然界中，有些顏色本身就是模糊不清的，用肉眼無法辨認，因此，對於同一種顏色，不同的人有不同的認識和感受。其三，顏色詞的模糊性常常來源於它所表示的物體顏色的複雜性。其四，各民族的生活習慣和社會風俗是產生顏色詞模糊性的原因。」〔註29〕張清常（1991）〔註30〕，拿漢語顏色詞「青」來涉及了對其顏色詞的模糊性怎麼理解，即「青」

〔註23〕參見符淮青《漢語表「紅」的顏色詞群分析（上）》，《語文研究》，1988 年第 8 期（總第 28 期），28～35 頁。

〔註24〕參見符淮青《漢語表「紅」的顏色詞群分析（下）》，《語文研究》，1989 年第 1 期（總第 30 期），39～46 頁。

〔註25〕參見李紅印《顏色詞的收詞、釋義和詞性標注》，《語言文字應用》，2003 年 5 月第 2 期，90～97 頁。

〔註26〕參看李紅印《現代漢語顏色詞語義分析》，北京：商務印書館，2007 年 12 月第 1 版。

〔註27〕參見解海江、章黎平《漢英語顏色詞對比研究》，上海：上海辭書出版社，2004 年 12 月第 1 版。

〔註28〕參見伍鐵平《論顏色詞及其模糊性質》，《語言教學與研究》，1986 年第 2 期，88～105 頁。

〔註29〕吳玉璋《從歷時和共時對比的角度看顏色詞的模糊性》，《外國語》（上海外國語學院學報），1988 年第 5 期（總第 57 期），39～43 頁。

〔註30〕張清常《漢語的顏色調（大綱）》，《語言教學與研究》，1991 年第 3 期，63～80 頁。

就兼指藍、綠、黑三色,「青」到底是很麼顏色。葉軍（2001）認為,產生顏色詞模糊性的原因主要有三點:「一是色彩本身的模糊性顯然是導致色彩詞模糊性的根源。二是人類認識色彩的能力與語言『經濟原則』之間的矛盾,造成了色彩詞的模糊性。三是色彩現象的複雜性加劇了色彩詞的模糊性。」〔註31〕這是和吳玉璋（1988）的觀點基本一致的。范曉民、崔鳳娟（2007）,「從認知範疇的模糊性出發,闡釋了顏色詞的模糊性,並通過對隱喻和轉喻兩種重要認知模式的論述,展現了顏色詞的多義現象產生的根源。」〔註32〕

5. 漢語顏色詞文化意義研究

于逢春（2000）〔註33〕,在《論民族文化對顏色詞的創造及其意義的影響》一文中,指出了顏色詞的三種人文性:一是社會生活和生產實踐決定顏色詞的喻體取向,即借物呈色的方法創造了首批顏色詞。二是原始宗教對顏色詞豐富聯想性和使用高頻性的影響很大。三是古代的五德終始說,為古人尚色觀的形成提供了理論的依據。潘峰（2011、2012）認為,漢語顏色詞兩極性語義是一種非色彩義的「文化義」。他在《論漢語顏色詞兩極性語義的認知》一文中得出結論:「漢民族尊正賤間、天人合一、趨吉避害、尚神信教的心理認知,服色定貴賤、尚色顯尊卑的本土傳統文化的認知和現代外來文化的認知,共同觀照構成了漢語顏色詞兩極性語義。漢語顏色詞兩極性語義也有的是由比喻、借代、象徵等修辭認知的結果。」〔註34〕

6. 其　他

劉雲泉（1990）〔註35〕,對漢語顏色詞的語義和結構的產生、發展做了歷史的、全面的、系統的考察和研究。葉軍（2001）〔註36〕,對各類顏色詞的性質、

〔註31〕葉軍《現代漢語色彩詞研究》,內蒙古人民出版社,2001 年 12 月第一版,110～111 頁。

〔註32〕范曉民、崔鳳娟《顏色詞的認知研究》,《大連海事大學學報》（社會科學版）,2007 年 12 月第 6 卷第 6 期,175～177 頁。

〔註33〕于逢春《論民族文化對顏色詞的創造及其意義的影響》,《吉林大學社會科學學報》,200 年 9 月第 5 期,90～94 頁。

〔註34〕潘峰《論漢語顏色詞兩極性語義的認知》,《黃岡師範學院學報》,2011 年 10 月第 31 卷第 5 期,42～45 頁;潘峰《論漢語顏色詞兩極性語義》,《湖北社會科學》,2012 年第 8 期,141～143 頁。

〔註35〕劉雲泉《語言的色彩美》,安徽教育出版社,1990 年 4 月第 1 版,7～221 頁。

〔註36〕葉軍《現代漢語色彩詞研究》,內蒙古人民出版社,2001 年 12 月第一版,序 2 頁、29

特點以及其形成、結構和語用等情況，做了全面深入的研究和分析，認為顏色詞是語言詞彙系統中的一個子系統。加曉昕（2014）〔註37〕，運用「三角理論」和「句管控理論」，從詞彙、語義、語法、語用等方面來對色彩詞進行了立體研究。唐甜甜（2014）〔註38〕，以紅、黃、綠、藍、紫、灰、褐、黑、白9個色係顏色詞，對其使用頻率、構詞特點、詞義特點、句法特點、著色域進行了細緻的考察。應用計量統計的方法來展示了《金瓶梅詞話》的顏色詞系統以及單個形容詞的所有特點。

二、國外顏色詞研究現況

김성대（韓國，Kim Seongda，1979）〔註39〕，在《韓國語顏色詞場——以朝鮮時代為中心》一文中，將朝鮮時代劃分為朝鮮前期與朝鮮後期，立足於詞彙場理論，對朝鮮時代顏色詞的語義關係做了分析，然後在此基礎上，建立了初步階段的朝鮮語顏色詞場模式。這篇文章雖然不是與漢語顏色詞研究有關係的，但在顏色詞場研究方面可以值得參考。金福年（韓國，2001）〔註40〕，對現代漢語顏色詞形象色彩的形成與其特點進行了考察，發現現代漢語顏色詞通過「造詞法」、「構詞法」、「構形法」等的語言手段來形成了形象色彩。其中，比擬式造詞法和重疊式構詞法帶有最突出的形象色彩。她還注意到在對詞彙結構進行考察時，只有做全方位的考察，才能理解其詞的真相。因為詞彙構成方式不是就有一種，而是具有多種。鄭鎮椌（韓國，2009）〔註41〕，在《色彩詞所投影的象徵義演變考察——以漢語色彩詞「白」和「黑」為對象》一文中，對古文獻中的典型顏色詞的用例做了分析，然後考察了無彩色象徵義的演變過程。具敬淑（韓國，2010）〔註42〕，從顏色詞素的搭配對

～137頁、166～209頁。

〔註37〕參見加曉昕《現代漢語色彩詞立體研究》，成都：四川科學技術出版社，2014年1月第一版。

〔註38〕參見唐甜甜《〈金瓶梅詞話〉顏色詞計量研究》，蘇州大學博士學位論文，2014年。

〔註39〕參見김성대（Kim Seongdae）《우리말 색채어 낱말밭——조선시대를 중심으로》，《한글》，1979年第164号，87～119頁。

〔註40〕參見김복년《현대 중국어 색채어의 形象色彩 형성 특징 고찰》，《中国研究》，2001年第28卷，35～44頁。

〔註41〕參見鄭鎮椌《색채어에 투영된 상징의미 변천 考——중국어의 흰색（白）과 검정색（黑）을 중심으로》，《中國語文論譯叢刊》，2009年第22輯，3～20頁。

〔註42〕參見具敬淑《漢語顏色詞的意義分析》，《中國語文論集》，2010年第64號，143～

象、色彩屬性（濃度、亮度、色調）和表達色彩（形象色彩、評價色彩、語體色彩、外來色彩、方言色彩、風格色彩等）的因素等方面來考察了現代漢語顏色詞的意義內容。周郁華（2011）〔註43〕，《漢語顏色詞文化蘊涵試探》，從顏色詞觀念形成的文化背景、顏色詞的文化含義等方面來觀察漢語顏色詞義的形成、發展、演變，以進一步對漢民族尚色觀念的文化內涵做全面的探討分析，揭示了漢語詞彙系統內在的本質意義和特性。

第三節　選題意義及研究目標

語言是一個系統，從整個詞彙系統來看，顏色詞是作為詞彙系統中的一個子系統。顏色詞是語言中描述色彩的單詞，最能表現一個民族對於自然界的認知特點和歷史傳承的文化內涵。對漢語顏色詞的歷史發展進行全面的考察和分析研究，可以豐富對於漢語和中國文化的理解。選題意義在於這裡。

向熹（2013）說：「研究漢語史，就要弄清漢語在不同歷史時期語音、詞彙、語法的基本面貌，瞭解漢語在不同歷史時期的發展變化，探索這些發展變化的特點和原因，揭示出發展的內部規律。漢語史就是研究漢語發展規律的歷史。」〔註44〕目前，學術界對於漢語顏色詞的研究取得了豐碩的成果。但是，總的來看，以往的研究，大多數偏重於上古和現代漢語顏色詞研究，中古和近代這兩段時期的研究比較薄弱。因此，本文擬在彌補這一空白的同時，立足於語言事實，從上古直到近古，在文獻中搜集顏色詞語料來建立句法場，以把握漢語顏色詞歷史發展的一個全面的輪廓。進而從中探索複音節顏色詞的產生渠道及其規律。而且尋找重疊式顏色詞的構詞和構形成分，將原生重疊和後生重疊的關係分析清楚。這樣，從歷時層面上上掛下聯，本研究不但可以弄清漢語顏色詞從古至今的發展脈絡，而且可以總結其發展變化的規律。

---

164 頁。

〔註43〕參見周郁華《漢語顏色詞文化蘊涵試探》，《中國文學論集》，2011 年第 66 號，217～248 頁。

〔註44〕向熹《簡明漢語史（上）》（修訂本），北京：商務印書館，2010 年 5 月第 1 版（2013 重印），1 頁。

第四節　研究範圍與方法

一、研究範圍

（一）研究對象

本文以漢語五色範疇的 AA、ABB、BBA、AABB、BABA 式顏色詞為主要研究對象。為了便於把握這些重疊式顏色詞的發展脈絡，AB、BA 式雙音節顏色詞也包括在內。既研究 AB、BA 式雙音節顏色詞的類別、組合成分、結構變化，又研究重疊形式顏色詞的產生路徑、構成成分、重疊方式、語義變化、語法意義、語音變化、結構變化和句法功能。注重於原生重疊 AA 式顏色詞和 AB、BA 式顏色詞與後生重疊 ABB、BBA、AABB、BABA 式顏色詞的歷史繼承關係。

（二）分期與語料〔註45〕

王力（1980：32）說：「談歷史不能不談分期。分期的作用，是使歷史發展的線索更分明，是使歷史上每一個大關鍵更加突出，因而使讀歷史的人們更能深刻地認識歷史的面貌。」〔註46〕因為漢語顏色詞的歷時研究是屬於歷史範疇的對象，所以對此的分期也是很重要的。本文根據漢語複音節五色範疇顏色詞的發展變化的特點，將其歷史發展階段分為上古時期、中古時期、近古時期三個階段。西周至兩漢屬於上古時期，魏晉南北朝至唐代屬於中古時期，唐五代屬於從中古進入到近古的過渡時期，宋代至晚清屬於近古時期。

1. 上古漢語複音節五色範疇顏色詞的分期與語料

上古時期是 AB、BA、AA、ABB、AABB 式顏色詞的產生階段。從類別上看，「狀態＋顏色」「顏色＋狀態」「顏色＋事物」「事物＋顏色」「顏色 1＋顏色 2」等組屬於 AB、BA 式顏色詞；「顏色語素的重疊」組屬於 AA 式顏色詞；「顏色＋非顏色語素的重疊」組屬於 ABB 式顏色詞；「狀態詞的重疊＋顏色語素的重疊」組屬於 AABB 式顏色詞。從認知心理上看，辨色顏色詞、指

〔註45〕語料來源於教育部語言文字應用研究所計算語言學研究室開發的語料庫在線、北京大學中國語言學研究中心開發的北京大學 CCL 語料庫、中央研究院古漢語語料庫的中央研究院近代漢語語料庫、搜韻詩詞庫。

〔註46〕轉引自方一新《中古近代漢語詞彙學（上篇）》，北京：商務印書館，2010 年 11 月第 1 版，7 頁。

稱顏色詞和描色顏色詞都具備，即表示顏色屬性的複音節顏色詞已存在。從數量上看，以 AB、BA 式顏色詞為主流，AA 式顏色詞共有 5 例，ABB 式顏色詞共有 1 例，AABB 式顏色詞共有 1 例。值得關注的是在這一時期大量出現的非顏色語素的 AA 式重疊詞和雙聲疊韻的連綿詞成為中古 ABB、BBA、ABC式顏色詞的主要成分。

　　本文主要以《山海經》《尚書》《詩經》《周易》《楚辭》《兵法》《公羊傳》《穀梁傳》《論語》《孟子》《左傳》《呂氏春秋》《周禮》《禮記》《國語》《荀子》《莊子》《逸周書》《漢書》《淮南子》《論衡》《戰國策》《爾雅》《風俗通義》《史記》等文獻為研究上古漢語複音節五色範疇顏色詞的語料。

2. 中古漢語複音節五色範疇顏色詞的分期與語料

　　中古時期，是 AB、BA、ABB、BBA、AABB 式顏色詞的第一湧現﹝註 47﹞時期。「狀態＋顏色」「顏色＋狀態」「顏色＋事物」「事物＋顏色」「顏色 1＋顏色 2」「顏色 1＋顏色 2＋色」「顏色／事物＋色」組、顏色語素的 AA 式重疊詞和非顏色語素的 AA 式重疊詞裏新舊的語言要素並存。表示顏色屬性的新質要素、表示通感的新質要素、新生顏色語素的 AA 式重疊詞和新生非顏色語素的 AA 式重疊詞使中古漢語複音節顏色詞更為豐富多彩。到了唐代，上古的非顏色語素的 AA 式重疊詞成為以顏色語素為核心的 ABB、BBA 式顏色詞的重要要素。上古的顏色語素的 AA 式重疊詞也成為 AABB 式顏色詞的主要成員。在中古時期，新產生的非顏色語素的 AA 式重疊詞和顏色語素的AA 式重疊詞促進了 ABB、BBA、AABB 式顏色詞的形成與發展。在內部結構上，並列式 ABB 式顏色詞變為附加式 ABB 式顏色詞的過度 ABB 式顏色詞佔優勢。附加式 ABB 式顏色詞和音綴式 ABB 式顏色詞也同時存在。在唐五代，作謂語的「ABB＋地」結構出現，以 ABB 式顏色詞的外部結構開始變化。就 AABB 式顏色詞而言，並列式 AABB 式顏色詞佔優勢。在這一時期，作謂語的 AABB 式顏色詞後附結構助詞「底」（結構助詞「的」的前身）的語言現象出現，即 AABB 式顏色詞的外部結構變化。少數「顏色＋狀態」組的

﹝註 47﹞在《漢語大詞典》（漢語大詞典出版社，1997 年 4 月第一版，縮印本，中卷，3281頁。）中，「湧現」解釋為人或事物在同一時期大量出現；突然出現。因為本人在建立顏色詞句法場的過程中發現中古時期與上古時期相比新類型的顏色詞大量出現，所以本文將「湧現」解釋為大量出現的意思。

AB 式顏色詞重疊為擴展式 ABB 式顏色詞。在這一過程中，複音節顏色詞的類別範疇也有了變化。在語義上，隨著複音節顏色詞所指的對象的變化而其語義也發生了變化。在詞的語體風格上，口語性比較濃厚的語言成分也出現。可以看出，漢語複音節顏色詞的大量積累帶來了其質變，以促使了漢語顏色詞的系統走向更為精密和完善的發展趨勢。

本文以《抱朴子》《北史》《宋書》《文選》《樂府詩集》《玉臺新詠》《全唐詩》《朝野僉載》《敦煌變文集》《祖堂集》《鎮州臨濟慧照禪師語錄》等文獻為研究中古漢語複音節五色範疇顏色詞的語料。

3. 近古漢語複音節五色範疇顏色詞的分期與語料

近古時期，是 ABB、AABB 式顏色詞爆發增加的複音節顏色詞的第二湧現時期。在晚清時期，BABA 式顏色詞開始出現。在結構上，有些唐代的附加式 ABB 式顏色詞變為音綴式 ABB 式顏色詞，同時出現了大量新的附加式 ABB 式顏色詞與音綴式 ABB 式顏色詞。從上古或中古沿用下來的 AB 或 BA 式顏色詞重疊為擴展式 ABB、BBA、AABB、BABA 式顏色詞。

就 ABB、BBA、AABB、BABA 式顏色詞的外部結構變化而言，在唐五代，「ABB 式顏色詞＋底／地」結構出現，它們主要作謂語、定語、狀語；在金元代，「ABB 式顏色詞＋的／得＋體詞」「ABB 式狀態詞＋ABB 式顏色詞＋的＋名詞」結構出現，它們都作定語；在明清代，「ABB 式顏色詞＋的」「是＋ABB 式顏色詞＋的」結構出現，它們都作謂語；在明代，「AABB 式顏色詞＋的＋名詞」結構出現，它作定語；在明代，「動詞＋得＋AA 式顏色詞＋的」「動詞＋得＋ABB 式顏色詞」「動詞＋得＋AABB 式顏色詞」「形容詞＋得＋ABB 兒式顏色詞」結構出現，它們都作補語；在清代，「動詞＋得＋AABB 式顏色詞＋的」結構出現，它作補語；在晚清時期，「BABA 式顏色詞＋的」結構出現，它作謂語、賓語或定語。在語義上，在語境和外部結構變化的過程中，ABB 式顏色詞中重疊詞「BB」的實義越來越弱化，以促使了重疊詞的語法化。在語音上，宋代以後，有些 ABB 式顏色詞變為 ABC 或 ABCD 式顏色詞。這一時期的 ABC 式顏色詞與中古的 ABC 式顏色詞不一樣。近古時期的「BC」是分音詞，這一詞屬於變聲變韻重疊。在詞的語體風格上，它們受到口語性比較濃厚的方言的影響。從顏色詞的系統上看，近古時期的複音節五

色範疇的顏色詞接近現代漢語顏色詞的系統。

本文以《全宋詞》《全宋詩》《五燈會元》《朱子語類》《雲笈七籤》《古尊宿語錄》《太平廣記》《全元散曲》《元刊雜劇三十種》《朴通事》《初刻拍案驚奇》《二刻拍案驚奇》《水滸傳》《三寶太監西洋記》《喻世明言》《警世通言》《醒世恒言》《醒世姻緣傳》《周朝秘史》《封神演義》《西遊記》《金瓶梅詞話》《堯山堂外紀》《英烈傳》《五代秘史》《夏商野史》《紅樓夢》《彭公案》《施公案》《八仙得道》《九尾龜》《野叟曝言》《東度記》《海公大紅袍傳》《說唐全傳》《說岳全傳》《孽海花》《風流悟》《兒女英雄傳》《康熙俠義傳》《東周列國志》《小五義》《小八義》《七俠五義》《三俠劍》《七劍十三俠》《聊齋誌異》《儒林外史》《綠野仙蹤》《女媧石》《官場現形記》《老殘遊記》《隋唐演義》《續濟公傳》《俠女奇緣》《平山冷燕》《蕉軒隨錄》以及元明清代詩集〔註 48〕等文語文獻與口語文獻為研究近古漢語複音節五色範疇顏色詞的語料。

二、研究方法

本文採用了共時的靜態描寫與歷時的動態描寫相結合的研究方法、語料計量統計分析法、語音、語義、語法、句法與語用等五個平面相結合的研究方法。其流程是如下：

（一）基於語料庫方法的語料搜集、整理與觀察

語料庫（Corpus）就是存放大量語言材料的倉庫或數據庫。因此，語料庫方法有利於從大量的語言事實出發來對詞彙、語義、語法、句法、語用等方面進行歷時研究。本人利用中國教育部語言文字應用研究所語料庫、北京大學語料庫、中央研究院近代漢語語料庫、搜韻詩詞庫等搜集了從上古到近古的代表性文獻中的複音節五色範疇顏色詞群。花了 8 個多月的時間來搜集材料之後，仔細觀察了在句子中的複音節五色範疇顏色詞的結構、語義、語法、句法與語用的發展變化的面貌。我們發現，漢語複音節五色範疇顏色詞，隨著時代變化而其組合結構的構成要素也不斷地動態變化。所以，按照複音節顏色詞的組合結構和關係，分類了其所屬的範疇，並建立了句法場。

〔註 48〕元明清代詩集的語料來源於《搜韻詩詞庫》。網址：http://sou-yun.com/index.aspx。

（二）基於詞彙場理論的句法場建立與觀察分析

詞彙場理論是結構語義學中的一個重要的分支理論，其代表性學者是德國學者特利爾（Trier）和波齊格（W.Porzig）。「特利爾 1931 年提出了詞彙場的概念，認為同時存在著詞彙場和概念場。一個詞和它在概念上相關的詞構成一個詞彙場，詞彙場和整個概念場相應的，把它分割成許多部分。」〔註49〕特利爾之後，波齊格提出了「句法場」理論。「其理論要點是，屬於同一詞組的詞常常具有共同的語義特徵，即在詞組的各組成部分之間，不僅存在著語法上的聯繫，也存在著意思上的聯繫。」〔註50〕這一理論的貢獻是重視語言事實的研究，值得關注的是許多詞必然進入某個句法場，句法場的成分隨著時代變化而變化。

因此，我們就把「句法場」理論應用在本研究上。按照覆音節五色範疇顏色詞的組合結構和關係，分類它們所屬的範疇之後，建立了其句法場。其類別分為「狀態＋顏色」「顏色＋狀態」「顏色＋事物」「事物＋顏色」「顏色1＋顏色2」「顏色1＋顏色2＋色」「顏色＋色」「事物＋色」「顏色＋事物＋色」「顏色＋重疊詞」組等十類。從宏觀的角度，對這十類範疇裏的複音節顏色詞進行了觀察和分析。首先，尋找同時代同一類別和同時代不同類別複音節顏色詞群的結構成分。其次，把握不同時代同一類別和不同時代不同類別複音節顏色詞之間的有機關係，以釐清漢語重疊式顏色詞歷史發展的來龍去脈。從微觀的角度，探索複音節顏色詞的產生渠道；把握複音節顏色詞的語義和結構的動態變化；挖掘重疊式顏色詞的形態成分。

第五節　研究的主要理論基礎

在對漢語重疊式顏色詞進行歷時研究之前，我們選擇適合於研究目的的理論沒有那麼簡單。其理由主要有幾點：一是要考慮搜集大量語料的方法。二是要能夠觀察顏色詞的動態變化。三是要建立五色範疇顏色詞的句法場。四是要建立重疊式顏色詞的演變模式。因此，本研究著眼於這些幾點，在理論上，以語料庫語言學、詞彙場理論、演化語言學、詞彙擴散理論、描寫語言學、詞彙

〔註49〕李紅印《現代漢語顏色詞語義分析》，北京：商務印書館，2007 年 12 月第 1 版，83 頁。
〔註50〕〔蘇〕科索夫斯基著，成立中譯述《語義場理論概述》，《語言學動態》，1979 年第 3 期，23 頁。

生動化理論、鏡象神經元理論、模因理論、認知心理語言學、成分分析法和隨文釋義理論為指導。從中我們得到很多有益的啟示。其中，本研究的主要理論基礎是語料庫語言學、詞彙場理論、演化語言學、詞彙擴散理論、詞彙生動化理論和鏡象神經元理論。關於語料庫語言學和詞彙場理論，上文已提到，此不贅述。

一、演化語言學與詞彙擴散理論

演化語言學是以演化論為基礎的語言學。1859 年，達爾文在《物種起源》一書中指出生物是演化的，自然選擇是生物演化的機制，以系統地建立演化論。演化論裏的思想和方法對人類學、生物學、心理學、語言學等跨科學領域產生了影響。其中，在語言學方面，1863 年，德國語言學家施萊歇爾（August Schleicher，1821～1868）發表《達爾文理論與語言學》一書，「首次將達爾文演化論引入語言學，用演化論解釋語言的產生、發展和變化。」〔註51〕他指出「語言是自然有機體，其產生不以人們的意志為轉移；語言根據確定的規律成長起來，不斷發展，逐漸衰老，最終走向死亡。」〔註52〕

那麼，中國演化語言學的萌芽何時開始的？按照王士元（2011），就古代漢語的角度而言，演化語言學的歷史發展的主要路徑是：

第一階段：演化語言學的萌芽可以追溯到戰國時期的哲人，即荀子（約西元前312～230 年）。他意識到詞彙的音與義之間的人為聯繫，全靠規約慣例才能搭在一起。荀子說這叫約定俗成。

第二階段：宋朝時，有位學者已經為文論述實詞與虛詞這個重要的差異。如宋陸九淵《與朱元晦》：「字之指歸又有虛實，虛字當論字義，實字當論所指之實。」

第三階段：元朝的學者也發表了高見，虛詞都是由實詞經歷虛化的過程演變而來。如元周伯琦《六書正訛》：「今之虛字皆古字之實。」

第四階段：語音的系統性研究，特別是研究《詩經》裏押韻的字，始於明末的陳第（1541～1617），他以下面這段著名的話，提出無時無刻無處不在演

〔註51〕奧古斯特・施萊歇爾著，姚小平譯《達爾文理論與語言學》，《方言》，2008 年第 4 期，373 頁。

〔註52〕奧古斯特・施萊歇爾著，姚小平譯《達爾文理論與語言學》，《方言》，2008 年第 4 期，374 頁。

化：如明末陳第《毛詩古音考》：「蓋時有古今，地有南北，字有更革，音有轉移，亦勢所必至。」（轉引自王士元，2011）〔註53〕

　　從上面所述的主要路徑中可以知道以下幾點：語言具有社會性；在歷史上，詞彙的新質要素取代舊質要素、實詞變為虛詞（語法化）；在時間和空間的維度上音變。

　　與演化語言學有密切聯繫的另一個理論是詞彙擴散理論。這一理論是1969年王士元在《競爭性演變是殘留的原因》一文中提出來的。這個理論的觀點是：大部分音韻變化的類型是「語音上突變，詞彙上漸變的。」〔註54〕也就是說，從一個音變為另一個音是突然發生的，而音變在詞彙中逐漸擴散的。從漢語複音節五色範疇顏色詞的發展變化角度看，用演化語言學的觀點與詞彙擴散理論來描寫其全面的面貌和有些在宋元明代出現的方言詞的音變最為合理。因為在不同時代的同一範疇複音節顏色詞或不同時代的不同範疇的複音節顏色詞裏呈現出這樣的語言現象：一是句法演變的詞彙擴散。如，短語「白雪」變為色物詞「白雪」，色物詞「白雪」又變為重疊詞「白雪雪」，短語「白雪」又變為物色詞「雪白」，物色詞「雪白」又變為重疊詞「雪雪白」「雪白雪白」；二是詞法演變的詞彙擴散。如，AA式重疊詞「團團」變為ABB式顏色詞「紅團團」，「紅團團」又變為ABC式顏色詞「紅團欒」，「紅團欒」又產生同義詞「紅曲連」；三是音韻演變的詞彙擴散。如，ABB式顏色詞「黑漆漆」變為「黑魆魆」「黑黢黢」，ABB式顏色詞「黑洞洞」變為ABC或ABCD式顏色詞「黑古董」「黑咕咚」「黑古攏洞」等等。

　　QD Atkinson（2005）提出的生物學和語言學中的平衡對應關係概念〔註55〕為本人提供了研究線索。比如，「二者都具有共同祖先（同源：同源詞）；在生物遺傳和語言演化過程中都產生突變（突變：創新）；生物進化的機制是自然選擇，語言演化的機制是社會選擇；生物中存在著許多地域生態群，語言中存在著方言和方言鏈；生物物種的滅絕相當於語言死亡。」〔註56〕

〔註53〕〔美〕王士元（William S-Y.Wang）《演化語言學的演化》，《當代語言學》第13卷2011年第1期，3頁。

〔註54〕〔美〕王士元著，石鋒譯《語言的探索——王士元語言學論文選譯》，北京：北京語言文化大學出版社，2000年12月第1版，7頁。

〔註55〕該概念是指生物進化和語言演變過程中二者之間存在著譜系關係、同源關係、突變（創新）、轉移、地域生態群、方言等許多類似的對應現象。

〔註56〕轉引自鄧曉華、高天俊《演化語言學的理論、方法與實踐》，《山西大學學報》（哲

二、詞彙生動化理論與鏡象神經元理論

　　顏色詞是語言中描述色彩的詞語，其語義具有模糊性和抽象性。因此，社會成員在溝通過程中，「為了滿足便於表達和便於理解兩個條件」〔註57〕，有必要對顏色詞添加形象性要素來表達。按照楊琳（2012）提出的詞彙生動化理論，「詞彙生動化是指為了表達的生動將抽象的概念或是既有的抽象詞彙改用富於形象色彩或是詼諧色彩的詞語來表達。」「詞彙生動化的方式主要有比擬、移就和諧音三種。」〔註58〕就拿顏色詞的生動化而言，它是指為了貼切地描寫形形色色的外界景物的色彩現象對抽象的顏色概念添加形象語言成分來表達。其生動化的方式主要包括比擬、重疊和移就三種。這些不僅是一種修辭法，而且是一種認知思維方式。它們和顏色詞的詞彙生動化演變密切聯繫，對這三種語言手段加以具體說明。

　　《詩經》的賦、比、興是按表現手段分的。就「比」而言，南朝劉勰在《文心雕龍・比興篇》云：「且何謂為比？蓋寫物以附意，揚言以切事者也。……凡斯切象，皆比義也。至於麻衣如雪，兩驂如舞，若斯之類，皆比類者也。」可見，「比擬」是用貼切的形象來對語言表達帶來生動的手法，令人容易理解，聳動視聽，印象深刻。物色詞主要通過「明比」來對抽象的顏色義添加形象感。其格式是「像 A 一樣 B」，A 代表喻體，B 代表本體。例如，雪白、漆黑、桃紅、檸檬黃、蘋果綠等物色詞都屬於這一修辭法。這是借用具體事物的顏色屬性來闡明抽象的顏色概念，用熟悉的事物提高表達效果的方式。

　　「重疊」（Reduplication）是兩個或兩個以上的意義和形態相同的語言形式連續重複出現的語言現象。劉勰在《文心雕龍・物色篇》云：「故灼灼狀桃花之鮮，依依盡楊柳之貌，杲杲為出日之容，瀌瀌擬雨雪之狀，喈喈逐黃鳥之聲，喓喓學草蟲之韻；皎日嘒星，一言窮理；參差沃若，兩字窮形：並以少總多，情貌無遺矣。」可見，「重疊」通過描繪景物的形貌和模擬自然界的各種聲音的方式來增強視覺效果，增添音樂效果，對語言表達帶來形象感和新鮮感。就拿顏色詞而言，白茫茫、白皚皚、黑洞洞、紅簌簌、紅藹藹、黃閃

　　　　學社會科學版），2014 年 3 月第 37 卷第 2 期，73～74 頁。

〔註57〕沈家煊《「語法化」研究綜述》，《外語教學與研究》，1994 年第 4 期（總第 100 期），22 頁。

〔註58〕楊琳《詞彙生動化及其理論價值──以「抬槓」「敲竹槓」等詞為例》，《南開語言學刊》，2012 年第 1 期（總第 19 期），121 頁。

閃、黃燦燦、綠茵茵等詞語都屬於重疊。

「移就（Transferred epithet）」又稱「移位」。就顏色詞而言，移就有移位和移情兩類。「移位」是指修飾語移置。例如，白雪→雪白、紅焰→焰紅、黑漆→漆黑、黃土→土黃等色物詞都轉為物色詞。這些顏色詞是通過移位來使事物名詞作狀語的，事物名詞與顏色語素之間具有比擬、說明關係。這類移就手段的形成機制來自「聯想」和「突顯」。也就是說，從具體的事物聯想到顏色概念的形象性和具體性，利用事物色彩的顯著性來構成新詞。「移情」是指審美活動中的一種感情移入現象。如，唐陳陶《蜀葵詠》：「綠衣宛地紅倡倡，薰風似舞諸女郎。南鄰蕩子婦無賴，錦機春夜成文章。」這首詩描繪錦城織機晚上的繁忙，在「紅倡倡」中，重疊「倡倡」令人聯想到「歌聲」「舞蹈」。《新華大字典》的解釋是：倡是形聲字，亻為形，昌為聲，聲兼義，昌表示唱義；《漢語大詞典》的解釋是：倡，泛指中國古代表演歌舞雜戲的藝人。可見，「倡」表示唱歌跳舞的人。在這裡，蜀葵的大葉和紅色的花瓣分別隱喻為綠衣和紅裳。詩人把「綠衣宛地紅倡倡」比喻為「舞諸女郎」，這是將事物擬人化了。「紅倡倡」具有形象性、音樂性和動態性，從而實現了生動的表達效果。

可以看出，詞彙生動化是基於具象思維方式的。這對漢語顏色詞的演變現象的解釋起了重要作用，其優點在於言簡意賅，語言表達的速效，使語言生機盎然。

從神經語言學的角度看，漢語顏色詞的生動化，可以說是一種借助於有形事物的形象和性狀去表達的模仿傚果的動態變化。石鋒（2013）說：「在心理上，鏡象神經元的意義不亞於 DNA 的發現對生物遺傳學的重要性。」〔註59〕那麼鏡象神經元是什麼？我們借助於有關研究成果來對此加以簡單介紹。在20 世紀 90 年代後期，「意大利神經科學家 Rizzolatti 等（1996）在研究恒河猴運動前區中的單個神經元放電活動時，發現工作人員的動作呈現在恒河猴視野中也可以引發其特定的神經元活動。他們把這些像鏡子一樣可以映像他人動作的神經元命名為鏡象神經元（mirror neuron）。」〔註60〕鏡象神經元系統與語言之間的關係主要表現在語言的進化、模仿行為和語言的理解。第一，在語

〔註59〕石鋒《語調格局——實驗語言學的奠基石》，北京：商務印書館，2013 年 2 月第 1 版，380 頁。

〔註60〕袁遜飛、陳巍、丁峻《鏡象神經元研究概況述評》，《生命科學》，2017 年 10 月（第 19 卷第 5 期），547 頁。

言的進化方面，Rizzolatti & Arbib（1998）提出了鏡象系統假說，認為「Broca
區的進化建立在鏡象神經元系統的基礎上，而言語是在人類手勢的基礎上進
化而來。與其他的靈長類動物一樣，位於 Broca 區的鏡象神經元負責包括手勢
在內的運動行為的產生與識別。」〔註61〕第二，在模仿行為方面，具身模仿理
論（Gallese、Fogassi 等，2005）認為：「在觀察一個動作時觀察者會無意識地在
心理上模仿該動作，從而產生這個動作的內部運動表象，然後通過運動表象再
從自身的運動記憶庫中抽提出與該運動相關的其他表象（如情感、意圖、信念）。」
〔註62〕「在 Broca 區域是否參與模仿這一問題上，在 Iacoboni 等人（1999）發
現模仿學習涉及 Broca 區域後，Heiser 等人（2003）又採用重複經顱磁刺激的
研究結果證實了 Broca 區域在模仿中不可或缺的作用。」〔註63〕第三，在語言
的理解方面，Kohler 等人（2002）的研究發現，「鏡象神經元對聽到的和動作
有關的聲音表現出和觀察與執行相關動作類似的激活。」〔註64〕這表明，鏡象
神經元系統與語言的理解密切相關，也就是說，大腦的運動區域與語言理解區
域之間的互補作用。

在語言方面，鏡象神經元系統的主要功能給我們啟示：一是語言的生成與
演化存在其先後關係，即原生性和後生性。例如，口語先於書面語、單音詞
先於複音詞、漢語語音系統中的聲母和韻母先於聲調、原生重疊 AA 式先於
後生重疊 ABB、AABB、ABAB 式等等。二是人們的大腦內儲存著像鏡子一
樣映像客觀世界的大量的信息，即感覺記憶。在心理上，詞彙生動化的方式
主要依靠聽覺上的聲像記憶與視覺上的映像記憶。這是一種基於象似性聯想
的語言表達方式。例如，蛐蛐、蟈蟈、布穀、叮噹等擬聲詞與火紅、魚肚白、
橙子黃、蘋果綠、荔枝紅等比擬式物色詞。三是語義的具體性效應。按照崔
剛（2015），「詞彙可以分為具體性詞彙和抽象性詞彙兩種，具體性詞彙的意
義可以由我們的感覺器官直接感知到或者能夠在心理想像出具體的圖像。」
「抽象性詞彙的意義則是抽象的，是我們無法直接感知或者想像的。」〔註65〕

〔註61〕崔剛《神經語言學》，北京：清華大學出版社，2015 年 8 月第 1 版，256 頁。
〔註62〕轉引自丁峻、陳巍《兒童心理理論解釋模型的新範式──具身模仿論述評》，《心理
　　　　研究》，2008 年 1 月第 4 期，46 頁。
〔註63〕轉引自胡曉晴、傅根躍、施臻彥《鏡象神經元系統的研究回顧及展望》，《心理科學
　　　　進展》，2009 年第 17 卷第 1 期，120 頁。
〔註64〕轉引自崔剛《神經語言學》，北京：清華大學出版社，2015 年 8 月第 1 版，258 頁。
〔註65〕轉引自崔剛《神經語言學》，北京：清華大學出版社，2015 年 8 月第 1 版，169 頁。

在神經語言學方面，據已有研究與行為實驗結果，「具體性會對語言加工產生影響，具體概念比抽象概念加工得更快。」〔註66〕由此可見，腦成像技術研究的成果中，鏡象神經元具有的意義為我們提供解釋詞彙生動化現象的關鍵信息與科學根據。

〔註66〕轉引自夏全勝、呂勇、石鋒，《漢語名詞和動詞語義加工中具體性效應和詞類效應的 ERP 研究》，《南開語言學刊》，2012 年第 1 期（總第 19 期），110 頁。

上　篇
漢語顏色詞的歷時研究

第二章 漢語五色範疇顏色詞的湧現

　　顏色現象是在創造文字以前已經存在的,顏色詞是社會文化現象的產物。如果我們要考顏色詞的出現,首先有必要對與顏色有關的語言事實進行考察。也就是說,我們只能依靠文字上的記載。漢語五色基本顏色詞中白、黑、黃、赤最早見於甲骨文。參見以往的研究,在甲骨文中出現的顏色形容詞大致如下:鄭春蘭(2007)說,「傳統意義上認為的五種基本色彩在甲骨文時代已經基本成型。」〔註1〕姚小平(1988)在《基本顏色詞理論述評——兼論漢語基本顏色詞的演變史》中認為,在甲骨文中,表示顏色的詞有幽、白、赤、黃、青。他不把「黑」和「綠」看做殷商時期的顏色詞。〔註2〕楊逢彬(2001)對各家認定為殷墟甲骨刻辭形容詞的各個詞進行過研究,他確定的殷墟甲骨刻辭中的顏色詞有幽、黃、黑、白、赤。〔註3〕巫稱喜(2001)認為,甲骨文中「表示動物顏色的詞有8個:白、黑、幽、盧、黃、戠、赤、物。」〔註4〕劉書芬(2010)認為,甲骨文中顏色形容詞有7個:白、黑、黃、赤、勿、幽、

〔註1〕鄭春蘭《甲骨文核心詞研究》,華中科技大學博士學位論文,2007年,127頁。

〔註2〕姚小平《基本顏色詞理論述評——兼論漢語基本顏色詞的演變史》,《外語教學與研究》,1988年第1期(總第73期),25頁。

〔註3〕楊逢彬《關於殷墟甲骨刻辭形容詞》,《古漢語研究》,2001年第1期(總第50期),67頁。

〔註4〕巫稱喜《甲骨文形容詞初探》,《韓山師範學院學報》(社會科學版),2001年9月第3期,88頁。

戩。〔註5〕可以看出，除了姚小平的看法，其他學者都認為在甲骨文中顏色詞有白、黑、黃、赤。據我們對甲骨文中的顏色詞的考察，支持後者的看法。但是，我們通過白、黑、黃等字形無法說明它們的顏色義。〔註6〕按照張清常（1991），「卜辭所記多為占卜及戰爭，金文所記多為正事及器物主人認為重要的事，只有在特殊情況下（例如會用牲畜或賞賜物品），才會涉及顏色。」〔註7〕這表明，雖然色彩現象是無所不在的普遍現象，但在甲骨文中出現的顏色詞的適用範圍有侷限性。因此，本研究只擬通過「白」「黑」「黃」「赤」等字在甲骨文中出現的語言環境來描寫其上古的用法和組配情況。此外，還加上暟、皎、皓、朱、丹、紅、青、綠、碧、藍等顏色詞。我們將這些顏色詞稱為五色範疇顏色詞。在研究方法上採用文獻學來對該些詞早期的用法進行考察，以揭示漢語五色範疇顏色詞的組配以及表達顏色義的方式。

第一節　漢語顏色詞「白」「暟」「皎」「皓」

一、顏色詞「白」

顏色詞「白」甲骨文作⬙（甲 3939，一期）。例如：

（1）弜用黑羊，亡雨○叀白羊用，於之又大雨？（寧滬 113）〔註8〕

（2）叀白犬○□叀黑□犬。（京津 4200）〔註9〕

（3）公賞乍冊大白馬。（2758）〔註10〕

（4）其叀白麋逐。（《殷契粹編》958）〔註11〕

〔註5〕劉書芬《甲骨文中的顏色形容詞》，《殷都學刊》，2010 年第 3 期，23 頁。

〔註6〕施向東、舟啟斌主編《古代漢語基礎》，北京：北京大學出版社，2010 年 4 月第 1 版，21 頁。：「當語言中產生了某個新詞甲來不及造字，或本應為這個詞造字，但該詞詞義抽象，很難據義構形，便借已有的本用來表示舊詞乙的同音字來表示新詞甲，不再造新形。」

〔註7〕張清常《漢語的顏色詞（大綱）》，《語言教學與研究》，1991 年第 3 期，65 頁。

〔註8〕轉引自于省吾《甲骨文字釋林》，北京：商務印書館，2010 年 12 月第 1 版（2012 重印），228 頁。

〔註9〕轉引自于省吾《甲骨文字釋林》，北京：商務印書館，2010 年 12 月第 1 版（2012 重印），228 頁。

〔註10〕轉引自黃德寬等《古漢字發展論》，北京：中華書局，2014 年 4 月北京第 1 版，233 頁。

〔註11〕轉引自黃力《漢語詞彙史》，北京：中華書局，2013 年 8 月北京第 1 版，2 頁。

（5）叀白稦登。（《合集》32014）

　　根據《禮記・檀弓》：「殷人尚白，大事斂用日中，戎事乘翰，牲用白。」可以看出，例（1）至（3）中的「白」是指供祭祀的牲牢毛，即「白牛」（甲骨文作 𥄕，吉林 181）「白羊」（甲骨文作 𥄕，璽匯 3099）「白牡」（甲骨文作 █，《合集》22904）「白牝」（甲骨文作 █，《合集》7399 反）等合字中的「白」都表示動物的毛色。詳見上例，「馬」「牛」「羊」「犬」等些動物都屬於家畜。例（4）的「麋」是指野生動物。例（5）的「稦」指的是農作物。這些詞語是狩獵以及農牧生活的產物。由此可見，顏色詞「白」依附於和先民們的生活有最密切關係的具體事物，以實現顏色表達的方式。

二、顏色詞「皚」

　　「皚」在甲骨文中沒有發現，始見於漢代。《說文》釋為：「皚，霜雪之白也。」從顏色義對名物的依附程度來看〔註12〕，「皚」是指霜色和雪色。上古時期，「皚」的重疊「皚皚」也表示「霜白」「雪白」的意思。如《全漢賦・西漢劉歆〈遂初賦〉》：「漂積雪之皚皚兮，涉凝露之隆霜。」西漢卓文君《白頭吟》：「皚如山上雪，皎如雲間月。」東漢劉楨《贈五官中郎將詩四首》其四：「涼風吹沙礫，霜氣何皚皚。」

三、顏色詞「皎」

　　「皎」最早見於西周時期。如《詩經・陳風・月出》：「月出皎兮，佼人僚兮。」根據《毛詩注疏》：「皎，月光也」「正義曰：言月之初出，其光皎然而白兮。」《說文》：「月之白也。從白交聲。」西漢卓文君《白頭吟》：「皚如山上雪，皎如雲間月」，「皎」主要用來描寫月光，該詞相當於現代漢語顏色詞「月白」。

四、顏色詞「皓」

　　「皓」始見於《詩經・陳風・月出》。據考察，「皓」主要有兩個義項：一是明亮的意思，另一是潔白的意思。如《詩經・陳風・月出》：「日出皓兮，佼人懰兮。」《詩經・唐風・揚之水》：「揚之水，白石皓皓。《荀子・賦》：「闇乎天

〔註12〕趙曉馳《試論漢語顏色義和名物義從綜合到分析的演變》，《語言研究》，2013 年 4
　　　月第 33 卷第 2 期，104 頁。

下之晦盲也，皓天不復，憂無疆也。」《楚辭·大招》：「霧雨淫淫，<u>白皓</u>膠只。」
《楚辭·劉向〈九歎·怨思〉》：「曳彗星之<u>皓</u>旰兮，撫朱爵與駿鵝。」西漢揚雄
《法言·淵騫》：「明星<u>皓皓</u>，華藻之力也與？」《楚辭·漁父》：「朱唇<u>皓齒</u>，嫭
以姱只。」《漢書·劉龐傳》：「有五六老叟，龐眉<u>皓髮</u>。」

第二節　漢語顏色詞「黑」

　　顏色詞「黑」商代甲骨文作「🔲（20305）」「🔲（10184）」「🔲（00249 正
A7）」「🔲（合 10171 正）」〔註13〕等等。周器「庸伯戲簋」作🔲，春秋器「鑄
子叔匜」作🔲，戰國「曾侯墓簡」作🔲〔註14〕（高明、塗白圭，2008：1409），
小篆作🔲。《說文》釋為：「火所薰之色也。從炎，上出囧。囧，古窗字。凡黑
之屬皆從黑。」許慎認為「黑」源於「炎」，「黑」字表示煙火薰黑的意思。可
是，與商代至戰國時期的字形相比較，令人費解其意義。卜辭中有表示顏色
「黑」的用例。例如：

　　（6）叀<u>黑牛</u>〔註15〕。（拾 1·4）〔註16〕

　　（7）弜用<u>黑羊</u>，亡雨〇叀白羊用，於之又大雨？（寧滬 113）〔註17〕

　　（8）庚寅卜，貞，其<u>黑豕</u>。（金 569）〔註18〕

　　（9）夏后氏<u>牲尚黑</u>，殷白牡，周騂剛。（《禮記·明堂位》）

　　（10）夏后氏尚黑，戎事乘<u>驪</u>。（《禮記·檀弓》）

　　上例中的「黑」表示用牲的「牛」「羊」「豬」等的毛色。例（9）告訴我們，
在上古占卜、祭祀活動中，先民們極為重視黑色的牲畜。例（10）的「驪」甲

〔註13〕李宗焜《甲骨文字編》，北京：中華書局，2012 年 3 月第 1 版，81 頁。：黃德寬等
　　　　《古漢字發展論》，北京：中華書局，2014 年 4 月北京第 1 版，183 頁。

〔註14〕高明、塗白圭編著《古文字類篇》（增訂本），上海：上海古籍出版社，2008 年 8 月
　　　　第 1 版，1409 頁。

〔註15〕李宗焜（2012），1458 頁。：「黑牛」甲骨文作🔲。（屯 2363 B6）；高明、塗白圭
　　　　（2008），1496 頁。：其他古文字作🔲。（璽匯 1389）

〔註16〕轉引自于省吾《甲骨文字釋林》，北京：商務印書館，2010 年 12 月第 1 版（2012
　　　　重印），228 頁。

〔註17〕轉引自于省吾《甲骨文字釋林》，北京：商務印書館，2010 年 12 月第 1 版（2012
　　　　重印），228 頁。

〔註18〕轉引自于省吾《甲骨文字詁林》，北京：中華書局，1996 年 5 月第 1 版（1999 重
　　　　印），290 頁。

骨文作「⿰ （前 4.7.5 五期）」「⿰ （扶風齊家骨周早）」〔註 19〕。《說文》釋為：
「驪，馬深黑色。從馬麗聲。」《詩經‧魯頌‧駉》：「薄言駉者，有騢有皇，有
驪有黃，以車彭彭。」毛專：「純黑曰驪。」這裡「驪」是指黑色的馬。「黑」
也與「白」一樣，它們都依附於具體動物，以表顏色義。

第三節　漢語顏色詞「黃」

　　顏色詞「黃」最早見於甲骨文作「⿰ （15667 AB）」「⿰ （03225 正 A7）」
「⿰ （31178 B6）」〔註 20〕等等。合字「黃牛」甲骨文作 ⿰ （後下 21.10）
〔註 21〕「⿰ （36997 hA13）」「⿰ （輯佚 0807 A13）。」〔註 22〕「黃牛」卜辭中
有其用例。例如：

　　（11）有黃牛惟幽牛？（《合集》14951 正）

　　（12）貞：燎東西南，卯黃牛。（《合集》14315 正）

　　（13）貞：帝於東陷⿴豕燎三宰卯黃牛？（《合集》14313 正）

　　如見上例，卜辭中「黃」放在「牛」前面來表示其毛色。「黃」還與「羊」
「犬」等動物名詞連用來表示它們的毛色。如「黃羊」（寧滬 1113）「黃犬」（粹
547）〔註 23〕。甲骨文中也有「黃」放在金屬前面的用例。例如：

　　（14）其鑄黃呂。（《合集》29687）

　　（15）王其鑄黃呂奠盟，惟今日乙未利？（英 2567）〔註 24〕

　　于省吾先生將這一例子釋義為「冶煉金屬」〔註 25〕。這說明，「黃銅」「黃
金」的「黃」是從冶煉金屬的過程中分化出來的。

　　由此可見，顏色詞「黃」借助於畜牧生活、金屬鑄造活動的產物，以呈現
出其色彩現象。也就是說，顏色詞「黃」也依附於具體動物或具體事物，以表
顏色義。

〔註 19〕高明、塗白圭（2008），1380 頁。
〔註 20〕李宗焜《甲骨文字編》，北京：中華書局，2012 年 3 月第 1 版，971～972 頁。
〔註 21〕高明、塗白圭（2008），1492 頁。
〔註 22〕李宗焜（2012），1458 頁。
〔註 23〕轉引自唐玄之《甲骨文所揭示的殷人的光學知識》，《南京農業大學學報》（社會科
　　　　學版），2003 年第 4 期，85 頁。
〔註 24〕轉引自楊逢彬《關於殷墟甲骨刻辭的形容詞》，《古漢語研究》，2001 年第 1 期（總
　　　　第 50 期），65 頁。
〔註 25〕于省吾（1999 重印），2099 頁。

第四節　漢語顏色詞「赤」「朱」「丹」「紅」

一、顏色詞「赤」

　　顏色詞「赤」早見於甲骨文作「🔥（乙 2908 一期）」「🔥 （菁 9.5 五期）」〔註26〕。卜辭中有「赤」的用例。例如：

　　（16）乙未卜，頁貞：師貯人赤馬？……（《合集》28195）

　　甲骨文中的「赤」放在用牲的馬前面來表示其毛色。上古的顏色詞「赤」除了家畜的毛色之外，它還表示火、金屬、衣服、野生動物、玉石等的顏色。如《山海經・中山經第五》：「又東二十里曰苦山。有獸焉，名曰山膏，其狀如逐，赤若丹火，善罵。」《論衡・卷二・吉驗篇》：「比到，見光若火，正赤，在舊廬道南，光耀憧憧上屬天，有頃，不見。」《詩經・曹風・候人》：「彼其之子，三百赤芾。」鄭玄箋：「芾，冕服之韠也……大夫以上，赤芾乘軒。」《詩經・大雅・韓奕》：「獻其貔皮，赤豹黃羆。」毛傳：「毛赤而文黑謂之赤豹。」《山海經・中山經》：「昆吾之山，其上多赤銅。」東漢張衡《七辨》：「收明月之照曜，翫赤瑕之璘豳。」

二、顏色詞「朱」

　　「朱」甲骨文作米（珠 121 五期），金文作朱，小篆作米。在甲骨文中沒發現「朱」的顏色義。「朱」具有兩個來源：一是「赤心木」。如《說文》：「朱，赤心木，松柏屬。從木，一在其中。」；二是「朱砂」，表顏色義的「朱」始見於周代。下面是早期的用例。例如：

　　（17）困於酒食，朱紱方來。利用享祀，征凶无咎。（《周易・困》）

　　（18）揚之水，白石鑿鑿，素衣朱襮，從子于沃。（《詩經・唐風・揚之水》）

　　（19）譬猶練絲，染之藍則青，染之硃則赤。（《論衡・本性》）

　　（20）魚鱗屋兮龍堂，紫貝闕兮朱宮。（《楚辭・九歌・河伯》）

　　（21）伏朱樓而四望兮，采三秀之華英。（《後漢書・馮衍傳下》）

　　例（19）的「朱」是一種帶紅色的礦物，即「朱砂」，它主要用來顏料。上例中的「朱紱」「朱襮」「朱宮」「朱樓」等詞語都是染色工藝以及油漆工藝

〔註26〕高明・塗白奎（2008），1208 頁。

的產物。

三、顏色詞「丹」

「丹」，甲骨文作 日，在卜辭中沒有發現顏色義。表顏色義的「丹」始見於西周，下面是其用例。

（22）君子至止，錦衣狐裘。顏如<u>渥丹</u>，其君也哉。(《詩經·秦風·終南》)

（23）a. 櫃山英水出焉，西南流注於赤水，其中多白玉、多<u>丹粟</u>。(《山海經·南山經》)

　　　　b. 若作梓材，既勤樸斲，惟其塗<u>丹臒</u>。〔註27〕〔註28〕(《尚書·梓材》)

　　　　c. 爰有黃金、璿瑰、<u>丹貨</u>、銀鐵，皆流於此中。(《山海經·海內經》)

　　　　d. 加之以<u>丹矸</u>。(《荀子·正論》)

（24）庭陬有若榴，綠葉含<u>丹榮</u>。(漢·蔡邕《翠鳥詩》)

《史記》卷二·夏本紀第二釋為：「丹，硃類也。」。按此，上例（23）a至 d 的「丹粟」「丹臒」「丹貨」「丹矸」等都屬於丹砂、朱砂之類。這些礦物都具有顏色屬性「紅」的意義，它們都可以作為顏料。例（22）（24）中的「丹」都表示紅色的意義。可見，表色義的「丹」是由礦物名詞「丹」引申而來的。

四、顏色詞「紅」

顏色詞「紅」，小篆作 紅，始見於春秋戰國時期。下例如：

（25）<u>紅壁</u>沙版，玄玉梁些。(戰國·宋玉《招魂》)

（26）<u>紅采</u>兮騂衣，翠縹兮為裳。(《楚辭·王褒〈九懷·通路〉》)

（27）晉灼曰：「<u>紅</u>，赤色濇。」(《史記·司馬相如列傳》)

據文獻，紅、絳、緼、纁、縉、緅、緹、纁、縓、綪、緋等紅色範疇單音節顏色詞，已見於先秦時期。它們都具有部首「糸（mì）」。部首「糸」是和紡織品有關係的。這說明，顏色詞「紅」來源於紡織產業以及染色工藝的產物。《說文》釋為：「紅，帛赤白色也。從糸，工聲。」可見，「紅」的本義

〔註27〕孔穎達疏：臒是彩色之名，有青色者，有朱色者。

〔註28〕按照王世舜譯注《尚書譯注》，山東師範學院聊城分院中文系古典文學教研室，1979
　　　年，263 頁：「丹臒，上等顏色，臒（huò），赤石脂之類，古人認為是好顏料。」

是指赤白色的絲織品，由此發展到「赤白色」。該顏色詞相當於現代漢語顏色詞粉紅、桃紅。

第五節　漢語顏色詞「青」「綠」「碧」「藍」

一、顏色詞「青」

表顏色義的「青」始見於周代。例如：

（28）青青子衿，悠悠我心。（《詩經·鄭風·子衿》）

（29）俟我於庭乎而，充耳以青乎而，尚之以瓊瑩乎而。（《詩經·齊風·著》二章）

（30）青，取之於藍，而青於藍。（《荀子·勸學》）

（31）青絲為籠係，桂枝為籠鉤。（《樂府詩集·相和歌辭三·陌上桑》）

如見上例（30），「藍」是一種植物。《說文》釋為：「藍，染青草也。」可以看出，「青」是長時間浸泡藍草而成的液體色，即深藍色。上例中的「青青子衿」和「青絲」是染色工藝的產物。在這裡，「青青」和「青」指的是綠色。我們要注意的是，「青」還具有黑色的意思。如《詩經·小雅·青蠅》一章：「營營青蠅，止于樊。豈弟君子，無信讒言。」《尚書·禹貢》：「厥土青黎。」唐司空曙《擬百勞歌》：「誰家稚女著羅裳，紅粉青眉嬌暮妝。」

二、顏色詞「綠」

「綠」，小篆作綠，從中可以看到顏色詞「綠」是染色工藝的產物。表顏色義的「綠」始見於周代。例如：

（32）a. 綠兮衣兮，綠衣黃裏。（《詩經·邶風·綠衣》）
　　　b. 公車千乘，朱英綠縢，二矛重弓。（《詩經·魯頌·閟宮》）

（33）a. 瞻彼淇奧，綠竹青青。（《詩經·衛風·淇奧》）
　　　b. 秋蘭兮青青，綠葉兮紫莖。（《楚辭·九歌·少司命》）

《說文》釋為：「帛青黃色也。從糸，錄聲。」，「綠」的本義是線織品呈現的青黃色。這是用「青」與「黃」兩種顏料而染成的顏色。上例中的「綠衣」「綠縢」都是染色工藝的產物。依據上例的「綠竹」和「綠葉」，「綠」還表示

草木的顏色。與「青」一樣，「綠」的顏色義還具有黑色的意思。如南北朝吳均
《和蕭洗馬子顯古意詩六首》其三：「綠鬢愁中改，紅顏啼裏滅。」唐李白《怨
歌行》：「沈憂能傷人，綠鬢成霜蓬。」

三、顏色詞「碧」

《說文》釋為：「石之青美者。從玉石，白聲。」，「碧」指的是青色的玉石。
下面是早期的用例。

（34）a. 高山，其下多<u>青碧</u>。（《山海經·西山經》）

　　　b. 崑崙<u>碧樹</u>瑤樹在其北。（《淮南子·地形》）

　　　c. 回顧生<u>碧色</u>，動搖揚縹青。（漢·蔡邕《翠鳥》詩）

　　　d. <u>碧謂玉之青白色</u>者也。（《史記·司馬相如列傳》）

（35）a. <u>碧樹</u>而冬生，實丹而味酸。（《列子·湯問》）

　　　b. 衣被皆重池，難與沈水<u>碧</u>。（晉·左思《嬌女》詩）

　　　c. 仰視<u>碧天</u>際，俯瞰綠水濱。（晉·王羲之《蘭亭》詩）

上例「青碧」「碧樹」「碧色」中的「碧」指的是青色的玉石，例（34）d 的
「碧」表示青白色的玉石。由此可見，例（35）中的「碧」由玉石的顏色屬性
產生的顏色詞。

四、顏色詞「藍」

「藍」早見於周代。如《詩經·小雅·采藍》：「終朝采藍，不盈一襜。」
《荀子·勸學》青，取之於藍而青於藍。可以看出，「藍」的本義指的是藍草。
據《論衡·卷二·率性篇》：「傳言：譬猶練絲，染之藍則青，染之丹則赤。」
唐方干《贈江上老人》：「欲教魚目無分別，須學揉藍染釣絲。」，「藍」是用來
染青色的植物性染料。表顏色義的「藍」出現得比較晚，下面是其用例。

（36）金屏障翠帔，<u>藍帊</u>覆薰籠。（南朝梁·劉遵《繁華應令》）

（37）葉剪<u>藍羅</u>碎，莖抽玉琯端。（唐·白居易《題盧秘書夏日新栽竹》）

（38）<u>藍水色似藍</u>，日夜長潺潺。（唐·白居易《遊悟真寺詩》）

（39）日出江花紅勝火，春來<u>江水綠如藍</u>，能不憶江南。（唐·白居易《憶江
　　　南》其一）

（40）清煙埋陽烏，<u>藍空</u>含秋毫。（唐·皮日休《雜體詩奉訓魯望夏日四聲
　　　四首·平聲》）

　　從例（36）（37）中的「藍帕」「藍羅」可以看出，表顏色義的「藍」依附
於絲織品，以呈現出其顏色。例（38）至（40）的「藍」是水色以及天色的喻
體，它們的形成機制都基於象似性，即藍草的顏色屬性。按此，藍色的形成
過程是：「藍草」→「靛青」→「藍色」，即植物→染料→顏色。

第六節　本章小結

　　以上我們對漢語五色範疇顏色詞的用法和組配進行了描寫。從上文中可
以知道，早期的顏色詞借助於狩獵生活、農牧生活、紡織產業、染色工藝、油
漆工藝以及自然現象的產物而表示顏色義。這說明，雖然漢語五色範疇顏色
詞來源於古人在生活環境裏常見的具體事物的色彩現象，但語義上本身具有
模糊性和抽象性的色彩現象的唯一的表義方式就是依附於客觀事物的。張清
常（1991）以《爾雅》的「馬」名為例來對顏色的編碼講過，對此徐通鏘（2007）
說：「表性狀的顏色當時還沒有被抽象出來，都寄生於事物，致使有不同顏色
的同一類事物，甚至是同一顏色而其位置、深淺有差異的同一類事物也需要
單獨造字編碼，說明當時人們關注的是不同形色的物。」〔註29〕胡樸安（1941、
1969）認為，分辨顏色則是人的本能之一，五色顏色詞的產生來源：白是人
面之色；赤是火光之色；黃是地氣之色；青是草木枝葉之色；黑是灰炱之色。
這些顯示，古人對顏色的初步階段的認知機制基於區別性，其顏色義的表達
方式來源於對具體事物的依附性。

　　下面綜合起來對白色範疇顏色詞、黑色顏色詞、黃色顏色詞、紅色範疇
顏色詞以及綠色範疇顏色詞的組配情況，就其顏色義的表達方式簡要小結如
下：

顏色詞		組配對象	認知方式	表達方式
白色範疇	白	—	區別性	依附於具體動物以及農作物。
	皚	霜、雪	區別性象似性	依附於霜或雪；比擬（霜白、雪白）。

	皎	月光	區別性象似性	依附於月光或星光；比擬（月白）。
	皓	明光	區別性	依附於白日、明星、白駒、牙齒、頭髮等。
黑色	黑	—	區別性	依附於具體動物。
黃色	黃	—	區別性	依附於具體動物以及金屬物質。
紅色範疇	赤	火	區別性顯著性	依附於具體動物、玉石、金屬以及紅火等。
	朱	赤心木、朱砂	區別性顯著性	依附於染色工藝品以及人工物。
	丹	丹砂	區別性	依附於礦物以及植物。
	紅	赤白色的絲織品	區別性	依附於紡織品以及礦物。
青色範疇	青	藍草的靛青	區別性	依附於染色工藝品、瑱玉以及青眉等。
	綠	青黃色的絲織品	區別性	依附於紡織品、綠水、草木以及綠鬢等。
	碧	青色或青白色的玉石	區別性	依附於玉石、樹木、天空以及綠水等。
	藍	藍草	區別性	依附於絲織品、溪水、江水以及天空等。

第三章　漢語複音節顏色詞句法場研究

　　在歷史長河中，漢語顏色詞隨著時代變化而演化。最早的基本顏色詞是由單音節為主的，後來逐漸發展到多音節。據本人所採集的文獻資料，漢語複音節顏色詞的主要產生渠道有五種：一是偏正式詞組結構的詞彙化；二是聯合式詞組結構的詞彙化；三是聯合式、偏正式詞組的指稱顏色；四是在詞根後面添加附加成分的方式；五是狀態詞的重疊構詞和重疊構形。這些複音節顏色詞的產生渠道都可以歸入詞彙生動化。

第一節　上古漢語複音節顏色詞句法場分析

　　因為漢語顏色詞是整個漢語詞彙系統中的一個子系統，所以顏色詞的複音化也遵循著詞彙系統的發展規律而發展。因此，在對上古漢語複音節顏色詞的發展情況進行描寫之前，首先有必要把握上古漢語詞彙複音化的發展情況。據研究，其發展情況是：「殷商時代語言的詞彙系統本質上是單音節的，少數複音結構是詞組；複音化的各種構詞法萌芽於西周時期；春秋戰國時期複音詞的數量增加很大，成為漢語複音化迅速發展的第一個時期」〔註1〕；「東漢時期複音詞大量增多，詞彙加速雙音化。」「詞彙系統日趨嚴密，表義手段日見豐富，構

〔註1〕郭錫良《先秦漢語構詞法的發展》，載《漢語史論集》（增補本），北京：商務印書館，2005 年 10 月第 1 版，164～165 頁。

詞方式日臻完備」〔註2〕。那麼，上古漢語複音節五色範疇顏色詞的發展情況如何？下面的表 3.1 至表 3.5 是上古的一些文獻中的漢語複音節五色範疇顏色詞的使用情況。從中可以看到上古漢語複音節五色範疇顏色詞的靜態和動態面貌。

表 3.1　上古漢語複音節白色範疇顏色詞

時代	複音詞類別				
	狀態＋顏色	顏色＋事物 事物＋顏色	顏色＋顏色	顏色／事物＋色 顏色＋顏色＋色	顏色＋附加式 顏色＋重疊式
西周	－	－	－	－	皎皎、皓皓
春秋戰國	粹白、斑白	白碧、白雪	青白、赤白、黃白、粉白	－	皓皓、白皓、白皙、白顥顥
漢代	皓白、皎白、肥白、微白、正白、純白、精白、潔白、斑白	白雪、雪白、月白、白銀	丹白、紫白、粉白彤白、黃白、蒼白、縹白、紅白	白色、白素、白采、青白色、赤白色、黃白色	白皓、皓然、皓皓、皚皚、白皙

表 3.2　上古漢語複音節黑色範疇顏色詞

時代	顏色	複音詞類別			
		狀態＋顏色	事物＋顏色 顏色＋事物	顏色＋顏色	顏色／事物＋色 顏色＋顏色＋色	顏色＋附加式 顏色＋重疊式
西周	黑	－	黑漆	青黎	－	－
	青					－
春秋戰國	黑				－	油油
	青			青黑	－	青冥
漢代	黑	正黑、純黑、瘦黑	黛黑、漆	蒼黑、倉黑	黑色、黑采	油油
	青			青黑、黑青	青黑色	

表 3.3　上古漢語複音節紅色範疇顏色詞

時代	顏色	複音詞類別			
		狀態＋顏色	事物＋顏色 顏色＋事物	顏色＋顏色	顏色／事物＋色 顏色＋顏色＋色	顏色＋附加式 顏色＋重疊式
西周	赤	－	－	－	－	－
	彤	－	－	－	－	－
	朱			黃朱		
	丹	－	－	－	－	－

〔註2〕方一新《東漢語料與詞彙史研究芻議》，《中國語文》，1996 年第 2 期（總第 251 期），142 頁。

	紅	—	—	—	—	焰焰、灼灼、漸漸
春秋戰國	赤	大赤	火赤	赤皂、赤黑、赤白、赤緹	赤色、火色	—
	彤	—	—	—	—	—
	朱	—	朱顏	朱紫、丹朱、朱綠	朱色	—
	丹	—	丹漆	—	—	漸漸、杳杳
	紅	—	—	紅紫	—	菲菲
漢代	赤	正赤、洞赤、淺赤、微赤	火赤、赤銅	赤黃、青赤、赤白、黃赤、赤黑、赤繻、赤緹、赤皁、赤丹赤灰	赤彩、赤采、赤色、火色、銅色、赤白色、繻赤色、赤黃色、黃赤色、紫赤色	—
	彤	—	彤漆	—	—	—
	朱	純朱	朱顏	朱紫、朱綠、黃朱	朱色	—
	丹	—	丹漆	丹白、朱玄、丹朱、丹紫、丹青	丹黃色	—
	紅	—	—	紅白	紅采（彩）	焰焰、灼灼、菲菲、漸漸、杳杳

表 3.4　上古漢語複音節綠色範疇顏色詞

時代	顏色	複　音　詞　類　別				
		狀態＋顏色	事物＋顏色 顏色＋事物	顏色＋顏色	顏色／事物＋色 顏色＋顏色＋色	顏色＋附加式 顏色＋重疊式
西周	青	—	—	青黃	—	青青
	綠	—	—	—	—	—
	碧	—	—	—	—	—
	藍	—	—	—	—	—
春秋戰國	青	—	—	青黃、青白	—	青青
	綠	—	—	朱綠、玄綠	—	油油
漢代	青	正青	青蔥	青紫、翠青、青丹、丹青、青紺、青赤、赤青、青黃、縹青	青彩、青黃色、青碧色	青青、鬱鬱蒼蒼
	綠	—	—	朱綠	綠色	油油
	碧	—	—	—	碧色	油油
	藍	—	紅藍			

表 3.5　上古漢語複音節黃色範疇顏色詞

時代	複 音 詞 類 別				
	狀態＋顏色	事物＋顏色 顏色＋事物	顏色＋顏色	顏色／事物＋色 顏色＋顏色＋色	顏色＋附加式 顏色＋重疊式
西周	—	黃金	黃朱、玄黃	—	黃黃
春秋戰國	—	黃金	黃繻、玄黃、青黃、繻黃黃白	—	黃黃
漢代	—	黃金、黃石、黃甘、黃鐵	赤黃、玄黃、青黃、黃赤黃黑、赤黃、黃朱、黑黃白黃、青黃、黃白	黃色、黃采、金色、黃黑色、黃赤色	黃澡（澤）

　　依據上面的表 3.1 至表 3.5，上古漢語複音節五色範疇顏色詞遵循著上古漢語詞彙複音化的發展軌道。在數量上，從西周到漢代，漢語五色範疇顏色詞越來越增加。這樣的量變帶來了複音節顏色詞的質變，以在漢代表達顏色三屬性的漢語複音節顏色詞系統基本具備。而且在這一時期描寫性更為豐富的重疊式顏色詞也出現。下面，對此具體加以探析。

一、上古漢語複音節五色範疇顏色詞的類別

　　上古漢語複音節五色範疇顏色詞可分為「狀態＋顏色」組、「顏色＋事物／事物＋顏色」組、「顏色1＋顏色2」組、「顏色＋色／事物＋色／顏色1＋顏色2＋色」組、「顏色＋附加式／顏色＋重疊詞」組等五類。這五類複音節顏色詞除了顏色的基本三屬性之外，還表達顏色混合現象。可以值得關注的是，同一顏色的重疊式與「顏色語素＋附加式」的出現。這一類複音節顏色詞給我們顯示，表顏色義的功能從區別性走向區別性和描寫性混合在一起的發展趨勢。

（一）表示色相的複音節顏色詞

　　1. 狀態＋顏色：正白、純白、精白、正黑、純黑、正赤、正青。

　　在上古時期，上面所列舉的「狀態＋顏色」組的複音節顏色詞都是指純色。這是就間色相對而言的，它們都屬於沒有加色或減色的單一的顏色。例如：

　　（1）機心存於胸中，則純白不備。（《莊子・天地》）

　　（2）夜時，有正黑者四五尺，稍高，走至柱屋，因覆伯夷。伯夷持被掩，

足跣脫，幾失再三，徐以劍帶擊魅腳，呼下火上照視，老狸<u>正赤</u>，略無衣毛，持下燒殺。（《風俗通義・卷九〈怪神〉》）

（3）五六十里見稍云<u>精白</u>者，其將悍，其士怯。（《史記・天官書》）

（4）守一明法，明有<u>正青</u>，青而清明者，少陽之明也。（《太平經》）〔註3〕

從語義上看，白色範疇的「正白」表示「純白」，「精白」表示純淨潔白；黑色範疇的「正黑」表示「純黑」；紅色範疇的「正赤」表示「大紅」；綠色範疇的「正青」表示「純青」。按照上例（3）和（4），「精白」和「正青」還具有表示明亮的含義。

2. 顏色＋色：白色、白素、白采、黑色、黑采、赤色、朱色、赤彩（采）、紅彩（采）、青彩、綠色、黃色、黃采。

表示色相的「顏色＋色」組的複音節顏色詞始見於春秋戰國時期。如《周禮・考工記・弓人》：「凡相膠，欲<u>朱色</u>而昔。昔也者，深瑕而澤，紾而摶廉。」《管子・幼官》：「五和時節，君服<u>黃色</u>，味甘味，……。」「七舉時節，君服<u>赤色</u>，味苦味，……。」「九和時節，君服<u>白色</u>。」「君服<u>青色</u>，味酸味，聽角聲。」《莊子・田子方》：「昔者寡人夢見良人，<u>黑色</u>而髯，乘駁馬而偏朱蹄，……。」《楚辭・大招》：「<u>青色</u>直眉，美目媔只。」《楚辭・王褒〈九懷・通路〉》：「<u>紅采</u>兮驊衣，翠縹兮為裳。」《淮南子・本經訓》：「燎木以為炭，燔草而為灰，野莽<u>白素</u>，不得其時，上掩天光，下珍地財，此遁於火也。」《淮南子・時則訓》：「東宮御女<u>青色</u>，衣<u>青采</u>，鼓琴瑟。」《史記》卷四十三《趙世家》第十三：「正義：苕音條。毛詩疏云：「苕，饒也。幽州謂之翹饒。蔓似蠮豆而細，葉似蒺而青，其華細<u>綠色</u>，可生食，味如小豆藿也。」

在這裡，值得關注的是，上古的紅色範疇顏色詞之間存在著色相濃度的差異：「朱色」是指大紅色；「赤色」是指紅色；「紅彩」是指粉紅色。而且，綠色範疇顏色詞「青」可以表示藍色或深綠色，又可以表示黑色。上面所列舉的「青色直眉」中的「青色」表示「黑色」。表示服裝的顏色，即「青色」「青采」表示藍色或深綠色。在漢代出現的「綠色」是指青黃色。這說明，顏色詞「青」帶有兩種以上的顏色義，並顏色詞的特徵上反映著模糊性。「顏色詞的模糊性有

〔註3〕語料來源於王明編《太平經合校》（附錄・太平經佚文），中華書局，1979 年 12 月第 1 版，739 頁。

的是詞的多義性引起的」〔註4〕，有的是人眼看到的顏色感覺的差異引起的。還有的是表色義的「青」的不同來源也導致了顏色詞的模糊性。表色義的「青」可以視為來源於蓼藍的靛藍，又可以視為「來源於石青之類的礦物」〔註5〕，即可作顏料的礦物。按此，染色技法大致可分為草染和石染，不同的染色技法有可能影響其呈現出的著色結果。因此，在同一範疇內的顏色之間存在著色彩現象的差異，以導致了顏色詞的模糊性。

3. 顏色1＋顏色2／顏色1＋顏色2＋色：黃朱、青黃、青黎、紅紫、繻黃、黃繻、青白色、赤白色、黃白色、青黑色、赤黃色、黃赤色、青黃色。

據文獻，在語義關係上，上古的「顏色1＋顏色2」「顏色1＋顏色2＋色」組的複音節顏色詞有兩類：一是並列式顏色詞，另一是混合式顏色詞。例如，《書‧康王之誥》：「皆布乘黃朱。」孔傳：「諸侯皆陳四黃馬朱鬣，以為廷實。」《論語‧鄉黨》：「紅紫不以為褻服。」朱熹集注：「紅紫，閒色不正，且近於婦人女子之服也。褻服，私居服也。」《楚辭‧九章‧橘頌》：「綠葉素榮，紛其喜兮。曾枝剡棘，圓果摶兮。青黃雜糅，文章爛兮。」王逸注：「言橘葉青，其實黃，雜糅俱盛，爛然而明。」《詩經‧小雅‧斯干》：「朱芾斯皇」東漢鄭玄箋：「芾者，天子純朱，諸侯黃朱。」孔穎達疏：「天子純朱，明其深也；諸侯黃朱，明其淺也。」《楚辭‧劉向〈九歎‧遠逝〉》：「舉霓旌之墆翳兮，建黃繻之總旄。」王逸注：「黃繻，赤黃也。」《漢書‧天文志》：「二年五月，客星見昴分，居卷知東可五尺，青白色，炎長三寸。」「五年四月，彗星出西北，赤黃色，長八尺所，後數日長丈餘，東北指，在參分。」

按照實例，前者「黃朱」「紅紫」「青黃」都屬於並列式顏色詞，它們分別表示「黃色和紅色」「紅色和紫色」「青色和黃色」。後者「黃朱」「黃繻」「赤黃色」「青白色」都屬於混合式顏色詞，其中「黃朱」「黃繻」「赤黃色」都表示赤中帶黃的顏色，「青白色」表示淡青色。在這裡，需要說明的是「青白色」中的「白」具有降低顏色濃度的語義功能。同樣，上面所列舉的「赤白色」「黃白色」「青黑色」中的「白」和「黑」也表示顏色濃度的深淺：「赤白色」是指淡紅色；「黃白色」是指淡黃色；「青黑色」是指暗青色。

〔註4〕劉雲泉《語言的色彩美》，安徽教育出版社，1990年4月第1版，12頁。
〔註5〕參見肖世孟《先秦色彩研究》，北京：人民出版社，2013年5月第1版，21～50頁。

　　從表 3.1 至表 3.5 可以看出，「顏色＋色／采／素」「顏色 1＋顏色 2＋色」組的漢語複音節顏色詞集中見於春秋戰國至兩漢時期。這給我們顯示，在兩漢時期對顏色的指稱性很強的漢語複音節顏色詞系統基本具備。

　　4. 事物＋色：火色、銅色、金色、碧色、青碧色。

　　「事物＋色」組的複音節顏色詞始見於戰國時期。如《逸周書・太子晉》：「師曠對曰：『汝聲清汗，汝色赤白，<u>火色</u>不壽。』」《史記・淮南衡山列傳》：「即從臣東南至蓬萊山，見芝成宮闕，有使者<u>銅色</u>而龍形，光上照天。」《太平經》：「巨蛇，初變狀若<u>金色</u>，鱗如赤丹；次變體現<u>青碧色</u>。」〔註6〕

　　從語義上看，「火色」表示像火一樣的顏色，即赤紅色；「銅色」像赤銅一樣的顏色，即赤褐色；「金色」表示像黃金一樣的顏色；「青碧色」表示碧綠色。這些顏色詞都代表具體事物的顏色屬性。這種顏色表達的方式是人們通過在日常生活中積累的經驗來產生的，其優點在於言語理解的速效和語言表達的生動。其產生機制是基於顏色屬性的相似聯想。在西周至漢代之間出現的「顏色＋事物」「事物＋顏色」組的色物短語與物色詞的關係〔註7〕很好地說明這一語言現象。如，偏正式詞語「白雪：雪白」與「黑漆：漆黑」也都是借助於具體事物的顏色屬性來表達色彩現象的。這給我們顯示，語義上本身具有抽象性和模糊性的顏色詞無法脫離對客觀事物的依附性。

　　（二）表示亮度的複音節顏色詞

　　1. 狀態＋顏色／顏色＋狀態：皎白、皓白、白皓、白皙。
　　2. 重疊式、顏色＋附加式：皎皎、皓皓、皚皚、皓然、白顥顥。
　　3. 事物＋顏色／顏色＋事物：雪白、漆黑、青蔥。
　　4. 顏色 1＋顏色 2：赤白、黃白、青白、赤黑、赤灰、蒼黑、青黑。

　　上面所列舉的偏正式詞語「皎白」「皓白」與附加式詞語「白皓」「白皙」都對其所指的對象進行描寫顏色屬性和其狀態。狀態形容詞的 AA 式「皎皎」「皓皓」「皚皚」與附加式狀態詞「皓然」「白顥顥」也是如此。其中「皎白」「皓白」「白皓」「皎皎」「皓皓」「皚皚」等詞語在前文已闡述，請參看第一章的顏色詞「皚」「皎」「皓」的出現。「白皙」「皓然」見於春秋戰國至漢代。如

〔註6〕語料來源於王明編（1979），737 頁。
〔註7〕關於「色物短語」和「物色詞」，請參見第七章 BABA 重疊式顏色詞的歷史發展。

《左傳·昭公二十六年》：「有君子<u>白晳</u>，鬒鬚眉，甚口。」《後漢書·吳良傳》：「顯宗以示公卿曰：『前以事見良，鬚髮<u>皓然</u>，衣冠甚偉。』」從語義上看，「白晳」表示膚色白淨的樣子；「皓然」表示鬍子和頭髮潔白的樣子。

在這裡，值得關注的是，AA 式「皎皎」「皓皓」「皚皚」在唐宋時期和顏色語素「白」或「紅」構成 ABB 式顏色詞，以對顏色語素增添亮度。例如，「白皚皚」「紅皎皎」「白皎皎」「白皓皓」等等。我們認為，在戰國時期出現的「白顥顥」是語義功能上提升亮度的 ABB 式白色範疇顏色詞的源頭。從歷史層面上看，「顏色＋狀態」組的「白晳」與「顏色＋事物」「事物＋顏色」組的「白雪：雪白」「黑漆：漆黑」等 AB 或 BA 式詞語也在宋元明清時期重疊為「白晳晳」「白雪雪」「雪雪白」「黑漆漆」「漆黑漆黑」等 ABB、BBA、BABA 式顏色詞。現代漢語「雪白雪白」和「漆漆黑黑」也是這樣形成的，這些詞語提升亮度或降低亮度，以其語義程度越來越強化。

可以看出，上古的 AA 式狀態詞可以成為唐代以後大量出現的 ABB 式顏色詞的構詞成分；上古的「顏色＋狀態」組的 AB 式詞語和「顏色＋事物」「事物＋顏色」組的 AB 或 BA 式詞語可以成為近古漢語 ABB、BBA、BABA 式顏色詞的構型成分。換句話說，中古、近古和現代漢語 ABB、BBA、BABA、BBAA 式顏色詞是繼承上古漢語複音節顏色詞的。

上面「顏色＋顏色」組詞語中的「白」「黑」「灰」等語素對其他顏色語素作提升亮度或降低亮度的作用，它們又可以作減顏色飽和度的作用。如《左傳·昭公十五年》：「吾見<u>赤黑</u>之祲，非祭祥也，喪氛也。」《史記·天官書》：「格澤星者，如炎火之狀。<u>黃白</u>，起地而上。」從語義上看，「赤黑」表示暗紅色，「黃白」表示淡黃色。

（三）表示彩度的複音節顏色詞

在上古時期，提升鮮豔度的複音節顏色詞也出現。例如，《周禮·考工記·弓人》：「鹿膠青白，馬膠赤白，牛膠<u>火赤</u>。」《詩經·小雅·都人士》：「彼都人士，狐裘<u>黃黃</u>。」從語義上看，「火赤」表示像火一樣的紅色，即火紅。與「雪白」「漆黑」一樣，「火紅」也是借助於具體事物來對顏色「紅」進行補充說明。「黃黃」形容顏色金黃和鮮豔貌，該重疊詞相當於「黃燦燦」。

（四）表示濃度的複音節顏色詞

1. 狀態＋顏色：洞赤。

2. 重疊式：青青。

在上古時期，表示顏色濃度深淺的方式，除了顏色語素後加「白」或「黑」之外，還有將語義功能上降低濃度的狀態詞「洞」放在顏色語素前面或同一顏色語素的重疊方式。如《神異經・南荒經》：「常居火中，色洞赤，時時出外而色白，以水逐而沃之即死，續其毛，織以為布。」《詩經・鄭風・子衿》：「青青子衿，悠悠我心。」《詩經・衛風・淇奧》：「瞻彼淇奧，綠竹青青。」毛傳：「青青，茂盛貌。」從語義功能上看，「洞赤」降低顏色濃度，重疊式「青青」提升顏色濃度。在這裡，「洞赤」相當於現代漢語的「通紅」，其語義表示很紅。

二、上古漢語複音節五色範疇顏色詞的特徵

從上面所闡述的上古漢語複音節顏色詞的類別情況上看，其呈現出的特徵有以下幾點。

第一，從歷史層面上看，古人對顏色的認知機制擴大：殷商時期，對具體事物呈現出的色彩現象的區別性，即分辨顏色的詞占主流；春秋戰國至漢代，除了區別性之外，還發展到對色彩現象的描寫性和指稱性。在這裡，需要說明的是上古時期對顏色的認知機制中「描寫性」「指稱性」裏面基本具有區別性。事實上，上古的複音節顏色詞不能截然劃分某個顏色詞是分辨顏色的，還是描寫顏色的，或者屬於指稱顏色的。這說明，與大自然中的色彩現象一樣，反映這一現象的顏色詞裏也存在著認知機制之間的連續光譜現象。所以，對顏色的認知機制與顏色詞的表達方式有密切關係。

第二，「事物＋顏色」「顏色＋事物」組的短語或詞是對具體事物的顏色屬性和顏色感覺的一種直覺經驗的產物。從語義關係上看，這一類詞語的顏色語素與具體事物之間帶有說明、比擬關係或借指性。例如，「霜白、雪白：皚皚」、「皎：皎皎：月白」「白雪：雪白」、「黑漆：漆黑」、「蔥：青蔥」、「火：火赤」、「曰：日赤」，等等。

從語義範疇的特徵上看，「皚：皚皚」與「皎：皎皎」具有專指性：「皚」專指「霜」「雪」的白色；「皎」專指月色，即帶藍色的白色。因此，在語境不同的情況下，「雪白」可以代表「皚皚」，「月白」可以代表「皎皎」。從語義表

達的開放程度的角度來看，「雪白」與「月白」可以說屬於開放性比擬式顏色詞，「皚皚」與「皎皎」可以說屬於隱蔽性重疊式顏色詞。但是，就「皎皎」而言，在上古時期，其語義所指的對象的範圍已經開始擴大。對此，請參見第四章「顏色語素的原生重疊」。從語義表達的具體性程度的角度來看，「雪白」「月白」與「皚皚」「皎皎」相比，前者比後者其語義表達的具體性程度更高。換句話說，語義表達的開放程度越高，語義表達的具體性程度也越來越高；語義表達的隱蔽性程度越高，語義表達的抽象性程度也越來越高。這樣的語言表達的方式是與沈家煊（1995）提出的「有界」與「無界」〔註8〕理論一脈相通的，即性狀在程度或量上有「有界」和「無界」。按此理論，開放性比擬式顏色詞可以屬於「有界」，隱蔽性重疊式顏色詞可以屬於「無界」。從這一意義上看，「漆黑」與「火赤」也可以說屬於「有界」。與此不同，在語義上「青蔥」〔註9〕具有借指性。如《淮南子·說山訓》：「猶採薪者，見一芥掇之，見青蔥拔之。」在這裡，「青蔥」指代茂盛的樹木。

可以看出，顏色詞對具體事物的依附性是可以實現語言表達的具體化、形象化和生動化的方式之一，並且是可以彌補顏色義的模糊性的有效的表現手段。

第三，在語義上，上古漢語複音節五色範疇顏色詞反映著顏色三屬性與其推移現象。這表明，上古漢語顏色詞基本具備其系統。對此，如下圖所示。

〔註8〕參見沈家煊《「有界」與「無界」》，《中國語文》，1995 年第 5 期（總第 248 期），367～380 頁。

〔註9〕在中古時期，「青蔥」和其移就形式「蔥綠」都表示「翠綠色」或「青翠色」。

圖 3.1　上古漢語複音節五色範疇顏色詞的立體模型示意圖

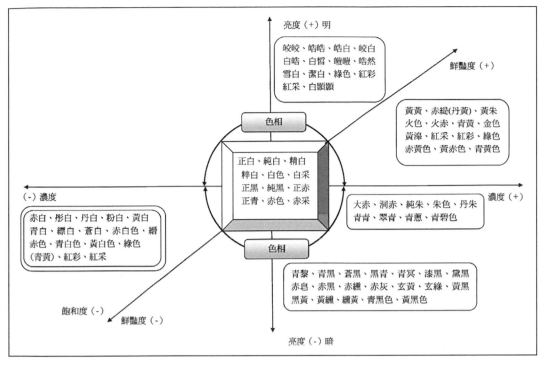

　　在這裡，需要說明的是，在表示顏色三屬性的範疇中，有一些表示降低濃度和飽和度的顏色詞與表示提升鮮豔度和亮度的顏色詞在不同範疇裏重複出現。例如，顏色詞「赤白」同時可以屬於降低顏色濃度的範疇與降低顏色飽和度的範疇；顏色詞「綠色」或「青黃」同時可以屬於降低顏色濃度、降低顏色飽和度、提升顏色鮮豔度和提升顏色亮度的範疇。對其他具體內容，前面已提到，此不贅述。

　　第四，顏色詞是典型的模糊詞，顏色詞的這一特點是在任何時代與空間裏都存在的。依據上面的圖 3.1，上古漢語複音節顏色詞中「赤白：紅采：粉白」「赤白色：縉赤色」「青白：縹白」「青黃：青黃色：綠色」「黃朱：丹黃：赤緹」「青黎：青黑：青冥：黛黑：」「赤皂：赤黑：赤繡」等同一顏色範疇的顏色詞之間存在著過渡階段的顏色詞。也就是說，逐漸變化的過渡界線上的色彩現象不是顯而易見的。所以，色彩現象的複雜性導致了表顏色義的模糊性。如前所述，顏色詞的不同來源也造成了這樣的特點。

三、小　結

　　以上是通過上古漢語複音節五色範疇顏色詞的類別與其特徵來窺見的上古時期顏色詞的發展面貌。由此得出的結論是：

（1）「顏色1＋顏色2」「顏色1＋顏色2＋色」類型的並列式與偏正式詞組反映了古人的加色、減色概念：有彩色顏色語素後附的「白」有減色功能，即降低顏色的飽和度和濃度；有彩色顏色語素後附的「黑」也有減色功能，即降低顏色的飽和度和亮度；不同有彩色顏色詞相鄰的並列式組的詞語有加色的功能，即混合色。如，青黃色等於綠色，赤黃色等於橙色。我們認為，這是通過在日常生活中積累的染色工藝、漆器工藝和塗畫工藝的經驗而產生的，由此描述顏色的能力越來越精密和發達。

（2）「狀態＋顏色」「顏色＋狀態」類型的偏正式與附加式詞組呈現出顏色的濃度、亮度和鮮豔度的變化。其中，有些詞組在中古和近古時期成為 ABB 或 BBA 式顏色詞的基式。同一單音節顏色詞的重疊式「皎皎」「瞳瞳」「皓皓」「青青」「黃黃」等 AA 式也可以提升顏色的亮度、濃度以及鮮豔度，所以對顏色的描寫性更為豐富。前三者重疊詞在中古和近古時期主要與顏色語素「白」構成 ABB 式顏色詞，以提升顏色的亮度。

（3）「顏色＋事物」「事物＋顏色」類型的偏正式詞組通過顏色詞對具體事物的依附性來實現了語言表達的形象化和生動化。

（4）「顏色語素＋重疊詞」類型的附加式 ABB 式的出現給我們顯示，上古時期是 ABB 式顏色詞的萌芽期。事實上，非顏色語素的重疊式「焰焰」「灼灼」「菲菲」「杳杳」「油油」等重疊詞成為唐代 ABB 式顏色詞的主要成員，這也是其佐證。

（5）從顏色詞的系統性角度來看，在分辨顏色、指稱顏色以及描繪顏色的方面，上古漢語顏色詞已經具備初步階段的網絡體系結構。

第二節　中古漢語複音節顏色詞句法場分析

王力（1984）指出：「普通語言學還有這樣一個原理：語言的歷史發展也是系統的。從一個時代變到另一個時代，是一個新的系統代替一箇舊的系統。它不是零零碎碎地變的。」〔註10〕「語言的發展是經過新質要素的逐漸積累，舊要素的逐漸衰亡來實現的。」〔註11〕如此，在詞彙發展過程中，漢語顏色詞也經歷了詞彙的滋生和消亡，而這一發展過程反映著漢民族的認知演變也是前後

〔註10〕王力《我的治學經驗》，《高教戰線》，1984 年 08 期，15 頁。
〔註11〕轉引自王力《漢語史稿》，北京：中華書局，1980 年 6 月第 1 版（2006 重印），1 頁。

繼承的。據考察，在上古漢語複音節顏色詞的基礎上，中古的複音節顏色詞發生了新的變化。下面是中古時期一些文獻中〔註12〕的複音節五色範疇顏色詞的使用情況，從中可以看到其演變。

表 3.6　中古漢語複音節白色範疇顏色詞

時代	複音詞類別				
	狀態＋顏色	事物＋顏色 顏色＋事物	顏色＋顏色	顏色／事物＋色 顏色＋顏色＋色	顏色＋附加式／重疊式
魏晉南北	皓白、皎白、微白正白、潔白、深白、通白、鮮白、斑白	白雪、雪白白銀、米黃	赤白、赭白、紅白、丹白、粉白、蒼白	白素、白色、白采白雪色	皎澄、皎然、皓皓、皎皎、白晢
唐五代	皓白、皎白、微白淡白、潔白、純白精白、虛白、半白、衰白、垂白、偏白、皺白、殘白、輕白、膩白、漫白、簌白瑩白、斑白、鮮白、肥白、香白	霜白、素冰、草白、白鱗、白銀、爛銀、白雪、雪白	丹白、赤白、紅白青白、赭白、粉白、蒼白	皓素、皓色、皓彩皎色、乳色、銀色、雪色、白虹色、白黯色、蒼白色、白淨色、爛銀色	皓然、皓曜、皓皓、皎然、白晢、白白、白絲絲、白皚皚、白鱗鱗、白雙雙、白峨峨、白茫茫、白荒荒、白紛紛、白浩浩、白漫漫、白溶溶、白差差、白矯矯、白霏霏、白冥冥、白茸茸、白磷磷、白泱泱、白悠悠、白皴皴、蕭蕭白、微微白、斑斑白、晶晶白、荒荒白

表 3.7　中古漢語複音節黑色範疇顏色詞

時代	顏色	複音詞類別				
		狀態＋顏色	事物＋顏色 顏色＋事物	顏色＋顏色	顏色／事物＋色 顏色＋顏色＋色	顏色＋附加式 顏色＋重疊式
魏晉南北	黑	純黑、正黑、黯黑、騰黑、深黑、黰黑、肥黑、曛黑、微黑、昏黑、冬黑	黑漆	黃黑、蒼黑、黳黑、黑丹、赤黑、青黑	黑色、淺黑色、深黑色、倉黑色、蒼黑色、青黑色	黑貌、黑暗、黯然、黑瘦、油油
	黝	―	―	―	―	黝黝
唐五代	黑	正黑、殘黑、舊黑、陰黑、爛黑、曛黑、慘黑、深黑、沉黑、黯黑	黑洞、洞黑	紅黑、青黑、黑紫	黑色、黛色、深黑色	黑暗、油油、黑翻翻、黑離離、黑漫漫、黑漆漆
	黝	―	―	―	―	黝黝

〔註12〕語料來源於《抱朴子》《北史》《宋書》《文選》《全唐詩》《敦煌變文》。

表 3.8 中古漢語複音節紅色範疇顏色詞

時代	顏色	複音詞類別				
		狀態＋顏色	事物＋顏色 顏色＋事物	顏色＋顏色	顏色／事物＋色 顏色＋顏色＋色	顏色＋附加式 顏色＋重疊式
魏晉南北	赤	洞赤（通紅）、通赤、正赤、大赤爛漫赤		赤黃、赤黑、赤白、黃赤、朱赤	赤色、火色、赤白色、赤火色、赤黃色	
	彤	—	—	—	彤彩	彤彤
	朱	—	—	朱紫、朱碧、朱赤、丹朱、彤朱、黃朱、朱丹、朱玄、丹硃	—	—
	丹	—	丹漆	丹綠、丹紫丹赭、丹黃黑丹、朱丹碧丹、丹白赬丹	丹采、丹彩、丹色、丹黃色	—
	紅	豔紅、音紅、輕紅	紅桃、桃紅、紅蓮、紅光	紅紫、紅白	紅采、紅彩、粉色、梅色、紅粉色	紅鮮、焰焰、灼灼、豔豔、澄澄、橙橙、菲菲、漸漸、杏杏、馥馥、香馥、點點
唐五代	赤	洞赤、通赤、赫赤、正赤、大赤	火赤、赤銅、赤血	赤白、紫赤、赤碧、赤黃、黃赤	火色、銅色、血色、赤黃色、赫赤色	赤紛紛、赤團團、赤靴靴、赫赤赤
	彤	—	—	—	彤採	彤彤
	朱	—	—	朱丹、朱紫、朱綠、朱紫、朱翠、朱黃、朱青、朱殷	丹彩	朱朱
	丹	濃丹、沈丹	丹渥（深紅色）	黑丹、丹白、丹紺、丹玄、丹碧、朱丹、丹紫、丹青	丹硃色	丹豔
	紅	大紅、殘紅、嬌紅、微紅、鮮紅、小紅、輕紅、薄紅、淡紅、濃紅、蔫紅、幽紅、嫣紅、殷紅、嫩紅、猩紅、半紅、緋紅、新紅、銷紅、豔紅、霏紅、	紅炎、火紅、焰紅、紅焰、紅橘、橘紅、鉛紅、紅鉛、紅珠、雪紅、杜紅、紅桃、紅榴、桃紅、紅梅、蓮紅、紅蓮、酡顏、顏酡、酡紅、燭紅、紅光、	紅綠、紅白、丹紅、豔紅、粉紅、紅紫、黑紅、紅黑、紅藍、紅碧、白紅、紅黛、硃紅、紅硃、綠紅	紅色、紅彩、粉色、紅采、梅色、血色、杏色、桃色、紅桃色、夭桃色	紅鮮、焰焰、鮮鮮、紅潤、紅膩、紅豔、灼灼、旋旋、菲菲、漸漸、漾漾、杏杏、紅香、紅暈、馥馥、紅怡怡、紅漠漠、紅斑斑、紅灼灼、紅紛紛、紅亭亭、紅霏霏、紅滴滴、紅

愁紅、穠紅、春紅、繁紅、團紅、斑紅、冷紅、暖紅、蜀紅、衰紅、老紅、淺紅、落紅、凝紅、揮紅、墜紅、醉紅、碎紅、熟紅、催紅、妝紅、退紅、纖紅散紅、香紅、輝紅、斜紅、浮紅、漸紅、深紅、菲紅、細紅	紅杏、紅梅石、榴紅、真珠紅、紅荔枝、荔子紅			靄靄、紅灑灑、紅倡倡、紅爍爍、紅隱隱、紅團團、紅蕺蕺、紅皎皎、紅輝輝、紅離離、紅蔟蔟、紅漾漾、紅藹藹、紅豔豔、旋旋紅、薄薄紅、片片紅、漸漸紅、紅爛熳、爛熳紅、紅鬖鬖、參差紅、紅紅綠綠、朱朱白白

表3.9　中古漢語複音節綠色範疇顏色詞

時代	顏色	複音詞類別				
		狀態＋顏色	事物＋顏色 顏色＋事物	顏色＋顏色	顏色／事物＋色 顏色＋顏色＋色	顏色＋附加式 顏色＋重疊式
魏晉南北	青	正青、純青、深青、微青、春青、冬青、凋青	青金、青玉、蔥青、青黛、青苔	丹青、青丹、青紫、青紺、紺青、絳青、青黑、青碌、青白、青赤、青翠、黃青、青絳	青色、青白色、青黃色、青黑色、丹青色、青苔色	青青、青青黃黃
	綠	秋綠、隱綠	綠碧	朱綠、丹綠、碌綠、玄綠、翠綠	綠色、草色、柳色、綠碧色、青綠色、綠沉色	綠滋、綠沉、澄澄
	碧		縹碧	朱碧、青紫	碧色	碧鮮、碧滋
	藍					
唐五代	青	新青、沉青	黛青、苔青、青橙、松青	青蒼、金碧、紫青、藍青、青紅、朱青、青碌、青紺	青色、苔色	青青、青靄靄、青槭槭、青巍峨、青茫茫、短短青、青鬱鬱、鬱青青、青蕺蕺、青蒼蒼、青濛濛、青峨峨、青漠漠、青嫋嫋、青睒睒、青歷歷、青彎彎、青沉沉、青簇簇、簇簇青、青蕭蕭、青磊磊、青重重、青漫漫、青靡靡、青藹藹、青崇崇、青童童、青青鬱鬱、鬱鬱青青

	狀態+顏色	事物+顏色／顏色+事物	顏色+顏色	顏色／事物+色	顏色+附加式／顏色+重疊式
綠	輕綠、初綠、細綠、愁綠、寒綠、嫩綠、隱綠、微綠、沉綠、香綠、秋綠、綴綠、春綠、淺綠、深綠、暗綠新綠	蔥綠、草綠、橘綠、綠叢、碧綠、柳綠、鴨頭綠	綠翠、綠紅、紅綠、紫綠	綠色、草色、柳色、芳草色	綠昏、綠油、綠鮮、綠沈、綠陰、綠蔭、油油綠、綠迢迢、綠澄澄、綠潭潭、深綠綠、深深綠、綠纖纖、綠峨峨、綠萋萋、萋萋綠、綠微微、微微綠、綠鬆鬆、綠茸茸、綠漫漫、綠層層、綠沉沉、綠溶溶、綠潺潺、綠悠悠、綠陰陰、綠搖搖、茫茫綠、田田綠、綠參差、參差綠、沉沉綠
	微碧、秋碧、淺碧、深碧、潤碧、散碧、軟碧、春碧、瘦碧、濃碧、寒碧、暖碧、重碧、冷碧、輕碧、韜碧、嫩碧、殘碧、碎碧、遙碧、新碧、愁碧	乳碧、藍碧	蒼碧、翠碧、赤碧	碧色、碧彩、微碧色、碧蘿色	碧鮮、碧崇崇、碧團團、碧遙遙、碧悠悠、碧瀨潄、碧徐徐、碧華華、碧萋萋、碧叢叢、碧森森、碧濛濛、碧溶溶、碧尖尖、碧沉沉、碧岩岩、碧磷磷、碧鮮鮮、碧漾漾、碧泱泱、碧杳杳、碧凄凄、碧湯湯、碧潺潺、碧峨峨、碧參差
藍	濃藍、秋藍、濃藍碧、濃藍青		藍青、藍灰		

表 3.10　中古漢語複音節黃色範疇顏色詞

時代	複音詞類別				
	狀態+顏色	事物+顏色 顏色+事物	顏色+顏色	顏色／事物+色 顏色+顏色+色	顏色+附加式 顏色+重疊式
魏晉南北	微黃、秋黃、曛黃、輕黃	黃金、金黃、硫黃黃銅、黃土	赤黃、玄黃、黃白、赭黃、黃紫、黃赤、黃黑、青黃、黃青、黃朱、蒼黃、翠黃	黃色、黃采、黃白色、赤黃色、青黃色、黃赤色、丹黃色	黃潤
唐五代	純黃、輕黃、新黃、殘黃、暗黃、深黃、淺黃、微黃、淡黃	柘黃、黃金、金黃、黃姜、黃甘、黃柑、黃橙、黃鵝、鵝黃、石榴黃、鬱金黃	玄黃、朱黃、黃紫、翠黃、赭黃、黃碧、黃朱、黃丹、黃赤、黃白	黃色、金色、土色、黃金色、土黃色	黃黃、片片黃、黃渺渺、黃短短、黃撲撲、黃離離、黃茸茸、黃颯颯

　　依據上面的表 3.6 至表 3.10，中古漢語複音節五色範疇顏色詞有了量的和質的變化。從量變上看，在複音節五色範疇顏色詞的類別方面，在唐代「性狀＋顏色」組和「顏色＋重疊式」組的詞語爆發增長。尤其是紅色範疇顏色詞和綠色範疇顏色詞的量變突出。在唐代，值得關注的是有以下兩點：一是顏色詞「紅」完全取代在上古時期佔據主導地位的顏色詞「赤」。這意味著，顏色詞「紅」泛指紅色。〔註13〕二是在這一時期，與其他顏色範疇的 ABB、BBA 式相比，在數量上綠色範疇顏色詞佔優勢。在這情況下，比顏色詞「青」後起的「綠」「碧」也迅猛發展，以顏色詞「綠」和「碧」逐漸開始替代「青」。從質變上看，中古漢語複音節五色範疇顏色詞的變化有以下幾點：一是「性狀＋顏色」組中表示顏色三屬性的新質要素出現。二是「性狀＋顏色」組中表示心理感受的新質要素也大量出現。三是在上古時期潛在的 ABB、BBA、ABC 和 AABB 式顏色詞大量出現。四是在龐大的句法庫藏中，上面所示的複音節顏色詞的內部結構和其語義也發生了變化。下面，對此具體加以探析。

一、中古漢語複音節五色範疇顏色詞的量變和質變的動因

　　我們認為，在中古時期，描寫性極為豐富的複音節顏色詞的大量出現與其質變的動因在於複音節顏色詞的精密化和語言表達的多樣化、上古漢語 AA 式狀態詞的積累和傳承以及中古時期唯美文學的興起和唐詩的興盛。這些都是在基於審美意識的當時人們的心理機制和詞彙複音化現象的加速化趨勢中產生的。對此，可以從兩個角度來加以說明。

　　從修辭學的角度來看，在魏晉南北朝時期至唐五代，「『形象美』、『生動美』的講究，『新鮮美』和『巧妙美』、『聲韻美』和『和諧美』的追求，『誇飾的震撼美』、『錯綜的絢麗美』的追求」〔註14〕等等，美學觀對中古漢語複音節顏色詞的發展起了積極作用。例如，「紅桃→桃紅」「赤火→火赤→火紅」「紅焰→焰紅」「灼灼→紅灼灼」「霏霏→紅霏霏」「團團→紅團團→碧團團」「萋萋→綠萋萋→碧萋萋」等等。這些複音節顏色詞是通過「移就」「比擬」「重疊」等修辭手段來產生的。

〔註13〕據考察，「紅」和「赤」的同義始見於戰國末期。如《楚辭·王褒〈九懷·通路〉》：「紅采兮騑衣，翠縹兮為裳。」《禮記·玉藻》：「衣正色，裳間色。」《史記·周本紀》：「赤者，周之正色也。」《史記·司馬相如列傳》：「晉灼曰：『紅，赤色潯。』」
〔註14〕王占福《古代漢語修辭學》，石家莊：河北教育出版社，2001 年 1 月第 1 版，283 頁。

從詞彙複音化現象的角度來看，張悅（2005）說：「受雙音節韻律的制約和影響，大量相鄰的雙音節單位開始了大規模的「詞化」過程，在音步的「栺化作用」下融合為雙音節詞，產生了一大批新詞。當漢語複音化成為大趨勢之後，在類化機制的影響下，在原有的並列式、偏正式、動賓式、主謂式、附加式等構詞法的基礎上，更多的複合詞得以批量生產，雙字格成為最能產的造詞方式。」〔註15〕就拿漢語複音節顏色詞而言，「淡白：淡紅：淡黃」「淺紅：淺綠：淺碧：淺黃」「微白：微黑：微紅：微青：微綠：微碧：微黃」「深白：深黑：深紅：深碧：深黃」「新紅：新青：新黃」「鮮白：鮮紅」「紅桃→紅桃色」「青苔→青苔色→苔色」「紅焰→焰紅」「白銀→銀色」等「性狀＋顏色」組屬於偏正式結構的詞彙化；「皚皚→白皚皚」「豔豔→紅豔豔」「漫漫→白漫漫：黑漫漫：青漫漫：綠漫漫」等「顏色＋重疊詞」組屬於狀態詞的重疊構詞；「白鱗→白鱗鱗」的「顏色＋重疊詞」組屬於經過偏正式結構的詞彙化，再名詞「白鱗」重疊為「白鱗鱗」的重疊構形；「紅豔→紅豔豔」「碧鮮→碧鮮鮮」的「顏色＋重疊詞」組屬於經過「顏色＋附加式」結構的詞彙化，再形容詞「紅豔」「碧鮮」分別重疊為「紅豔豔」「碧鮮鮮」的重疊構形。從某種語義上看，顏色詞的複音化現象可以看成是詞彙生動化過程。

可以看出，漢語複音節五色範疇顏色詞的量變引起了其質變。而且在龐大的句法庫藏中，這些複音節顏色詞受到「句法→詞法」「詞法→句法→詞法」等詞彙生成演變環境的影響，以其所屬的類別範疇也發生了變化。

二、中古漢語複音節五色範疇顏色詞的發展變化

如前所述，在上古的複音節顏色詞裏已存在表示顏色三屬性的要素。在中古時期，表示顏色三屬性的語素既有從上古沿用下來的，又有這一時期新出現的。其中，在中古時期新出現的語素如下：

（一）表示顏色三屬性的新質要素的出現

1. 表示色相的語素

上古時期，主要用來染料的「藍」到了中古時期開始表示顏色的意義。例

〔註15〕張悅《漢語詞彙複音化對漢語發展的影響》，《廣西社會科學》（語言・文字），2005年第6期（總第120期），169頁。

如：

（5）a. 物有無窮好，<u>藍青</u>又出青。（唐・呂溫《青出藍詩》）

　　b. <u>藍灰</u>澄古色，泥水合凝滋。（唐・齊己《假山》）

　　c. 畢竟輸他老漁叟，綠蓑青竹釣<u>濃藍</u>。（唐・齊己《瀟湘》詩）

　　d. 巴江江水色，一帶<u>濃藍碧</u>。（唐・王周《巴江》）

　　e. 巴水走若箭，峽山開如屏。洶湧匹練白，嵳峩<u>濃藍青</u>。（唐・王周《巫廟》詩）

　　從語義上看，「顏色＋顏色」組的「藍青」和「藍灰」分別表示藍綠色[註16]和帶綠的深灰色；「性狀＋顏色」組的「濃藍」、「濃藍碧」和「濃藍青」分別表示深綠色和濃度很深的青綠色。在這裡，例（5）c的「濃藍」是借用顏色屬性的顯著性來指代江水的。這樣的指代法可以讓語言表達更加形象生動。在這一時期，表示色相的「事物＋色」組的顏色詞也滋生了。例如：

（6）a. 風光今旦動，<u>雪色</u>故年殘。（南朝陳・徐陵《春情》詩）

　　b. 爭頭覓飽暖，作計相啖食。因果都未詳，盲兒問<u>乳色</u>。（唐・寒山《詩》其九十二）

　　c. 輕煙澹<u>柳色</u>，重霞映日餘。（南朝梁・何遜《落日前墟望贈范廣州雲》）

　　d. 懸雜羽而為蓋。<u>草色</u>綠而馬聲悲。（南朝梁・江淹《山中楚辭六首》其一）

　　e. 春宮閟此<u>青苔色</u>，秋帳含茲明月光。（南朝梁・江淹《別賦》）

　　f. <u>苔色</u>隨水溜，樹影帶風沈。（南朝陳・陳叔寶《獻歲立春光風具美泛舟玄圃各賦六韻詩》）

　　g. <u>柳色</u>披衫金縷鳳，纖手輕拈紅豆弄。（唐・和凝《天仙子》詞）

　　h. 對影獨含笑，看花時轉側。聊為出繭眉，試染<u>夭桃色</u>。（南朝梁・何遜《詠照鏡》）

　　i. 人顏不再春，<u>桃色</u>有再濃。（唐・孟郊《古意》詩）

　　j. <u>杏色</u>滿林羊酪熟，麥涼浮甕雉媒低。（唐・儲光羲《田家即事》詩）

［註16］參見元末明初陶宗儀《輟耕錄・寫像秘訣》：「彩繪法：藍青，用三青入高三綠合。」

k. 六月南風多，苦旱<u>土色</u>赤。（唐・姚合《送王求》）

l. 行人無<u>血色</u>，戰骨多青苔。（唐・高適《酬裴員外以詩代書》）

上面所列舉的「事物＋色」組顏色詞中的事物語素是指代顏色屬性的。像「事物＋顏色」組的「物色詞」那樣，事物語素和顏色語素之間具有比擬、說明的關係。這種造詞法有助於讓人容易理解語義上本身具有模糊性和抽象性的顏色詞。因為，在日常生活中，人們常接觸過的事物令人很容易和快捷地聯想其顏色屬性，在語言表達上有使語言具有具體性和形象性的作用。

從語義上看，例（6）ab 的「雪色」和「乳色」都屬於白色範疇的顏色詞，它們分別表示像雪一樣潔白的顏色和像乳汁一樣的白色。前者相當於物色詞「雪白」，後者相當於物色詞「乳白」；例（6）cdefg 的「柳色」「草色」「青苔色」「苔色」都屬於綠色範疇的顏色詞。它們分別表示「柳綠」「草綠」和「青苔的顏色」；例（6）hi 的「夭桃色」和「桃色」都表示粉紅色，它們相當於桃紅；例（6）j 的「杏色」表示黃中帶微紅的顏色；例（6）k 的「土色」表示帶紅的黃土色；例（6）l 的「血色」表示健康紅潤的臉色。由此可見，在中古時期利用具體事物來直接指稱顏色的造詞方式是已普遍的。

2. 表示顏色濃度的語素

在中古時期，「性狀＋顏色」組中表示顏色濃度的語素可分為提升顏色濃度的語素和降低顏色濃度的語素。放在顏色語素前面的「深」「濃（穠）」「殷」「蔫」「嫣」「熟」等非顏色語素都屬於前者，非顏色語素「淡」屬於後者。例如：

（7）a. <u>濃朱</u>衍丹唇，黃吻瀾漫赤。（晉・左思《嬌女詩》）

　　b. 雨暗不離<u>濃綠</u>樹，月斜長弔欲明天。（唐・吳融《子規》詩）

　　c. <u>殷紅</u>淺碧舊衣裳，取次梳頭闇澹妝。（唐・元稹《鶯鶯詩》）

　　d. <u>蔫紅</u>半落平池晚，曲渚飄成錦一張。（唐・杜牧《春晚題韋家亭子》詩）

　　e. 百尺相風插重屋，側近<u>嫣紅</u>伴柔綠。（唐・李商隱《河陽詩》）

　　f. 窗前遠岫懸生碧，簾外殘霞掛<u>熟紅</u>。（唐・羅虯《逸句》）

（8）a. 一尺圓潭<u>深黑</u>色，篆文如絲人不識。（唐・薛逢《靈臺家兄古鏡歌》）

（9）a. 淺綠垣牆綿薜荔，<u>淡紅</u>池沼映芙蕖。（唐・殷堯藩《訪許渾》）

    b. 胡蝶兒，晚春時。阿嬌初著<u>淡黃</u>衣，倚窗學畫伊。（唐・張泌《胡蝶兒》）

從語義上看，例（7）acdef 的「濃朱」「殷紅」「蔫紅」「嫣紅」「熟紅」等紅色範疇顏色詞都表示「深紅」「大紅」的意思。其中，「蔫紅」「嫣紅」都指代鮮豔的紅花，以非顏色語素「蔫」「嫣」對顏色義增添鮮豔度。例（7）b 的「濃綠」表示「深綠」的意思。例（8）a 的「深黑色」表示顏色很黑的意思。與此不同，例（9）ab 的「淡紅」和「淡黃」分別表示淺淺的紅色和黃色。由此可見，在中古時期，表示顏色濃度的「深淺」「濃淡」等非顏色語素都具備。此外，在中古時期，「重翠」「重碧」「輕紅」「輕綠」「輕碧」中的非顏色語素「重」和「輕」也表示顏色的濃度。

3. 表示亮度的語素

在中古時期，「性狀＋顏色」「顏色＋性狀」組中表示顏色亮度的語素可分為提升顏色亮度的語素和降低顏色亮度的語素。非顏色語素「爛」「瑩」和「赫」都屬於前者，「沈」「沉」「暗」「黯」「昏」「陰」「隱」「騰」等非顏色語素都屬於後者。例如：

（10）a. 殼如紅繒，膜如紫綃，瓤肉<u>瑩白</u>如冰雪，漿液甘酸如醴酪。（唐・白居易《荔枝圖序》）

      b. <u>爛銀</u>基地薄紅妝，羞殺千花百卉芳。（唐・徐夤《依韻和尚書再贈牡丹花》）

      c. 黛花新染插天風，驀吐中心<u>爛銀色</u>。（唐・張碧《廬山瀑布》）

從語義上看，例（10）a 的「瑩白」描繪荔枝的果肉明亮潔白的樣子。《說文》釋為：「瑩，玉色。從玉，熒省聲。」按此，「瑩」屬於形聲字，「玉」是表義，「熒」是表音。我們通過因聲求義法〔註17〕可以找到其詞義。「瑩」的意義是「玉＋熒」的混合意義，即玉石明亮的樣子。依據《廣雅》：「熒熒，光也。」，表音字「熒」表示「光」的意思。由此可見，在語義功能上，放在顏色語素「白」前面的非顏色語素「熒」可以提升顏色亮度；例（10）bc 的「爛銀」「爛銀色」表示銀白的意思。非顏色語素「爛」放在事物名詞「銀」前面提升顏色的亮度。

（11）a. 倉米已<u>赫赤</u>，不貸人斗升。（唐・寒山《詩》其三七）

〔註17〕對「因聲求義法」的定義，請參見第五章「雙碟式 AABB 式顏色詞的繼承」。

b. 莫引添丁郎，<u>赫赤</u>日裏走。（唐・盧仝《寄男抱孫》詩）

c. 暗去也沒雨，明來也沒雲。日頭<u>赫赤赤</u>，地上絲氤氳。（唐・張鷟《朝野僉載》卷四）

從語義上看，例（11）a 的「赫赤」表示「深紅」的意思；例（11）b 的「赫赤」表示「火紅」的意思，其顏色詞裏蘊含著表示顏色濃度和亮度的意義。可見，在語境不同的情況下，在語義上存在著細微的差異。例（11）c 的「赫赤赤」表示「火紅」的意思。與「赫赤」相比，其語義程度強化。

（12）a. 百尺旌竿<u>沈黑</u>雲，邊笳落日不堪聞。（唐・常建《張公子行》）

b. 影下寒林<u>沈綠</u>水，光搖高樹照晴空。（唐・周元範《和白太守揀貢橘》）

c. 朝早獨來看，冷星<u>沈碧</u>曉。（唐・王建《和錢舍人水植詩》）

d. 一架三百本，<u>綠沈</u>森冥冥。（唐・皮日休《公齋四詠・新竹》）

從語義上看，非顏色語素「沈（沉）」既可以表示顏色的亮度，又可以表示顏色的濃度：例（12）a 的「沉黑」表示「深黑」，以「沈」提升顏色的濃度，降低顏色的亮度；例（12）bcd 的「沈綠」「沈碧」「綠沈」都表示深綠色，以它提升顏色的濃度。

（13）a. 堅厚者既難燥，又見<u>黯黑</u>，皆為膠惡也。（後魏・賈思勰《齊民要術》卷第九《煮膠》第九十）

b. 況蛇者協辰巳之位，烏者棲太陽之精，此乃<u>騰黑</u>之明象，白日之流景。（晉・干寶《搜神記》卷三，轉引自《漢語大詞典》）

c. 相看<u>隱綠</u>樹，見人還自嬌。（南朝梁・簡文帝《三月三日率爾成詩》）

d. 上樓迎春新春歸，<u>暗黃</u>著柳宮漏遲。（唐・李賀《河南府試十二月樂詞・正月》）

e. <u>黑暗</u>無明燭，三毒遞相驅。（唐・寒山《詩三百三首》其二七二）

f. 斷崖晝<u>昏黑</u>，槎臬橫隻橡。（唐・于鵠《過凌霄洞天謁張先生祠》詩）

g. 洞門晝<u>陰黑</u>，深處惟石壁。（唐・王建《溫門山》詩）

h. 草間長餘絳，花靜落<u>幽紅</u>。（唐・李華《寄趙七侍御》詩）

從語義上看，例（13）abefg 的「黯黑」「騰黑」「黑暗」「昏黑」「陰黑」都表示黑暗貌，「黯」「暗」「騰」「昏」「陰」等語素降低亮度；例（13）c 的「隱綠」表示暗綠色或深綠色，非顏色語素「隱」提升顏色的濃度或降低顏色的亮度；例（13）d 的「暗黃」表示黑黃色，非顏色語素「暗」降低顏色的亮度；例（13）h 的「幽紅」表示暗紅色，非顏色語素「幽」降低顏色的亮度。由此可見，語義上表示昏暗貌的非顏色語素提升顏色的濃度或降低顏色的亮度。

4. 表示顏色鮮豔度的語素

在中古時期，提升顏色鮮豔度的複音詞類別主要有「性狀＋顏色」「顏色＋性狀」「事物＋顏色」「顏色＋事物＋色」四類。例如：

（1）「性狀＋顏色」「顏色＋性狀」組：鮮白、鮮紅、嫩紅、嫩綠、嫩碧、嬌紅、新紅、新青、新綠、新碧、新黃、豔紅、輝紅、香紅；紅鮮、綠鮮、碧鮮、紅豔、丹豔、紅潤、黃潤、紅膩、綠滋、碧滋、綠油等等。

（14）a. 晉懷帝永嘉中，徐奭出行田，見一女子，姿色<u>鮮白</u>。（南朝宋·劉敬叔《異苑》卷八，轉引自《漢語大詞典》）

    b. 愁眉歇巧黛，啼妝落<u>豔紅</u>。（南朝梁·劉孝勝《妾薄命》）

    c. <u>嫩紅</u>雙臉似花明，兩條眉黛遠山橫。（後蜀·顧敻《遐方怨》詞）

    d. 可憐池閣秋風夜，愁綠<u>嬌紅</u>一遍新。（唐·王建《路中上田尚書》）

    e. <u>香紅嫩綠</u>正開時，冷蝶饑蜂兩不知。（唐·吳仁璧《鳳仙花》）

    f. 風吹<u>新綠</u>草牙拆，雨灑輕黃柳條濕。（唐·白居易《長安早春旅懷》詩）

    g. 簇簇枝<u>新黃</u>，纖纖攢素指。（唐·元稹《西齋小松》詩之二）

從語義上看，例（14）a 的「鮮白」表示鮮明潔白的意思；例（14）bcde 的「豔紅」「嫩紅」「嬌紅」「香紅」等紅色範疇顏色詞都表示鮮豔的紅色。這些顏色詞主要用來描寫桃紅的臉色或紅花；例（14）efg 的「嫩綠」「新綠」「新黃」分別表示嫩綠色和嫩黃色。可見，放在顏色語素前面的非顏色語素「鮮」「豔」「嫩」「嬌」「香」「新」等都對顏色義增添鮮豔度。其中，「嫩」和「香」都屬於通感要素，它們分別表示觸覺和嗅覺。這意味著，有些通感要素在和視覺要素相互作用下，可以提升顏色的鮮豔度。

（2）「顏色＋事物」「事物＋顏色」「顏色＋事物＋色」組：黃金；火紅、

焰紅、桃紅、蓮紅、橘紅、粉紅、雪紅、燭紅、柳綠、金黃、柘黃、真珠紅、荔枝紅、鬱金黃；粉色、金色、梅色、血色、赤火色、紅桃色、黃金色、土黃色等等。

（15）a. 翠煙和柳嫩，<u>紅焰</u>出花新。（唐・史延《清明日賜百僚新火》）

　　　b. 桂水夏瀾急，火山宵<u>焰紅</u>。（唐・劉禹錫《送僧方及南謁柳員外》）

　　　c. 晉金行，<u>赤火色</u>，金之賊也。（《宋書》卷三十《志》第二十）

　　　d. 聞道山花如<u>火紅</u>，平明登寺已經風。（唐・盧綸《河中府崇福寺看花》）

從語義上看，例（15）a 的色物詞「紅焰」代表「太陽」，例（15）b 的物色詞「焰紅」表示像火焰一樣的紅色。「焰紅」是色物詞「紅焰」通過「移就」產生的比擬式物色詞。喻體「焰」補充說明顏色「紅」的具體性狀。〔註18〕

（16）a. 鮮膚勝粉白，慢臉若<u>桃紅</u>。（南朝梁・劉遵《繁華應令》詩）

　　　b. 休糧知幾載，臉色似<u>桃紅</u>。（唐・李建勳《送喻鍊師歸茅山》）

　　　c. 天然既沒<u>紅桃色</u>，遮莫七寶叫身鋪。（《敦煌變文・金剛醜女因緣》）

　　　d. 窗憐返照緣書小，庭喜新霜為<u>橘紅</u>。（唐・陸龜蒙《和襲美初冬偶作寄南陽潤卿次韻》）

　　　e. 徑柳拂雲綠，山櫻帶<u>雪紅</u>。（唐・李咸用《題王氏山居》）

　　　f. 瘴雨欲來楓樹黑，火雲初起<u>荔枝紅</u>。（唐・許渾《送杜秀才歸桂林》）

　　　g. 臉<u>蓮紅</u>，眉<u>柳綠</u>。（五代・和凝《麥秀兩岐》詞）

　　　h. 葉萋萋兮翠青，英蘊蘊而<u>金黃</u>。（晉・傅玄《鬱金賦》）

　　　i. 垂楊風輕弄翠帶，鯉魚日暖跳<u>黃金</u>。（唐・羅隱《皇陵》詩）

　　　j. 入夏偏宜澹薄妝，越羅衣褪<u>鬱金黃</u>。（唐・李珣《浣溪沙》詞其一）

　　　k. 閉著五門遙北望，<u>柘黃</u>新帕御床高。（唐・王建《宮詞》其一）

　　　l. 樹踴<u>金銀色</u>，蓮開日月光。（唐・武三思《五言和波崙師登佛授記閣一首》）

　　　m.鼉魚，其身<u>土黃色</u>，有四足脩尾。（唐・劉恂《嶺表錄異》卷下）

　　　n. 昨夜東風入武陽，陌頭楊柳<u>黃金色</u>。（唐・李白《早春寄王漢陽》詩）

〔註18〕對「色物詞」與「物色詞」的定義，請參見第七章「漢語色物詞與物色詞的原始形態類型」。

　　上面所列舉的「顏色＋事物」「事物＋顏色」組的顏色詞都是利用具體事物的顏色屬性來表現的詞語。這些色物詞和物色詞的產生機制都是基於顏色屬性的相似性聯想，可以使語言表達更為形象和生動。

　　從語義上看，例（16）abceg 的紅色範疇的物色詞或色物詞「桃紅」「雪紅」「蓮紅」「紅桃色」都表示粉紅色〔註19〕；例（16）d 的「橘紅」表示像橘子一樣紅中帶黃的顏色；例（16）f 的「荔枝紅」表示像荔子一樣的紅色；例（16）hijkmn 的黃色範疇顏色詞「金黃」「黃金」「金色」「黃金色」「鬱金黃」「柘黃」「土黃色」分別表示像金子一樣黃中帶淺紅的黃色、像鬱金一樣的黃色、赤黃色〔註20〕和黃土的顏色；例（16）g 的「柳綠」表示黃綠色。按照色彩學理論（葉經文等，2010）〔註21〕，不同顏色之間的鮮豔度高低情況是：紅（14）〉黃橙（12）＝黃（12）＞黃綠（10）＞綠（8）＞藍綠（6）。

　　可以看出，同一範疇顏色詞中的物色詞和色物詞之間存在著顏色的濃度和鮮豔度的差異，並不同範疇顏色詞中的物色詞和色物詞之間也存在著其差異。也就是說，具體事物帶有的顏色屬性的差異可以產生豐富多彩的顏色詞。

（二）表示通感的新質要素的湧現

　　色彩學理論說：「視覺生理感受是心理的基礎，聽覺、嗅覺及觸覺等其他感官也能影響人的色覺判斷，從而產生色彩的通感現象。」「所謂色彩的通感，是指人們在色彩知覺過程中因多種感覺器官相互作用而引起的聯想性知覺。」〔註22〕據文獻，色彩的通感現象已見於上古時期。如《左傳・昭公元年》：「天有六氣，謂陰、陽、風、雨、晦、明也。降生五味，謂金味辛、木味酸、水味鹹、火味苦、土味甘，……。」；「發為五色，辛色白，酸色青，鹹色黑，苦色赤，甘色黃。」；「徵為五聲，白聲商，青聲角，黑聲羽，赤聲徵，黃聲宮。」〔註23〕這樣的通感現象就是提升直覺經驗的產物。由此可見，古人認為，視覺

〔註19〕「事物＋色」組的顏色詞中「粉色」「血色」「梅色」也帶有粉紅色或鮮紅色的意義。如南朝梁房篆《金石樂》詩：「玉顏光粉色，羅袖拂花鈿。」唐白居易《琵琶引》：「鈿頭雲篦擊節碎，血色羅裙翻酒污。」唐李嶠《遊禁苑陪幸臨渭亭遇雪應制》詩：「同雲接野煙，飛雪暗長天。拂樹添梅色，過樓助粉妍。」

〔註20〕按照《漢語大詞典》的解釋：「柘黃，是用柘木汁染的赤黃色。自隋唐以來為帝王的服色。」

〔註21〕葉經文主編《色彩構成》，北京：清華大學出版社，2010 年 9 月第 1 版，17 頁。

〔註22〕黃縷主編《色彩構成》，武漢：華中科技大學出版社，2006 年 10 月第 1 版，17 頁。

〔註23〕李學勤主編《十三經注疏・春秋左傳正義》，北京：北京大學出版社，1999 年 12 月

感知與聽覺和味覺之間可以彼此交通。

　　從上面的表 3.6 至表 3.10 中「狀態＋顏色」「顏色＋事物」組的詞語可以知道，中古是語義上表示「通感義＋顏色義」的複音節顏色詞大量出現的時期。例如：

1. **表示冷暖感的顏色詞：暖紅、暖碧、冷紅、冷碧、寒綠、寒碧、冬青。**

（17）a. 漁依岸柳眠圓影，鳥傍岩花戲暖紅。（唐・杜荀鶴《贈友人罷舉赴辟命》）

　　　 b. 池塘暖碧浸晴暉，濛濛柳絮輕飛。（唐・牛希濟《中興樂》詞）

　　　 c. 雲根苔蘚山上石，冷紅泣露嬌啼色。」（唐・李賀《南山田中行》詩）

　　　 d. 冷碧新秋水，殘紅半破蓮。（唐・白居易《龍昌寺荷池》）

　　　 e. 技月喉，攈霜脊，北斗離離在寒碧。（唐・陸龜蒙《吳俞兒舞歌・劍俞》）

　　如前所述，顏色既可以表示物理現象，又可以表示生理和心理現象。上面所列舉的顏色詞都是由表示通感語素和顏色語素構成的。其中，通感要素，即觸覺可分為溫覺範疇和冷覺範疇。從語義上看，例（17）ab 的「暖紅」和「暖碧」都屬於溫覺範疇，它們分別表示春暖時的花色和水色；例（17）cde 的「冷紅」「冷碧」「寒碧」「寒綠」等都屬於冷覺範疇，它們分別表示「微寒時的紅花」「秋水色」「寒涼的碧空」。可見，這些詞語都是受到季節和話者心理感受的影響而產生的。

2. **表示輕重感或軟硬感的顏色詞：輕白、輕紅、薄紅、浮紅、輕綠、輕碧、輕翠、輕黃、重碧、重翠、嫩黃、嫩紅、軟碧等等。**

（18）a. 依帷濛重翠，帶日聚輕紅。（南朝梁・簡文帝《梁塵詩》）

　　　 b. 眉心濃黛直點，額角輕黃細安。（北周・庾信《舞媚娘》詩）

　　　 c. 重碧拈春酒，輕紅擘荔枝。（唐・杜甫《宴戎州楊使君東樓》詩）

　　　 d. 迎得春光先到來，淺黃輕綠映樓臺。（唐・劉禹錫《楊柳枝》詞）

第一版，1165～1166 頁。

e. 細光穿暗隙，<u>輕白</u>駐寒條。（唐・溫庭筠《雪二首》其二）

f. 秋露落松子，春深裹<u>嫩黃</u>。（唐・王貞白《述松》）

g. 簾下三間出寺牆，滿街垂柳綠陰長，<u>嫩紅輕翠</u>間濃妝。（前蜀・薛昭蘊《浣溪沙》詞）

h. <u>軟碧</u>搖煙似送人。映花時把翠蛾顰。（唐・和凝《柳枝》詞）

　　在心理上，對顏色的輕重感和軟硬感與顏色的濃度和亮度有密切關係，但其感覺是相對的。對顏色的溫覺也是如此。淺色、亮色和暖色令人感覺輕、軟，深色、暗色和冷色令人感覺重、硬。從語義上看，例（18）的「輕紅」「輕黃」「輕綠」「輕白」「嫩黃」「嫩紅」「輕翠」「軟碧」給人比較輕和柔軟的感覺，它們分別表示「淺紅」「淺黃」「淺綠」。在這裡，例（18）e 的「輕白」指代「白雪」；例（18）ac 的「重翠」「重碧」給人比較重和堅硬的感覺，它們都表示「深綠」。可見，色彩現象和視覺經驗形成的重量感或軟硬感作用於人的心理，以可以產生顏色的重量感或軟硬感。

　　3. **表示膨脹感或收縮感的顏色詞：肥白、繁綠、瘦碧、衰白、衰紅、老紅、落紅、墜紅、凋青、殘紅、殘碧、殘白、殘黃、皺白等等。**

（19）a. 新黃間<u>繁綠</u>，爛若金照碧。（唐・白居易《和錢員外早冬玩禁中新菊》）

　　　b. 仙松添<u>瘦碧</u>，天驥減豐膘。（唐・貫休《避地毗陵上王慥使君》）

　　　c. 明朝風起應吹盡，夜惜<u>衰紅</u>把火看。（唐・白居易《惜牡丹花》詩之一）

　　　d. <u>殘紅</u>被徑隧，初綠雜淺深。（南朝齊・謝靈運《讀書齋詩》）

　　　e. <u>皺白</u>離情高處切，膩香愁態靜中深。（唐・韓偓《惜花》詩）

　　事實上，表示膨脹感或收縮感的顏色詞已見於上古時期。如《史記・張丞相列傳》：「蒼坐法當斬，解衣伏質，身長大，<u>肥白</u>如瓠。」《漢書・敘傳上》：「後上朝東宮，太后泣曰：『帝間顏色<u>瘦黑</u>。』」前面的「肥白」表示又胖又白，以給人膨脹感，後面的「瘦黑」表示肌體消瘦，臉色黝黑，以給人收縮感。如見上例，在中古時期出現的顏色詞也是如此。從語義上看，例（19）a 的「繁綠」利用顏色詞來指代繁多的綠葉，以給人膨脹感；例（19）bcde 的「瘦碧」「衰紅」「殘紅」「皺白」分別描寫青松瘦的樣子和凋殘的紅花或白花，以給人收縮感。

4. 其他：愁紅、愁碧、恨翠、醉紅等等。

（20）a. 南浦芙蓉影，<u>愁紅</u>獨自垂。（唐・李賀《黃頭郎》詩）

   b. 此情誰信為狂夫，<u>恨翠愁紅</u>流枕上。（唐・牛嶠《木蘭花》）

   c. <u>醉紅</u>不自力，狂豔如索扶。（唐・孟郊《邀人賞薔薇》）

在語義上，上面所列舉的「狀態＋顏色」組的詞語帶有憂慮、怨恨、豔麗等表情義。例（20）ab 的「愁紅」分別描寫被風雨摧殘的紅花和年輕女子的愁臉；例（20）b 的「恨翠」描寫凋殘的綠葉，語義上具有表示怨恨的表情義；例（20）c 的「醉紅」本來表示因酒醉而臉上呈現的紅色。可是，在這裡，「醉紅」指代紅薔薇，以語義上具有表示鮮豔的表情義。此外，在同時代出現的「紅怡怡」具有表示喜悅的表情義。如唐白居易《和陽城驛》詩：「兄弟笑相顧，醉貌<u>紅怡怡</u>。在這裡，「紅怡怡」表示飲酒後臉上呈現出的紅潤色，在語義上這一詞相當於「酒紅」。

（三）ABB、BBA、ABC 和 AABB 式顏色詞的湧現

因為 ABB 式顏色詞很少見，上古時期是可以看成 ABB 式顏色詞產生的萌芽期。但是，在這一時期早已產生的 AA 式重疊詞和雙聲疊韻詞對中心詞做補充說明的作用，以它們已經具有和顏色語素構成 ABB、BBA、ABC 和 AABB 式顏色詞的潛力。

上古的 AA 式重疊詞和雙聲疊韻詞都是適應漢語詞彙複音化的發展趨勢而產生的雙音詞。由於描寫性極為豐富，到了中古時期，這些雙音詞和顏色語素構成 ABB、BBA、ABC 和 AABB 式等重疊式顏色詞。例如，「悠悠：白悠悠：綠悠悠：碧悠悠」「漫漫：白漫漫：黑漫漫」「茫茫：白茫茫：茫茫綠」「皚皚：白皚皚」「浩浩：白浩浩」「紛紛：白紛紛：紅紛紛」「溶溶：白溶溶：碧溶溶」「差差：白差差：差差綠」「微微：綠微微：微微白」「娑娑：白娑娑：青娑娑」「霏霏：紅霏霏」「團團：赤團團」「參差：綠參差：碧參差」「巍峨：青巍峨」「爛漫（爛熳）：紅爛熳」「青青黃黃」「朱朱白白」「紅紅綠綠」，等等。對此，在下篇《漢語重疊式顏色詞的歷時研究》中進行探析，請參見第四章至第七章。

三、小　結

以上是中古時期漢語複音節五色範疇顏色詞的發展變化的面貌。得出的結

論是：

（1）在唐代，顏色詞「紅」完全取代在上古時期佔據主導地位的顏色詞「赤」，以顏色詞「紅」泛指紅色；後起的顏色詞「綠」和「碧」逐漸開始代替在上古時期佔優勢的顏色詞「青」；在上古時期主要用來染料的「藍」開始表示顏色的意義。

（2）漢語複音節五色範疇顏色詞的量變導致了其質變。對此的變化有以下幾點：

第一，在龐大的句法庫藏中，複音詞類別的範疇有了變化。如「顏色＋事物」組的偏正式詞語轉變為「事物＋色」組的偏正式詞語，即「白雪→雪色」「白銀→銀色」「赤銅→銅色」「赤血→血色」「紅桃→桃色」「紅杏→杏色」「紅梅→梅色」「青柳／綠柳→柳色」「綠草→草色」「黃金→金色」「黃土→土色」；「顏色＋事物」組的偏正式詞語轉變為「事物＋顏色」組的比擬式（偏正式）詞語，即「紅火→火紅」「紅焰→焰紅」「紅桃→桃紅」「紅橘→橘紅」「紅蓮→蓮紅」「綠柳→柳綠」「綠草→草綠」「黃鵝→鵝黃」「黃金→金黃」；「顏色＋狀態」組的附加式詞語和「狀態＋顏色」組的偏正式詞語並存，即「黑暗／黯黑」「紅鮮／鮮紅」「紅豔／豔紅」「紅香／香紅」等等；少數「顏色＋狀態」「顏色＋事物」組的 AB 式重疊為「顏色＋重疊式」組的 ABB 式，即「紅豔→紅豔豔」「紅焰→紅焰焰」「綠陰→綠陰陰」「白鱗→白鱗鱗」。

第二，上古時期的 AA 式重疊詞和雙聲疊韻成為中古漢語 ABB、BBA、ABC 和 AABB 重疊式的主要成員，以使語言表達更為形象生動。

第三，在中古時期，在語義上表示顏色三屬性的新質要素和在心理上表示通感的新質要素的大量出現，使漢語複音節顏色詞的系統越來越複雜和精密。

總之，這些複音節顏色詞的動態變化都可以歸入詞彙生動化的演變過程。

第三節　近古漢語複音節顏色詞句法場分析

「詞彙是一個多層面立體交叉的網絡系統，是一個開放性的、隨著時間的變化而不斷變化的動態系統。」〔註 24〕詞彙系統中的一個子系統，即顏色詞也

〔註24〕徐時儀《詞義類聚與詞義系統探略》，《詞彙學理論與應用（八）》，北京：商務印書館，2016 年 3 月第 1 版，47 頁。

是如此。下面的句法場是從宋代到清代一些文獻〔註25〕中的近古漢語複音節五色範疇顏色詞的使用情況。從中可以看到顏色詞類別範疇的動態變化與重疊詞的語音變化的面貌。

表 3.11　近古漢語複音節白色範疇顏色詞

時代	複音詞類別				
	狀態＋顏色	事物＋顏色	顏色＋顏色	顏色／事物＋色 顏色＋顏色＋色	顏色＋附加式／重疊式
宋代	皓白、淡白、淨白、潔白、香白、衰白、鮮白、新白、輕白、殘白、垂白、散白、釅白、半白、膩白、纖白、暖白、寒白、通白、秋白、斜白、勻白、醉白、浮白、斑白、花白、嫩白、純白、暗白、瑩白	雪白、霜白、草白、乳白、梨花白	紅白、粉白、黃白	皓彩、皓色、銀色、雪色	白白、皎皎、皎然、皓皓、皓然、白皙、白潤、白嫩、白翻翻、翻翻白、白絲絲（雪絲絲）、白晶晶、白漫漫、白雙雙、白決決、白鮮鮮、白娟娟、白茫茫、茫茫白、白皓皓、微微白、白皚皚、白鑿鑿、白紛紛、紛紛白、白瑩瑩、白差差、白茸茸、茸茸白、白磷磷、磷磷白、垂垂白、團團白、白堆堆、莝莝白、蕭蕭白、白浩浩、白燊燊、離離白、白迢迢、白氄氄、白蒼蒼、白荒荒、荒荒白、閃閃白、紅紅白白
元明	純白、皓白、潔白、瑩白、通白、半白、細白、慘白、浮白、斑白、花白、嫩白	月白、雪白	紅白、青白、蒼白、粉白、緋白	皓色、白素、銀色、月色	白白、白淨、白皙、白嫩、白漫漫、漫漫白、白翻翻、翻翻白、白鮮鮮、白浩浩、白團團、白燦燦、白生生、白馥馥、白娟娟、白瀲瀲、白茫茫、白濟濟、白光光、白微微、白鮮鮮、白蕩蕩、白泠泠、泠泠白、白鐸鐸、白穰穰、白森森、白磊磊、滔滔白、白孆孆（蚩蚩）、白晶晶、白皚皚、皚皚白、白晃晃、白雪雪、白淨淨、白皎皎、白皓皓、白雙雙、雙雙白、白差差、白紛紛、雪絲絲、白華華、白森森、白粼粼、白茸茸、微微白、嫋嫋白、白膩膩、白皙皙、白湛湛、白點點、白靄靄、

					白離離、離離白、白纖纖、白磊磊、白迤迤、荒荒白、白紛紛、白麩麩、漸漸白、白垂垂、團欒白、白模糊、白白淨淨、白白荒荒、紅紅白白
清代	素白、輕白、淨白、正白、慘白、潔白、通白、花白、嫩白、瑩白	雪白	紅白、朱白、緋白、蒼白、粉白	白彩、銀色、蒼白色	白白、白膩、皎然、白皙、白嫩、白閃閃、白汪汪、白漫漫、白生生、白茫茫、茫茫白、白嫩嫩、白皚皚、白晃晃、雪雪白、白淨淨、白巉巉、白紛紛、絲絲白、白皓皓、白差差、白決決、白亮亮、白潤潤、白皓皓、白浩浩、白離離、白潺潺、白纖纖、白漆漆、白糊糊、白花花、白茸茸、白荒荒、荒荒白、白團欒、白紛綸、白白淨淨、紅紅白白、雪白雪白

表 3.12　近古漢語複音節黑色範疇顏色詞

時代	複音詞類別				
	狀態＋顏色	事物＋顏色 顏色＋事物	顏色＋顏色	顏色／事物＋色 顏色＋顏色＋色	顏色＋附加式 顏色＋重疊式
宋代	深黑、陰黑、冬黑、黯黑、純黑、正黑、暗黑、純黑	黛黑、鴉青、黑漆、漆黑	碧黑、蒼黑、赤黑、赭黑、黑紫	黑色、青黑色	黑潤、黑瘦、黑暗、暗暗、油油、黑漆漆、黑漫漫、漫漫黑、黑絲絲、黑離離、黑淬淬、黑洞洞、長長黑、黑紛紛、烏律律、墨漆黑
元明	黯黑、陰黑、曛黑、晦黑、深黑、渾黑、暗黑	黑漆、漆黑、黑墨、黑油、黑鐵	青黑、黑青、紫黑、黑蒼	黑色、青黑色、深黑色	黑暗、黑漫、黑黑、黑胖、黑瘦、油油、黑洞洞、黑暗暗、黑鬢鬢、黑煙煙、黑稠稠、黑濛濛、黑津津、黑葳葳、黑油油、黑漫漫、黑臻臻、黑漆漆、黑黝黝、黑撲撲、黑凜凜、黑魆魆、黑攸攸、黑悠悠、黑淄淄、黑騰騰、黑沉沉、黑茫茫、黑委委、黑鴉鴉、黑索索、黑叢叢、黑陰陰、黑參參、黑靄靄、黑離離、離離黑、黑押押（黑壓壓）黑黯黯、黑越越、黑髭髭、黑壓壓、墨鮮鮮、黑慘慘、黑峨峨、黑通通、黑濛濛、黑磔磔、烏樓樓、墨浸浸、黑古董、黑咕咚、黑足呂、黑林侵、

				黑彌漫、黑模糊、昏昏黑黑、白白胖胖
清代	沉黑、曛黑、冥黑、微黑、深黑、黯黑、肥黑、正黑、漸黑、黑丑、暗黑	黑漆、漆黑、黑墨、墨黑、黑油、烏黑	青黑、黑灰、黑紫	黑色、深黑色、青黑色、黑紫色	黑粗、黑丑、黑黯、黑胖、黑瘦、黑黑、黑暗、油油黑漆漆、黑洞洞、黑鴉鴉、黑壓壓、黑魆魆、黑駿駿、黑黝黝、黑暗暗、黑索索、黑漫漫、黑叢叢、黑薰薰、黑津津、黑真真、黑糊糊、黑乎乎、黑忽忽、黑鬢鬢、黑凜凜、黑騰騰、黑沉沉、黑黯黯、黑蒼蒼、黑磣磣、黑黲黲、黑槮槮、黑森森、黑油油、烏油油、烏溜溜、黑津津、墨測黑、烏漆墨黑、黑古攏洞、昏昏黑黑、漆黑漆黑

表 3.13　近古漢語複音節紅色範疇顏色詞

時代	顏色	複音詞類別				
		狀態＋顏色	事物＋顏色 顏色＋事物	顏色＋顏色	顏色／事物＋色 顏色＋顏色＋色	顏色＋附加式／重疊式
宋代	赤 彤 朱 丹 紅	大赤、通赤 深朱、殘朱 大紅、通紅、潤紅、微紅、漸紅、愁紅、殘紅、香紅、落紅、堆紅、斷紅、醉紅、明紅、爛紅、紅爛、輕紅、濕紅、老紅、軟紅、小紅、剩紅、流紅、繁紅、黯紅、迷紅、斜紅、蕩紅、暖紅、千紅、春紅、酣紅、翻紅、鞓紅、舊紅、勻紅、沈紅、弄紅、粗紅、瘦紅、碎紅、膩紅、新紅、	火赤、赤焰 椒紅、酒紅、露紅、唇紅、塵紅、紅桃、紅露、紅酒、鉛紅、紅杏、紅粉、紅冰、紅椒、紅蕉、紅橘、橘紅、桃紅、肉紅、紅梅、蓮紅、潮紅、紅潮、酡顏、顏酡、血紅、赤銅、猩血、紅柿、玉紅、杏紅、酣紅、酒紅、銀紅、猩紅、紅焰、紅金、火紅、猩血紅、珍珠紅、石榴紅、海榴	黃赤、赤黑、黑赤 朱紫 黃丹、丹碧 青紅、紅紫、翠紅、赭紅、紅赤、紅紅	火色、銅色 紅色、血色、紅紫色、紫紅色、櫻桃色、胭脂色、淺紅色	赤豔豔、赤淋淋、赤鱗鱗 彤彤 朱朱、朱朱白白 紅潤、紅漾、紅暈、紅豔、紅鮮、紅茸、菲菲、紅香、漾漾、杳杳、香馥、馥馥、紅點、紅紅、點點、紅酣、紅膩、紅茵、紅媚、紅豔、紅耀、紅光、橙橙、紅疊疊、疊疊紅、紅蔌蔌、簌簌紅、紅薄薄、薄薄紅、紅嫋嫋、嫋嫋紅、紅隱隱、紅撲撲、紅灑灑、灑灑紅、紅簇簇、簇簇紅、紅點點、片片紅、紅灼灼、灼灼紅、葉葉紅、冉冉紅、紅的的、紅滴滴、滴滴紅、餤餤紅、紅豔豔、豔豔紅、紅霏霏、紅煦煦、深深紅、紅漫漫、紅呆呆、紅

		柔紅、嬌紅、疏紅、題紅、冰紅、乾紅、潮紅、猩紅、悅紅、深紅、鮮紅、豔紅、亂紅、暈紅、羞紅、搖紅、簇紅、飛紅、散紅、團紅、悅紅、嫩紅、夭紅（妖紅）、窈窕紅	紅、夕陽紅、桃花紅、海棠紅			潺潺、續續紅、淡淡紅、微微紅、紅剪剪、樹樹紅、紅漠漠、紅糝糝、紅紛紛、紅旋旋、紅斑斑、淺淺紅、漸漸紅、紅爍爍、團團紅、紅輝輝、紅酣酣、紅燉燉、紅團欒、紅疏疏、紅紅赤赤、紅紅白白、白白紅紅、紅紅綠綠
元明	赤	大赤、洞赤微赤	火赤、火炭赤焰	青赤、金赤紅赤	火色	赤白白、赤焰焰、赤豔豔、赤淋淋、赤鱗鱗、赫赫赤赤
	彤	—	—		—	彤彤
	朱	—	—	朱紫、紅朱	—	朱朱紫紫
	丹	—	丹漆		—	—
	紅	大紅、通紅、潤紅、輕紅、微紅、落紅、殘紅、羞紅、飛紅、腥紅、香紅、春紅、噴紅、肥紅、淺紅、乾紅、新紅、妖紅、油紅、絢紅、鮮紅、愁紅、狀元紅	紅焰、紅炎、紅桃、火紅、紅鉛、猩紅、紅橘、紅梅、荷紅、紅蓮、紅潮、顏酡、酡顏、紅漆、紅銅、赤銅、血紅、潮紅、棗紅、大猩紅、猩血紅、狀元紅、桃花紅、夕陽紅、石榴	紅白、紅綠、茜紅、紅紫、翠紅、紅翠、赤黃、朱紅、絳紅、紅黃、青紅、紺紅、金紅	紅色、茜色血色、血紅色	紅潤、潤潤、漾漾、杏杏、杏馥、馥馥、紅香、紅活、紅紅、紅鮮、紅光、瑩白、紅離離、紅輝輝、紅團團、紅赤赤、紅縐縐、紅馥馥、紅滾滾、紅瑟瑟、紅乳乳、紅鮮鮮、紅嬈嬈、紅拂拂、紅焰焰、紅閃閃、閃閃紅、紅豔豔、豔豔紅、紅霏霏、紅藹藹、紅娟娟、紅嬈嬈、紅灼灼、灼灼紅、款款紅、微微紅、紅粼粼、紅簇簇、紅纂纂、紅點點、點點紅、紅片片、片片紅、紅菲菲、紅通通、紅油油、紅兩兩、葉葉紅、枝枝紅、紅的的、的的紅、紅冉冉、紅簌簌、簌簌紅、紅滴滴、紅溜溜、細細紅、紅飄飄、紅歷歷、紅冉冉、岸岸紅、漸漸紅、漠漠紅、紅斑斑、個個紅、紅紛紛、落落紅、紅曲連、紅紅白白、紅紅綠綠

清代	赤	大赤、通赤	火炭、赤焰	紅赤、赤黃、赤白	火色	—
	彤	—	—		—	—
	朱	—	—	丹朱	—	—
	丹	—	—	丹黃	—	—
	紅	大紅、通紅、猩紅、羞紅、殘紅、落紅、妖紅、腥紅、緋紅、鮮紅	桃紅、水紅、梅紅、紅梅、紅蓮、紅潮、酡顏、紅漆、紅銅、赤銅、血紅、銀紅、棗兒紅、海棠紅、珍珠紅、狀元紅、櫻桃紅	赤紅、紅白青紅、黑紅金紅	紅色、紫紅色、血色、血牙色	潤潤、漾漾、杏杏、馥馥、紅香、紅紅、酡然、紅鮮、紅光、紅爛爛、紅的的、紅瑟瑟、紅撲撲、紅簇簇、紅點點、紅炎炎、紅片片、紅灼灼、灼灼紅、紅豔豔、枝枝紅、紅簌簌、簌簌紅、紅赤赤、紅馥馥、紅亮亮、紅焰焰、紅酣酣、紅爛爛、紅乎乎、紅彤彤、紅離離、紅呆呆、扇扇紅、霅霅紅、紅閃閃、閃閃紅、紅通通、紅斑斑、斑斑血、斑斑紅、紅紅綠綠、紅紅白白

表 3.14　近古漢語複音節綠色範疇顏色詞

時代	顏色	複 音 詞 類 別				
		狀態＋顏色	事物＋顏色 顏色＋事物	顏色＋顏色	顏色／事物＋色 顏色＋顏色＋色	顏色＋附加式 顏色＋重疊式
宋代	青	微青、寒青、漫青、深青、稠青、團青、濃青、沉青、青黯	青蔥	青紅、青黃、青蒼	青色、草色、柳色、青山色、青青色	青青、青瑩、青潤、碧鮮、青娟娟、點點青、青淡淡、青茫茫、青巉巉、青戢戢、青差差、青礏礏、青短短、青遙遙、冉冉青、青茸茸、青鬱鬱、鬱鬱青、青濛濛、青峨峨、青漠漠、青嫋嫋、青歷歷、青簇簇、青重重、青炯炯、青漫漫、漫漫青、閃閃青、青閃閃、青靡靡、碎碎青、青童童、青離離、青黯黯、青鬖鬖、青猗猗、鬱青青、青冥冥、青若若、疊疊青、青隱隱、青耿耿、青點點、青宛宛、青熒熒、青曳曳、青幐幐、碧團欒、翠團欒、青青白白、青青黯黯、黯黯青青、猗猗青青

	綠	微綠、寒綠、怨綠、勻綠、肥綠、軟綠、慘綠、吹綠、長綠、夭綠、疏綠、凝綠、春綠、凋綠、娥綠、殷綠、泫綠、淺綠、蛾綠、暗綠、陰綠、香綠、銷綠、殘綠、采綠、深綠、嫩綠、新綠、茂綠、晴綠、正綠、斷綠、秋綠、濃綠、潤綠、稚綠、暈綠、嬌綠、淡綠、媚綠、稚綠	橘綠、黛綠、墨綠、鴉綠、鴨綠、綠橘、碧綠、鴨頭綠	紅綠、綠紫、緋綠、丹綠、綠紅、朱綠、翠綠、紺綠、藍綠	綠色	綠潤、綠黯、田田綠、翻翻綠、娟娟綠、絲絲綠、綠差差、差差綠、綠迢迢、綠搖搖、綠茸茸、苒苒綠、綠叢叢、鮮鮮綠、漾漾綠、綠泱泱、鱗鱗綠、綠鱗鱗、綠粼粼、粼粼綠、綠宛宛、綠流流、重重綠、淒淒綠、綠峨峨、峨峨綠、綠依依、綠紛紛、綠離離、綠扇扇、綠纖纖、纖纖綠、綠萋萋、萋萋綠、綠漫漫、綠層層、層層綠、綠猗猗、猗猗綠、綠垂垂、垂垂綠、綠漪漪、綠蔥蔥、綠憎憎、綠離離、茸茸綠、綠芊芊、綠溶溶、綠陰陰、綠沉沉、綠森森、森森綠、綠油油、綠氄氄、氄氄綠、漸漸綠、駁駁綠
	碧	正碧、凝碧、寒碧、秋碧、澄碧、瘦碧、春碧、湛碧、沈碧、新碧、淡碧、輕碧	晴碧、蒲萄碧、玲瓏碧、玻璃碧、	翠碧、紺碧、丹碧、碧翠、蒼碧、朱碧、紅碧、青碧、金碧	碧色、碧綠色	碧鮮、碧潤、碧黯、碧娟娟、碧差差、碧重重、重重碧、碧茸茸、層層碧、碧萋萋、萋萋碧、碧森森、森森碧、碧溶溶、碧磷磷、碧泱泱、杳杳碧、碧杳杳、碧纖纖
		愁碧、怨碧、暗碧、深碧、勻碧、浮碧、澄碧、幽碧、濃碧、輕碧、舊碧、淺碧、嫩碧、橫碧、冷碧、堆碧、層碧、遙碧、暮碧				纖纖碧、碧粼粼、粼粼碧、碧霏霏、離離碧、碧鱗鱗、鱗鱗碧、峰峰碧、依依碧、離離碧、碧澄澄、碧悠悠、湛湛碧、碧巑巑、碧漻漻、碧芊芊、碧潭潭、碧團團、碧叢叢、叢叢碧、碧濛濛、碧沉沉、碧沉沉、碧嵒嵒、碧漪漪、碧灣灣、碧蕭蕭、蕭蕭碧、碧盈盈、碧迢迢、碧芊芊、芊芊碧、碧紛紛、熒熒碧、碧悠悠、悠悠碧、碧油油、碧氄氄、碧碧黃黃
	藍	柔藍、凝藍、嫩藍	蔚藍、挼藍、寶藍	藍翠、藍綠、		
元明	青	大青、堆青、搖青、凝青、新青、慘綠、	青靛、銅青	青赤、青黑、青紅、青黃	青色	青嫩、青青、青蒼蒼、青嫋嫋、青巉巉、青絲絲、青茸茸、青旋旋、青杳杳、青簇簇、青娜娜、

					青纂纂、青峨峨、青湛湛、青槭槭、青鬱鬱、青隱隱、青濛濛、青渾渾、青峨峨、青漠漠、青歷歷、歷歷青、青重重、青漫漫、楚楚青、青靡靡、青藹藹、青童童、青茫茫、黯黯青、青離離、離離青、青冉冉、冉冉青、青的的、猗猗青、鬱鬱青、鬱青青、青鬱鬱、青蓁蓁、青旋旋、青若若、若若青、疊疊青、青森森、森森青、青幽幽、青青離離、翠翠青青、青青簇簇
綠	大綠、小綠、垂綠、愁綠、疊綠、怨綠、純綠、新綠	柳綠、橘綠、桔綠、蛾綠、鴨頭綠	紅綠、藍綠、藍綠、黑綠	綠色	綠垂垂、綠嫋嫋、綠森森、森森綠、綠湛湛、綠毿毿、綠溶溶、溶溶綠、綠津津、綠油油、綠靡靡、茫茫綠、綠潺潺、綠纖纖、綠峨峨、綠幽幽、綠萋萋、萋萋綠、綠漫漫、綠層層、層層綠、綠猗猗、猗猗綠、綠毿毿、綠垂垂、垂垂綠、綠漪漪、綠叢叢、綠悁悁、綠離離、綠茸茸、灣灣綠、綠灣灣、重重綠、蕭蕭綠、綠芊芊、綠溶溶、溶溶綠、綠陣陣、綠糝糝、迢迢綠、綠沉沉、沉沉綠、綠澄澄、澄澄綠
綠					漸漸綠、斑斑綠、蔥碧綠
碧		碧靚	翠碧、碧翠、黃碧		碧娟娟、碧絲絲、碧悠悠、碧磷磷、碧鱗鱗、鱗鱗碧、碧淒淒、碧粼粼、碧悄悄、碧浪浪、碧重重、重重碧、碧枝枝、碧沉沉、碧沉沉、碧迢迢、累累碧、碧森森、碧澄澄、碧悠悠、碧幽幽、碧茸茸、碧濛濛、碧沄沄、碧潺潺、涓涓碧、碧萋萋、萋萋碧、碧團團、碧遙遙、碧叢叢、碧濛濛、碧溶溶、溶溶碧、碧漪漪、碧蕩蕩、碧潭潭、

						碧纖纖、碧灣灣、灣灣碧、碧蕭蕭、碧盈盈、盈盈碧、碧迢迢、碧茸茸、碧芊芊、碧紛紛、熒熒碧、碧熒熒、碧油油、碧氄氄、碧巉巉
	藍	堆藍	藍靛	藍青	—	—
清代	青	渾青、舊青、元青	青蔥	青黃、青紅、青黑、青翠	青色、青蒼色	青巉巉、青簇簇、青茸茸、青濛濛、青鬱鬱、青蒼蒼、青童童、漠漠青、青歷歷、青矗矗、青疊疊、青漫漫、青茫茫、青黯黯、鬱青青、青鬱鬱、青蒼蒼、青巍巍
	綠	純綠、蔥綠、明綠	鴨綠、柳綠、松綠、葡萄綠、鴨頭綠	緋綠、黑綠、綠藍、硃綠、紅綠	綠色、油綠色	綠絲絲、綠差差、綠森森、綠鱗鱗、綠陰陰、綠閒閒、綠濛濛、綠迢迢、迢迢綠、綠萋萋、萋萋綠、綠茸茸、綠漫漫、層層綠、綠漪漪、綠蔥蔥、綠粼粼、綠惜惜、綠芊芊、芊芊綠、綠垂垂、垂垂綠、綠陰陰、綠沉沉、綠森森、森森綠、綠生生、綠瑩瑩、綠油油、綠氄氄、綠紛紛
	碧	淡碧、縹碧		翠碧	碧色	碧絲絲、碧油油、碧森森、碧鱗鱗、鱗鱗碧、碧澄澄、碧悠悠、碧粼粼、碧濛濛、碧沉沉、碧沉沉、碧重重、重重碧、碧潺潺、碧潭潭、碧迢迢、碧萋萋、萋萋碧、碧叢叢、碧溶溶、碧粼粼、碧潭潭、碧盈盈、盈盈碧、碧芊芊、碧瑩瑩、碧熒熒、熒熒碧、碧陰陰、碧油油
	碧					碧氄氄
	藍		藍蔚			

表 3.15　近古漢語複音節黃色範疇顏色詞

時代	複音詞類別				
	狀態＋顏色	事物＋顏色 顏色＋事物	顏色＋顏色	顏色／事物＋色 顏色＋顏色＋色	顏色＋附加式 顏色＋重疊式
宋代	深黃、嬌黃、半黃、輕黃、微黃、暗黃、	霜黃、鴛黃、柘黃、黃菊、黃橘、橘黃、黃金、黃	黃赤、紅黃、赭黃、青黃、黃翠、黃丹、	黃彩、黃色、杏色、黃白色、蒼黃色、青黃色、赤黃	黃嬌、黃纂纂、黃離離、黃茫茫、黃剪剪、黃莽莽、粟粟黃、粟粟金、

褪黃、殘黃、初黃、愁黃、柔黃、膩黃、堆黃、暗黃、嫩黃、淡黃、輕黃、愁黃、肥黃、淺黃、明黃、鮮黃、垂黃	柑、鞠黃、黃葵、黃流、黃奶、松黃、黃銀、黃甘、黃蕉、黃橙、橙黃、鴉黃、黃沙、黃土、鵝黃、菊黃、黃草、黃葛、流黃、橙黃、杏黃、柳黃、金黃、鵝黃、鬱金黃	黃白、玄黃、黃赤、丹黃、朱黃	色、鵝黃色	嬝嬝黃、漠漠黃、冉冉黃
元明	酸黃	金黃、黃橙、橙黃、橘黃、鵝黃	紅黃、丹黃、金碧	黃色、石黃色、驪黃色、鵝黃色、玄黃色、紅黃色、青黃色	黃黃、黃森森、金鱗鱗、金粼粼、金晃晃、金纂纂、淡淡黃、黃燦燦、黃澄澄、黃爍爍、金閃閃、黃離離、黃嬝嬝、黃鄧鄧、黃紺紺、黃蠢蠢、簇簇黃、黃拂拂、黃燦燦、黃洸洸、黃干干、黃烘烘
清代		金黃、橙黃、黃橙、橘黃、鵝黃	丹黃	黃色、鵝黃色、蒼黃色	黃纂纂、團團黃、黃澄澄、黃橙橙、黃焦焦、金煌煌、金晃晃、熠熠黃、黃燦燦

　　據上面的表 3.11 至表 3.15，在近古時期，從中古沿用下來的複音節五色範疇顏色詞有了如下變化：一是在形態上，大量的「顏色＋狀態」「狀態＋顏色」「顏色＋事物」「事物＋顏色」組的 AB 或 BA 式雙音節顏色詞重疊為 ABB、BBA、AABB 與 ABAB 式顏色詞。「通感要素＋顏色」組的雙音節顏色詞發展為「顏色＋通感要素的重疊」類型的 ABB 式顏色詞。二是在結構上，中古時期的附加式 ABB 式顏色詞轉變為音綴式 ABB 式顏色詞，以重疊詞「BB」的實義逐漸虛化。三是有一些 ABB 式顏色詞通過語音變化詞彙擴散。在這一過程中，重疊詞「BB」的語音突變，以產生了與 ABB 式顏色詞相應的 ABC 式顏色詞。在語體風格上，這些 ABC 式顏色詞口語性比較濃厚。四是在近古時期，附加式 ABB 式顏色詞與音綴式 ABB 式顏色詞也不斷產生。下面，對此進行考察和分析。

一、AB、BA 式雙音節顏色詞形態的發展變化

　　在中古時期，構詞重疊式顏色詞，即「A＋BB」「BB＋A」式顏色詞佔優勢，構型重疊式，即 AB 或 BA 式的擴展式顏色詞逐漸開始出現。到了近古時期，除了構詞重疊式顏色詞之外，構型重疊式顏色詞也加速發展。就「通感要素＋

顏色」組雙音節顏色詞而言，通過詞彙翻新發展為構詞重疊式顏色詞，即「顏色＋通感要素的重疊」類型。

（一）「顏色＋狀態」「狀態＋顏色」組雙音節顏色詞的形態變化

白鮮、紅鮮、鮮紅、鮮綠：白鮮鮮、紅鮮鮮、鮮鮮綠、鮮紅鮮紅。

白淨：白淨淨、白白淨淨。

白皙：白皙皙。

白亮：白亮亮。

白潤：白潤潤。

白胖：白胖胖、白白胖胖。

黑暗、黑黯、青黯：黑暗暗、黑黯黯、青黯黯。

昏黑：昏昏黑、昏昏黑黑

紅酣：紅酣酣。

紅爛：紅爛爛。

綠油：綠油油。

青蔥、綠蔥：綠蔥蔥。

淡黃：淡淡黃。

在語義上，與雙音節顏色詞相比，這些三音節或四音節顏色詞的語義程度更強。從這一意義上看，AB 或 BA 式顏色詞重疊為 ABB、BBA、AABB 或 ABAB 式顏色詞的形態變化過程可以看成是狀態詞的語義強化過程。例如：

（21）a. 雨色今夜別，映門<u>白鮮鮮</u>。（宋・戴表元《八月十五夜雨中微有月色》）

　　　b. 煙梢矗矗青圍屋，露葉<u>鮮鮮綠</u>滿籬。（宋・范成大《題查山林氏庵》）

　　　c. 更有一件窄湫湫、緊挦挦、<u>紅鮮鮮</u>、黑稠稠，正不知是甚麼東西。（《水滸傳》第四十四回）

　　　d. 武宗拿在手中仔細一看，丸如櫻桃，<u>鮮紅鮮紅</u>，滴滴朱梁，瑩瑩玉漿，桃花顏色，膏滑餘香。（民國・齊秦野人《武宗逸史》第十三章）

在語義上，「顏色語素＋鮮鮮」主要用來描寫鮮明的顏色，與雙音節詞的

意義基本一致。〔註26〕可是，與例（21）bcd 的「鮮鮮綠」「紅鮮鮮」「鮮紅鮮紅」不同，例（21）a 的「白鮮鮮」表示明亮的意思。宋代的「白鮮」表示新鮮的意思。如宋韋驤《過笠澤三賢堂詩》其二：「鱸鱠<u>白鮮</u>盤玉縷，蓴羹溰滑煮龍髯。」由此可見，雙音詞「白鮮」提升新鮮度，但 ABB 式顏色詞「白鮮鮮」提升亮度。

（22）a. 那壇主是高麗師傅，青旋旋頂，<u>白淨淨</u>顏面，聰明智慧過人，唱念聲音壓眾，經律論皆通，真是一個有德行的和尚。（《朴通事》）

b. 往常時<u>白白淨淨</u>一個人，為煩惱娘子呵，黑乾消瘦了。（元・楊景賢《西遊記・妖豬幻惑》第四本）

c. 西頭一看，盡是<u>白亮亮</u>的沙土地。（《續小五義》第六十九回）〔註27〕

d. 低頭觀看，<u>白潤潤</u>粉頸，……，黑黲黲烏雲青絲，元寶耳，襯赤金墜圈，綠陰陰翡翠的大艾葉，十分俊美。（清・張傑鑫《三俠劍》第一回）

在語義上，AB 式「白淨」「白潤」「白亮」分別表示潔白乾淨、顏色白而有光澤、顏色白而發亮的意思。在語境不同的情況下，「白淨」「白潤」又可以表示「銀白」「嫩白」的意思。如唐張籍《答僧拄杖》：「靈藤為拄杖，<u>白淨</u>色如銀。」明沈宜修《問疑詞》：「芳草青歸，梨花<u>白潤</u>，春風又入昭陽鬢。」〔註28〕「白淨」「白亮」「白潤」等雙音節顏色詞重疊為「白淨淨」「白白淨淨」「白亮亮」「白潤潤」之後，其語義程度強化了。可見，顏色語素後面的重疊詞可以提升亮度或鮮豔度。

（23）a. 眾人一齊都到殿內，<u>黑暗暗</u>不見一物。（《水滸傳》第一回）

b. 看看天晚，但見白茫茫一片平沙，<u>黑黲黲</u>千重慘霧，冷淒淒數群啼鬼。（《東周列國志》第二十一回）

c. 半夜鐘磬寂，滿庭風露清。琉璃<u>青黲黲</u>，靜對古先生。（清・紀昀

〔註26〕例如，宋蘇舜欽《答和叔春日舟行》：「春入水光成嫩碧，日勻花色變鮮紅。」宋蘇轍《賦園中所有十首》其三：「蘆根愛溪水，餘潤長鮮綠。」

〔註27〕「白亮」見於清代。如《儒林外史》第十八回：「看見紙張白亮，圖書鮮紅，真覺可愛。」

〔註28〕〔清〕徐釚撰，唐圭璋校注《詞苑叢談》，上海古籍出版社，1981 年 4 月第 1 版，193 頁。

《閱微草堂筆記》卷八）

　　d. 呂嶽上了八卦臺，將一把瘟癀傘往下一蓋，**昏昏黑黑**，如紅紗黑霧
　　　罩將下來，勢不可當。（《封神演義》第八十回）

　　e. 擁衾不敢偶伸頭，滿屋**昏昏黑**如漆。（清・林占梅《宿大坪莊，夜
　　　半風雨驟至，走筆率記》）

　　從語義關係上看，「黑暗」「黑黯」「昏黑」「青黯」等雙音節顏色詞具有同
義或近義關係，它們都表示昏暗貌。在語義上，它們的 ABB、BBA 或 AABB
式顏色詞都降低亮度。

（24）a. 柔桑細麥**綠油油**，雲水烘春爛不收。（宋・張孝祥《題斷堤寺》其
　　　一）

　　b. 山花**紅酣酣**，溪水綠灩灩。（宋・陸游《雨雪兼旬有賦》）

　　c. 蔣蒲碧叢叢，鐙火**紅爛爛**。（清・李驥元《澤口》）

　　在語義上，唐宋代的「綠油」和「紅爛」與「油綠」和「爛紅」基本一致。
如唐白居易《與皇甫庶子同遊城東》詩：「**綠油**剪葉蒲新長，紅蠟黏枝杏欲開。」
宋張鎡《分韻賦舊蔔得松字》：「葉豐發**油綠**，香心刻黃琮。」《太平廣記》卷
第一百三十報應二十九：「視其足，半脛已上，血肉焦乾，膝已下，**紅爛**如炙。」
宋蘇軾《邵伯梵行寺山茶》詩：「說似與君君不見，**爛紅**如火雪中開。」它們
分別表示顏色光潤而濃綠和深紅的意思。在這裡，狀態形容詞「油」「爛」對
顏色義添加鮮豔度。同樣，ABB 式顏色詞「綠油油」「紅爛爛」中的重疊詞「油
油」「爛爛」也提升顏色的鮮豔度。但是，與雙音節顏色詞「綠油」「油綠」
「紅爛」「爛紅」相比，其擴展式重疊詞「綠油油」「紅爛爛」的語義程度更
強。例（24）b 的「紅酣酣」也是如此。〔註29〕此外，周代的「青蔥」重疊為
「綠蔥蔥」之後，強化了顏色濃度的意義〔註30〕；明代的「白胖」重疊為「白
白胖胖」「白胖胖」之後，其語義程度也增強了。如宋范成大《偶題》：「篝雨
初乾團扇風，夕陽芳樹**綠蔥蔥**。」《初刻拍案驚奇》第四十回：「只見一個人踱
將出來，看他怎生模樣：**白胖**面龐，癡肥身體。」《醒世姻緣傳》第八回：「後
邊又新從景州來了一個尼姑，姓郭，年紀三十多歲，**白白胖胖**，齊齊整整的

〔註29〕請參見第六章的例（110）b。

〔註30〕從語義上看，「綠蔥蔥」具有對顏色濃度的增量義，「淡淡黃」具有對顏色濃度的減
　　　量義。

一個婆娘，人說他原是個娼婦出家。」《清朝秘史》第九十六回：「樸泳孝降階相迎，抬頭見袁公行裝打扮，藍頂花翎，長袍短褂，<u>白胖胖</u>臉兒，烏奕奕眼睛，精神煥發，威武凜然，不覺打了一個寒噤。」

可以看出，AB 或 BA 式雙節顏色詞的擴展式重疊是語義強調的手段，隨著音節的增加，其語義程度也增強了。

（二）「顏色＋事物」「事物＋顏色」組雙音節顏色詞的形態變化

在近古時期，有一些色物詞和物色詞分別重疊為 ABB、BBA 或 BABA 式顏色詞。物色詞是色物短語通過「移就」產生的比擬式顏色詞。色物短語是在語言環境中顏色語素和名詞長時期連用，以凝固為單詞或通過語義同化產生的顏色詞。例如，在唐代，色物短語「白雪」顏色語素「白」和名詞「雪」之間有了語義同化之後，「白雪」表示顏色潔白的意思〔註31〕，即詞彙化。在元代，「白雪」重疊為「白雪雪」。在晚清民國時期，「雪白」重疊為「雪雪白」「雪白雪白」；在宋代，色物短語「黑漆」顏色語素「黑」和名詞「漆」之間有了語義同化之後，「黑漆」表示黑暗貌〔註32〕，即詞彙化。在宋代，「黑漆」重疊為「黑漆漆」。在清代，「漆黑」重疊為「漆黑漆黑」。張博（1999）認為，「具有組合關係的兩個要素間的語義同化有方向的。」「偏正結構中的被修飾要素同化修飾性要素。」〔註33〕按此說法，就「白雪」「黑漆」的語義同化而言，它們都可以視為偏正結構中的修飾性要素同化被修飾要素而產生潔白、黑暗義。其同化方向是「白←雪」「黑←漆」，即具體性名詞「雪」「漆」同化為顏色義「白」「黑」。

與此不同，「赤焰」和「黃橙」不是顏色詞，而是名詞。但是，在元代和清代，它們分別重疊為「赤焰焰」「黃橙橙」之後，它們都表示狀態義，以在語義上顏色語素和名詞重疊之間有了比擬、說明關係。也就是說，在語義上，物色詞「焰紅」「橙黃」與 ABB 式顏色詞「赤焰焰」「黃橙橙」基本一致。但是，與前者相比，後者的語義程度更強。「碧綠」與「碧綠碧綠」的語義關係也是如此。由此可見，名詞轉變為狀態形容詞，以其詞性發生了變化。

〔註31〕唐李白《宮中行樂詞》其二：「柳色黃金嫩，梨花白雪香。」
〔註32〕宋彭仲剛《題虛照堂》：「是中有物橫，滿眼皆黑漆。」
〔註33〕張博《組合同化：詞義衍生的一種途徑》，《中國語文》，1999 年第 2 期（總第 269期），131 頁。

在這裡，需要說明的是，隨著色物詞或物色詞重疊為 ABB、BBA 或 BABA 式顏色詞，具有顏色屬性的具體性名詞的比喻義越來越弱化，從而名詞重疊語法化。換言之，「雪雪」「焰焰」「漆漆」「橙橙」等名詞重疊成為增強顏色的亮度、濃度或鮮豔度的功能詞。

（三）「通感要素＋顏色」組雙音節顏色詞的形態變化

在近古時期，唐代的有一些「通感要素＋顏色」類型的雙音節顏色詞發展為「顏色語素＋通感要素的重疊」類型的 ABB 式顏色詞。例如：

通感要素類別		複音節顏色詞
嗅覺	嗅覺＋顏色	香白、香紅、香綠
	顏色＋嗅覺要素的重疊	白馥馥、紅馥馥、青馥馥
溫覺	溫覺＋顏色	冷碧、寒碧、暖紅、暖碧
	顏色＋溫覺要素的重疊	白泠泠、碧泠泠、翠泠泠、黃暖暖
觸覺	觸覺＋顏色	嫩白、膩白、白潤
	顏色＋觸覺要素的重疊	白嫩嫩、白膩膩、白潤潤、白白嫩嫩

通感是一種隱喻性表達方式，它是在身體或事物的經驗基礎上產生的。從這一點上看，通感既是一種生理現象，又是一種認知心理現象。據考察，在元明清時期，通感隱喻開始走向從簡單的認知域發展到複雜認知域的趨勢。上面所列舉的「通感要素＋顏色」「顏色＋通感要素的重疊」類型的複音節顏色詞也都是如此。它們對具體事物的感官上的特徵，即嗅覺、溫覺和觸覺的概念映像到視覺上的概念，以給人形象感、生動感和審美感。同時，強化它們所表現的語義程度。

在語義上，在元明代出現的「白馥馥」「紅馥馥」「青馥馥」等「顏色＋嗅覺要素的重疊」類型的 ABB 式顏色詞由描寫紅花或芳草的典型義轉移至描寫人的膚色的非典型義。它們都具有表示喜悅的感性義；在元明代出現的「白泠泠」「碧泠泠」「翠泠泠」「黃暖暖」等「顏色＋溫覺要素的重疊」類型的 ABB 式顏色詞主要用來描寫水色和水溫；在明清代出現的「白嫩嫩」「白膩膩」「白潤潤」「白白嫩嫩」等「顏色＋觸覺要素的重疊」類型的 ABB、AABB 式顏色詞主要用來描寫光滑、潔白的膚色。〔註34〕

〔註34〕關於「顏色＋通感要素的重疊」類型 ABB、AABB、ABAB 式顏色詞的具體內容，請參見第六章「顏色語素＋通感要素的重疊」類型的發展變化。

可以看出,「嗅覺＋顏色」組的雙音節顏色詞發展為 ABB 式之後,表示香氣很濃的意義逐漸消失。在心理上,重疊詞「馥馥」對顏色義增添鮮豔感;「溫覺＋顏色」組的雙音節顏色詞發展為 ABB 式之後,對具體事物的視覺形象感和溫覺形象感更為豐富;「觸覺＋顏色」組的雙音節顏色詞發展為 ABB 式之後,對膚色的形象感更為細化和具體化。

二、AB、BA 式雙音節顏色詞結構的發展變化

在近古時期,ABB 式顏色詞的內部結構變化的路徑大致可分為重疊詞「BB」的語義弱化和語音變化。ABB 式顏色詞的頻繁使用和語境義的變化導致了重疊詞「BB」的語義弱化,並促使了附加式 ABB 式顏色詞變為音綴式 ABB 式顏色詞。例如,在唐宋代,頻繁使用的附加式 ABB 式顏色詞「白皚皚」「白茫茫」,到了元明代「皚皚」「茫茫」的意義虛化,以它們都變為音綴式 ABB 式顏色詞。對此,請參見第六章的例(153)。

口語性比較濃厚的方言詞的滲透造成了重疊詞「BB」的語音變化,以使附加式 ABB 式顏色詞變為音綴式 ABB 式顏色詞或 ABC 式顏色詞。有一些音綴式 ABB 式顏色詞的「BB」也發生了語音變化。如,黑漆漆→黑黢黢→黑魆魆→白漆漆;赤團團:碧團團→紅團欒:碧團欒;白胡闌→碧環環;紅曲連→白圈圈;黑侵侵→黑林侵;黑足呂→黑出出;黑洞洞→黑古董→黑咕咚→黑古攏洞;青芽芽→青鴉鴉→黑鴉鴉→黑壓壓→黑押押;白生生→白森森→黃森森,等等。在這裡,值得關注的是,在漢語方言裏重疊詞「BB」的語音突變是詞彙擴散現象的一種反映。而且像「黑漆漆」「黑洞洞」「青芽芽」那樣,隨著重疊詞「BB」經歷了多次語音變化,喪失了它們原有的具象性。

三、小 結

通過對近古漢語複音節五色範疇顏色詞的形態和結構變化的考察分析可見:在近古時期,從上古或中古繼承下來的「顏色＋狀態」「狀態＋顏色」「顏色＋事物」「事物＋顏色」「通感要素＋顏色」等 AB、BA 式複音節顏色詞重疊為 ABB、BBA、ABC、BABA 或 ABCD 式顏色詞。在形態上,有構詞重疊,如:「紅馥馥」「白泠泠」「黃暖暖」;有構型重疊,如:「白鮮鮮」「白嫩嫩」「白膩膩」「黑黯黯」「白雪雪」「黑漆漆」「雪白雪白」「碧綠碧綠」等等。

在音節上，由雙音節變為三音節或四音節。在重疊形式上，有完全重疊，如：
「鮮紅鮮紅」「雪白雪白」「碧綠碧綠」「漆黑漆黑」「白白胖胖」「白白淨淨」
「昏昏黑黑」等等；有不完全重疊，如：「白淨淨」「白潤潤」「白皙皙」等等。
在語義程度上，音節逐漸增加，語義程度也強化。在語法化程度上，隨著由
附加式 ABB 式顏色詞變為音綴式 ABB 式顏色詞，非顏色語素的重疊成分，
即「BB」的語義越來越弱化，以其重疊成分語法化；在漢語方言俚語音變化
的過程中，有「BB」的原義完全消失的 ABB 式顏色詞。如，「黑魆魆」「白漆
漆」「黑咕咚」「黑古攏洞」等等。從詞彙生動化方面上看，與雙音節顏色詞相
比，三音節或四音節顏色詞更為生動鮮活。如，「香紅」→「紅馥馥」「雪白→
雪白雪白」「鮮紅→鮮紅鮮紅」等等；與 ABB 式顏色詞相比，方言口語成分
滲透的 ABC 式顏色詞更為形象生動。如，「紅團團：紅團欒」「碧團團：碧團
欒」「黑洞：黑古洞：黑古董」「白胡闌：碧環環」「紅曲連：白圈圈」「黑足
呂：黑山山」「黑佼佼：黑林侵」等等，

第四節　本章小結

　　通過漢語複音節五色範疇顏色詞的句法場分析，考察了漢語複音節顏色詞
從上古到近古的發展脈絡及其發展規律。本章得出如下結論：

　　（1）就漢語複音節顏色詞的產生路徑而言，在跨範疇中通過組合結構的
變化而產生了不同類別的顏色詞。如，「狀態＋顏色」組可變為「顏色＋狀態
組」，「顏色＋狀態」組又可變為「狀態＋顏色」組；「顏色＋狀態」「狀態＋顏
色」可重疊為以顏色語素為核心的 ABB、BBA、AABB 或 BABA 式顏色詞；
「顏色＋事物」組通過「移就」可變為「事物＋顏色」組，「顏色＋事物」組可
變為「事物＋色」組，「顏色＋事物」「事物＋顏色」組又可重疊為 ABB、BBA
或 BABA 式顏色詞；顏色語素和非顏色語素的重疊成分構成 ABB 式顏色詞；
「顏色 1＋顏色 2」組可變為「顏色 1＋顏色 2＋色」組，「顏色 1＋顏色 2」組
可變為 AABB 式顏色詞；受到語音變化的影響，ABB 式顏色詞可變為 ABC 式
或 ABCD 式顏色詞。在這一過程中，出現了句法結構的詞彙化、實詞的語法
化、音節的複音化現象。從歷史演變層面上看，這樣的複音節顏色詞的動態變
化可以歸入詞彙生動化。

　　（2）就複音節顏色詞構成成分的變化而言，上古時期：在語義上表示顏色

三屬性（即色相、亮度和彩度）的複音節顏色詞系統基本具備。中古時期：在語義上表示顏色屬性的新質要素出現；在心理上表示通感的新質要素湧現；上古的非顏色語素的重疊成分，即 AA 式重疊詞成為中古 ABB、BBA、AABB 式顏色詞的重要成員；上古的雙聲疊韻成為中古 ABC 式顏色詞的成員；少數「顏色＋狀態」「顏色＋事物」組的 AB 式顏色詞重疊為 ABB 式顏色詞。在近古時期：上古或中古的 AB、BA、AA、ABB、BBA、AABB 式顏色詞傳承到近古的複音節顏色詞。大量的「狀態＋顏色」「顏色＋狀態」「顏色＋事物」「事物＋顏色」組的 AB 或 BA 式顏色詞重疊為 ABB、BBA、AABB、BABA 式顏色詞。中古的「通感要素＋顏色」組的雙音節顏色詞變為「顏色＋通感要素的重疊」類型的 ABB 式顏色詞。有些中古的非顏色語素的 AA 式重疊詞被方言分音詞代替，以 ABB 式顏色詞變為 ABC 式顏色詞。

下　篇
漢語重疊式顏色詞的歷時研究

第四章　重疊的定義與類型

第一節　重疊的定義

　　重疊（Reduplication）是語言中普遍存在的語言手段。據研究，「重疊式不僅廣泛分布在漢語方言及漢藏系諸語言中，也大量存在於從南島語、美洲印第安語到印歐語的世界各語系眾多語言中。」〔註1〕就漢語而言，對重疊概念的代表性觀點是：趙元任（1979）認為，「重疊之不同於一般語綴，在於它沒有固定形式，它採取它所附著的形式，或者這形式的一部分。」「只有一個重疊（或部分重疊）經常聯繫一種語法功能的時候，它才是重疊。」〔註2〕朱德熙（1982）曾經指出，「現代漢語合成詞的構造方式有重疊、附加、複合三大類。」「其中重疊指的是像「媽媽、看看、個個、常常、清清楚楚」一類詞的構造方式。」〔註3〕按此觀點，重疊式的類型主要包括名詞、動詞、量詞、形容詞和副詞五類。李英哲（2000）認為，從歷史發展的角度看，「重疊是重複轉變的結果。重疊的後果常會改變其發音、形態，甚至詞性，而且也改變那

〔註1〕轉引自張敏《漢語方言體詞重疊式語義模式的比較研究》，《漢語方言共時與歷時語法研討論文集》，廣州：暨南大學出版社，1999年3月第1版，2頁。
〔註2〕趙元任著，呂叔湘譯《漢語口語語法》，北京：商務印書館，1979年12月第1版（2012重印），106頁。
〔註3〕朱德熙《語法講義》，北京：商務印書館，1982年9月第1版，25頁。

個詞語的原來意義。」〔註4〕馬慶株（2000）認為，「重疊是指同一語言單位的接連出現，但又不形成基本句法結構。」〔註5〕孫景濤（2008）認為，「重疊是一種形態構詞手段。在重疊過程中，一個形式得到重複，從而產生出一個新的意義。」〔註6〕劉丹青（2012）認為，「重疊是一種從共時平面界定的語言手段，主要用作形態手段或構詞手段；重疊式是重疊手段作用的產物。」〔註7〕

可以看出，前輩學者對重疊現象的觀點不盡相同。雖然如此，這些觀點有助於我們理解重疊現象的概念、重疊形式的類型、重疊的功能以及其來源。考慮這幾點，可以給「重疊」下這樣一個定義：重疊是兩個或兩個以上的意義和形態相同的語言形式連續重複出現的語言現象。

第二節　重疊的類型

演化語言學認為，「每個語言總是受到縱向的發展和橫向的發展這。」〔註8〕按此觀點，語言演變具有歷時和共時之間互相補充的關係。語言的「原生性」是和縱向的發展聯繫的，「後生性」是和橫向的發展相關的。從歷史發展的角度看，重疊的類型可分為原生重疊和後生重疊兩大類。按照劉丹青（2012）的定義，「原生重疊，就是天生的重疊，作為重疊的基式。次生重疊是由句法結構、話語反覆等非重疊現象在歷時演變中經過重新分析成為重疊形式的。」〔註9〕

關於漢語顏色詞重疊式而言，其原生重疊可以追溯到上古漢語裏的重言。這是因為漢語顏色詞的重疊現象始見於上古，而且上古漢語的大多數重言詞成為中古近古漢語顏色詞 ABB、BBA、AABB、BBAA 式的主要成員。本人在下文將對重疊的類型加以具體說明。

〔註4〕李英哲《從語義新視野看漢語的一些重疊現象》，《漢語重疊問題》，武漢：華中師範大學出版社，2009 年 5 月第 1 版，79 頁。

〔註5〕馬慶株《關於重疊的若干問題：重疊（含迭用）、層次與隱喻》，《漢語重疊問題》，武漢：華中師範大學出版社，2009 年 5 月第 1 版，144 頁。

〔註6〕孫景濤《古漢語重疊構詞法研究》，上海：上海教育出版社，2008 年 6 月第 1 版，3 頁。

〔註7〕劉丹青《原生重疊和次生重疊：重疊式歷時來源的多樣性》，《方言》，2012 年第 1 期，1 頁。

〔註8〕王士元《語言、演化與大腦》，北京：商務印書館，2011 年 12 月第 1 版，7 頁。

〔註9〕劉丹青（2012），2～3 頁。

一、原生重疊

上文提到，漢語顏色詞的原生重疊就是上古漢語裏的重言。重言是一種語言成分的重疊現象，重言詞是重疊現象的產物。後者是指「由兩個相同的音節構成的雙音詞，又叫疊音詞或疊字詞（汪維懋，1999〔註10〕；孫繼萬，2003〔註11〕；向熹，2013〔註12〕）。」按照向熹（2013）：重言詞的重疊有兩種：「一種是由兩個相同的單音節重疊而成的雙音詞，可是其疊字詞的意義與重疊前的字義沒有任何關係，只有疊字時才表示某種意義。」〔註13〕如，關關、離離、交交等。另一種是「兩個相同的單音語素的重疊，與單音詞意義基本相同，但重言詞更富於描寫性。」〔註14〕如，「黃」與「黃黃」、「青」與「青青」、「暟」與「暟暟」、「皎」與「皎皎」、「皓」與「皓皓」等等。

為了避免讓人覺得重言不是重疊，本文把上古漢語的重言稱為原生重疊。原生重疊又可分為顏色語素的原生重疊與非顏色語素的原生重疊。

（一）顏色語素的原生重疊

上古漢語顏色語素的原生重疊基本具有 AA 式結構。藺璜（2002）指出：「從詞的語用功能來看，性質形容詞具有區別性，狀態形容詞具有描寫性。」〔註15〕可是，上古漢語顏色語素的原生重疊詞，無論是性質形容詞的重疊還是狀態形容詞的重疊，其重疊的結果都具有描寫性。例如：

（1）揚之水，白石**皓皓**。（《詩經·唐風·揚之水》）

（2）安能以**皓皓**之白，而蒙世俗之塵埃乎？（《楚辭·漁父》）

（3）**皎皎**白駒，在彼空谷。（《詩經·小雅·白駒》）

（4）岩岩山上亭，**皎皎**雲間星。（《兩漢樂府·長歌行》）

（5）天白**顥顥**，寒凝凝只。（《楚辭·大招》）

（6）漂積雪之**暟暟**，涉凝露之隆霜。（《文選》卷9西漢·劉歆《遂初賦》）

〔註10〕汪維懋編《漢語重言詞詞典》，北京：軍事誼文出版社，1999年12月第1版，1頁。
〔註11〕孫繼萬主編《漢語疊字詞詞典》（前言），北京：中國大百科全書全書出版社，2003年11月第1版，1頁。
〔註12〕向熹《簡明漢語史》（修訂本），北京：商務印書館，2013年5月第1版（2013重印），398～400頁。
〔註13〕向熹《簡明漢語史》（修訂本），398頁。
〔註14〕向熹《簡明漢語史》（修訂本），398～399頁。
〔註15〕藺璜《狀態形容詞及其主要特徵》，《語文研究》，2002第2期（總第83期），16頁。

（7）<u>青青</u>子衿，悠悠我心。（《詩經・鄭風・子衿》）

（8）瞻彼淇奧，綠竹<u>青青</u>。（詩經・衛風・淇奧》）〔註16〕

（9）秋蘭兮<u>青青</u>，綠葉兮紫莖。（《楚辭・九歌・少司命》）

（10）彼都人士，狐裘<u>黃黃</u>。（《詩經・小雅・都人士》）

從語義上看，「皓皓」與「皎皎」是潔白貌、光明貌；「顥顥」是潔白有光貌；「皚皚」是雪白的樣子；「青青」是草木綠色或深綠色以及茂盛貌；「黃黃」是用狐皮製的外衣黃燦燦的。由此可見，單音節色彩形容詞的重疊具有形象性。而且上古漢語顏色語素的重疊是一種表達某種事物的色彩濃度、亮度、彩度變化的語言手段。上例中「皚皚」主要描述霜色和雪色。與此相比，「皓皓」和「皎皎」的描繪對象比較多樣：「皓皓」描寫「白石（《詩經・唐風・揚之水》）、隱士（《楚辭・漁父》）、明星（東漢・揚雄《法言・淵騫》）、廣闊的領土（西漢桓寬《鹽鐵論・西域》）」等等；「皎皎」描摹「白駒（《詩經・小雅・白駒》）、星光（漢・兩漢樂府《長歌行》）、白日（西漢王褒《九懷・其三・危俊》）、明月（東漢秦嘉《贈婦詩》）、練絲（《後漢書》引逸詩）」等等。

從功能上看，上例中的顏色語素的原生重疊主要作謂語和定語；「顏色語素＋原生重疊」作謂語。從歷史層面上看，原生重疊成員中的「皚」「皓」「顥」「皎」〔註17〕等顏色語素不能充當顏色詞 ABB 式的核心詞「A」。本人認為，這是因為顏色語素「A」是代表性質形容詞。它既有穩定性，又有能產性、普遍性、典型性、寬泛性。上例中「白」「青」「黃」都屬於性質形容詞，它們都具有前面提及的充要條件。而「皚」「皓」「顥」「皎」都是狀態形容詞，它們不是完全具備這些條件的，所以在語義對應關係上，很容易受到語境的制約。沈家煊（1997）指出，「性質形容詞具有恆久性，狀態形容詞具有臨時性。」〔註18〕如果加上性質形容詞的重疊現象，性質形容詞具有由恆久性轉變臨時性的靈活性。這些就是可以成為 ABB 式顏色詞的核心詞的先決條件。在這裡，值得關注的是 ABB 式「白顥顥」的出現。這一詞暗示著上古時期是漢語

〔註16〕毛傳：「青青」，茂盛貌。

〔註17〕在唐代，「皎」的 ABB 式「皎晶晶」就出現一次。如，唐歐陽詹《智達上人水精念珠歌》：「連連寒溜下陰軒，熒熒法露垂秋草。皎晶晶，彰煌煌。」在這裡，「皎晶晶」描繪著滴落的露水。

〔註18〕沈家煊《形容詞句法功能的標記模式》，《中國語文》，1997 年第 4 期（總第 259 期），247～248 頁。

顏色詞 ABB 式的萌芽期。在上古時期大量出現的非顏色語素的原生重疊詞就是其佐證。

（二）非顏色語素的原生重疊

上古漢語裏有很多非顏色語素的重疊式。本人從《尚書》《詩經》《周易》《楚辭》《兵法》《論語》《孟子》《左轉》《周禮》《國語》《荀子》《莊子》《漢書》《論衡》《史記》《爾雅》《逸周書》《呂氏春秋》《淮南子》《戰國策》《公羊傳》《穀梁傳》《風俗通義》中搜集了大量的重疊詞。下面的表 3.1 是在中古時期與顏色語素構成 ABB、BBA 式的原生重疊詞。

表 4.1　上古漢語非顏色語素的原生重疊詞

時代	重　疊　類　別	
	甲類重疊	乙類重疊
西周	離離、蕭蕭、肅肅	峨峨、浩浩、皓皓、霏霏、冥冥、矯矯、焰焰、灼灼、漸漸、青青、黃黃、皎皎、煌煌、韡韡、藹藹、赫赫、炎炎、薄薄、蹙蹙、翩翩、郁郁、靡靡、搖搖、灼灼、濛濛、肅肅、悠悠、徐徐、萋萋、岩岩、泱泱、淒淒、粼粼、冥冥、猗猗、歷歷……
春秋戰國	離離、啾啾、蕭蕭、肅肅、差差、冉冉	漫漫、浩浩、紛紛、峨峨、皓皓、溶溶、霏霏、差差、菲菲、杳杳、漸漸、怡怡、青青、皎皎、煌煌、藹藹、隱隱、炎炎、薄薄、纖纖、磊磊、翩翩、郁郁、靡靡、濛濛、嫋嫋（嬝嬝、嫋嫋）、肅肅、遙遙、悠悠、徐徐、萋萋、岩岩、泱泱、杳杳、淒淒、粼粼、茫茫、鬱鬱／溶溶、冥冥、滴滴、田田、漠漠、翩翩、洞洞、猗猗……
漢代	離離、朱朱、蕭蕭、肅肅、亭亭、冉冉	漫漫、茫茫、曈曈、團團、浩浩、紛紛、峨峨、皓皓、霏霏、冥冥、矯矯、雙雙、菲菲、焰焰、灼灼、杳杳、漸漸、怡怡、皎皎、煌煌、斑斑、亭亭、藹藹、隱隱、炎炎、脈脈、蹙蹙、翩翩、郁郁、靡靡、搖搖、濛濛（濛濛）嫋嫋（嬝嬝、嫋嫋）、肅肅、遙遙、悠悠、徐徐、華華、萋萋、溶溶、岩岩、磷磷、泱泱、杳杳、粼粼、鬱鬱、崇崇、沉沉（沉沉）、重重、童童、微微、渺渺、冥冥、田田、漠漠、暗暗／洞洞、猗猗、歷歷、潺潺……

詳見表 4.1，可以看出，上古漢語非顏色語素的原生重疊大致可分為甲類重疊和乙類重疊兩大類。在這裡，「甲類重疊詞」指的是在上文提到的第一種重疊式，單字義與疊字義有所不同的詞、象聲詞都屬於這一類。例如：

（11）**蕭蕭**馬鳴，悠悠斾旌。（《詩經·小雅·車攻》）

（12）風**蕭蕭**兮易水寒。（《戰國策·燕策》）

（13）雷填填兮雨冥冥，猿<u>啾啾</u>兮狖夜鳴。（《楚辭·九歌》）

（14）鴻鴈於飛，<u>肅肅</u>其羽。（《詩經·小雅·鴻雁》）〔註19〕

（15）其桐其椅，其實<u>離離</u>。（《詩經·小雅·湛露》）

（16）君子之言，涉然而精，俛然而類，<u>差差</u>然而齊。（《荀子·正名》）

從語義上看，「蕭蕭」是馬叫聲、風聲；「啾啾」是猿的鳴叫聲；「肅肅」是鳥羽、蟲翅的振動聲；「離離」描繪草木茂盛、盛多貌；「差差」描寫不齊貌。上例（11）至（14）的重疊詞都是象聲詞，它們分別模擬特指對象的聲音。例（15）中的「離離」和例（16）中的「差差」，這兩個重疊詞與單字「離」和「差」的意義完全不一樣。由此可見，這類詞借助於某個單字的表音手段去表達某種意義，以實現語言表達的生動。

「乙類重疊詞」是指前文提到的第二種重疊式，這一類又可分為名詞重疊、動詞重疊、形容詞重疊、量詞重疊。例如：

1. 名詞重疊：焰焰、亭亭、岩岩、炎炎、鱗鱗、田田

在語義上，「焰焰」，火苗初起貌（《書·洛誥》）；「亭亭」，直立貌（漢·劉楨《贈從弟》）；「岩岩」，高大、高聳（《詩經·魯頌·閟宮》）；「鱗鱗」，鱗集貌（《楚辭·九歌·河伯》）；「田田」，荷葉盛密貌（《樂府詩集·相和歌辭一·江南》）。

2. 動詞重疊：漸漸、搖搖、灼灼、漫漫

在語義上，「漸漸」，山石高峻貌（《詩經·小雅·漸漸之石》）、流淌貌（西漢·劉向《九歎·遠逝》）；「搖搖」，擺動、搖曳貌（《大戴禮記·武王踐阼》）、遠貌（《漢書·五行志中之上》）；「灼灼」，桃花鮮明貌（《詩經·周南·桃夭》）；「漫漫」，廣遠無際貌（《管子·四時》）、久貌（《後漢書·蔡邕傳》）。

3. 形容詞重疊：峨峨、浩浩、霏霏、茫茫、團團、煌煌、藹藹、萋萋、
   紛紛、炎炎

在語義上，「峨峨」，盛壯（《詩經·大雅·棫樸》）、高貌（《楚辭·招魂》）；「浩浩」，水盛大貌（《書·堯典》）、廣大無際貌（《詩經·小雅·雨無正》）；「霏霏」，雨雪盛貌（《詩經·小雅·采薇》）、濃密盛多（《楚辭·九章·涉江》）；「茫

〔註19〕毛傳：「蕭蕭」，羽聲也。

茫」，遙遠（漢荀悅《〈漢紀〉論》）、模糊不清（東漢揚雄《法言‧重黎》）；「團團」，圓貌（西漢班婕妤《怨歌行》）；「煌煌」，明亮輝耀貌、光彩奪目貌（《詩經‧陳風‧東門之楊》）；「藹藹」，盛多貌（《詩經‧大雅‧卷阿》）、香氣濃烈貌（《楚辭‧劉向〈九歎‧愍命〉》）；「萋萋」，草木茂盛貌（《詩經‧周南‧葛覃》）、雲行彌漫貌（《詩經‧小雅‧大田》）；「紛紛」，亂貌（《管子‧樞言》）；「炎炎」，灼熱貌（《詩經‧大雅‧雲漢》）、火光猛烈貌（《史記‧天官書》）、色彩光豔貌（東漢班固《東都賦》）。

4. 量詞重疊：雙雙。

在語義上，「雙雙」表示成雙。如《公羊傳‧宣公五年》：「子公羊子曰：其諸為其雙雙而俱至者與？」

由此可見，上古漢語名詞、動詞、形容詞、量詞等非顏色語素的重疊詞都是表狀態義的。王繼紅（2003）說：「重言式狀態詞屬於構詞層面的複疊。」〔註20〕按照這一看法，通過重疊手段由名詞、動詞、量詞轉化為狀態詞的詞性變化是一種構詞法，進而可以說是一種「詞彙生動化的方式」。從語義上看，名詞、動詞的重疊不是名詞義或動詞義，而是與名詞或動詞相關的生動形象。形容詞的重疊是一種生動表達的強化手法。

Givón（1971）提出了一個觀點：「今天的詞法曾是昨天的句法。」〔註21〕本人認為，今天的詞法可轉變為明天的句法，明天的句法又可轉變為後天的詞法。從漢語詞彙的生成演變現象來看，上文提到的名詞、動詞、形容詞非顏色語素的重疊詞又可成為句法成分。在上古時期，非顏色語素的原生重疊詞與單音形容詞或單音動詞構成 ABB 重疊式。這表明，「單音形容詞＋非顏色語素的原生重疊」或「單音動詞＋非顏色語素的原生重疊」類型的句法結構是由漢語非顏色語素的原生重疊詞發展到 ABB 後生重疊式的過渡過程。例如：

（17）a. 鸜鵒之巢，**遠哉遙遙**。（《左傳‧昭公二十五年》）遠 / 遙遙：形容距
　　　　離遠。

　　　b. 鸜鵒之巢，**遠哉搖搖**。（《漢書‧五行志中之上》）遠 / 搖搖：遠貌。

〔註20〕王繼紅《重言式狀態詞的語法化考察》，《語言研究》，2003 年 6 月第 23 卷第 2 期，72 頁。

〔註21〕轉引自董秀芳《詞彙化：漢語雙音詞的衍生和發展》（修訂本），北京：商務印書館，2011 年 11 月第 1 版（2013.5 重印），49 頁。

（18）a. 深林<u>杳以冥冥</u>兮，乃獲狄之所居。(《楚辭·九章·涉江》)杳/冥冥：
幽深貌。

　　　 b. <u>杳冥冥</u>兮羌晝晦，東風飄兮神靈雨。(《楚辭·屈原·涉江》)杳/冥
冥：幽暗貌。

（19）<u>漂翻翻</u>其上下兮，翼遙遙其左右。(《楚辭·九章·悲回風》)漂/翻翻：
上下飛翔貌。

（20）天<u>白顥顥</u>，<u>寒凝凝</u>只。(《楚辭·大招》)寒/凝凝：水結冰貌。白/顥顥：潔白
有光貌。

　　從上例中可以知道，上古漢語 ABB 結構不是詞，而是短語。從這些結構的語義關係上看，雖然「A」與「BB」具有同義關係，但單音形容詞或單音動詞「A」與重疊詞「BB」之間凝固性不強。詳見上例（17）ab 和（18）a，單音形容詞「A」與重疊詞「BB」之間插入了其他語言成分。從語義上看，其句法結構具有並列關係。例（18）b 中的「杳冥冥」是與（18）a 中的「杳以冥冥」相同的。例（19）中的「漂翻翻」是「單音動詞＋動詞重疊」類型，動詞重疊「翻翻」對單音動詞「漂」作補充說明，表示飛翔的方向。例（20）中的「寒凝凝」是「單音形容詞＋動詞重疊」類型，動詞重疊「凝凝」對「寒」作補充說明，表示程度。「白顥顥」是「單音顏色詞＋狀態形容詞重疊」類型，狀態形容詞重疊「顥顥」對「白」作補充說明，增添亮度。從語義結合的緊密性上看，這兩個 ABB 式可以看成是詞。上例中非顏色語素的原生重疊詞「冥冥」「搖搖」「遙遙」，到中古時期與顏色語素構成 ABB 式。

　　可以看出，詞彙現象在歷史演變過程中，由句法轉化為詞法或由詞法轉變為句法，再由句法轉變為詞法。漢語形容詞 ABB 式的發展趨勢也有先後關係：從整體形容詞的系統上看，一般形容詞的 ABB 式先於特殊性形容詞（即顏色詞）的 ABB 式。

二、後生重疊

　　據考察，古代漢語顏色詞的重疊類型主要有 AA、ABB、BBA、AABB、ABAB、BABA 式六類。本文把後起的 ABB、BBA、AABB、ABAB、BABA 式稱為後生重疊。後生重疊的產生路徑與其內部結構複雜多樣，然而它們都是模擬原生重疊的產物。模因理論認為，覓因（Mimeme）通過模仿的方式「從一個

大腦轉移到另一個大腦，從而在覓母庫中進行繁殖。」〔註22〕在這裡，「繁殖」是指自我複製或拷貝。從演化語言學的角度看，語言覓母現象可以說是一種語言模仿單位的進化過程，語言覓母通過口語或書面語傳承到後一代。就漢語顏色詞而言，後生重疊可以看成是原生重疊的變形。如，AA→ABB／BBA；AA→AABB；AB→ABAB；BA→BABA。

　　王力（1984）把形容詞重疊稱為「繪景法」〔註23〕，呂叔湘（1999）把現代漢語形容詞的重疊式稱為「生動形式。」〔註24〕就拿原生重疊而言，實際上，其重疊的目的也在於語言表達的描繪性和生動性。在中古時期湧現的「顏色語素＋原生重疊」「顏色語素＋新生重疊」類型的後生重疊也是如此。那麼，富於形象性和生動性的漢語顏色詞後生重疊怎麼形成呢？為此，我們有必要參見現代漢語普通話裏形容詞的重疊方式。

　　從形態類型學上看，重疊方式可分為構詞重疊和構形重疊。張壽康（1981）說，「構詞法和構形法同是形態學（詞法）的研究內容。構詞法研究詞素構成詞的方法，而構形法則研究詞形的變化。」〔註25〕按此說法，構詞法和構形法是兩個不同的概念。葛本儀（2006）指出：「有時，它們卻往往表現出相同的方法和形式，因此，對漢語的構詞構形問題，必須要有明確認識和區分。」〔註26〕這一看法告訴我們，表面上同形的重疊式可能有兩種重疊方式，即構詞法和構形法。那麼，我們怎麼能判定某一個詞的重疊方式是構詞重疊還是構形重疊呢？蔣紹愚（2015）認為，「構詞法是從共時平面來分析詞的結構。」〔註27〕關於構形重疊方式，葛本儀（2004）認為，「重疊法就是將整個詞進行重疊，或者把詞中的詞素分別進行重疊，或者將詞中的部分詞素進行重疊以形成形態變化的方法。」〔註28〕可見，是構詞還是構形的問題與其形成的渠道有密切

〔註22〕〔英〕理查德·道金斯著，盧雲中等譯《自私的基因》，北京：中信出版社，2012年9月第1版，218頁。

〔註23〕參見王力《王力文集（第一卷）：中國語法理論》，山東教育出版社，1984年11月第1版，384～393頁。

〔註24〕參見呂叔湘主編《現代漢語八百詞》，北京：商務印書館，1999年1月增訂版，716～720頁。

〔註25〕張壽康《構詞法和構形法》，湖北人民出版社，1981年8月第1版，58頁。

〔註26〕葛本儀《漢語詞彙研究》，北京：外語教學與研究出版社，2006年7月第1版（2009.2重印），65頁。

〔註27〕蔣紹愚《漢語歷史詞彙學概要》，北京：商務印書館，2015年11月第1版，66頁。

〔註28〕葛本儀《現代漢語詞彙學》（修訂本），濟南：山東人民出版社，2004年10月第2

關係。從重疊的完整性上看，可分為完全重疊與部分重疊。上面提到的 AA、AABB、ABAB、BABA 式都屬於完全重疊；ABB、BBA 式都屬於部分重疊。從重疊方向上看，重疊方式又可分為順向重疊與逆向重疊。孫景濤（2008）說：「基式在前，重疊部分在後，那麼這是順向重疊。」〔註29〕「基式在後，重疊部分在前，這就是逆向重疊。」〔註30〕根據前輩學者對重疊方式的看法，漢語顏色詞的重疊方式大致如下：

（一）完全重疊

AA 式：如，白白、黑黑、紅紅、黃黃、青青、綠綠等。（順向）

AB→ABAB 式：如，碧綠碧綠、碧藍碧藍、黑亮黑亮、黑瘦黑瘦等。（順向）

BA→BABA 式：如，雪白雪白、漆黑漆黑、彤紅彤紅、鮮紅鮮紅等。（順向）

AB→A＋AB＋B→AABB 式：如，白白淨淨、白白胖胖等。（雙方向）

BA→B＋BA＋A→BBAA 式：如，漆漆黑黑、昏昏黑黑、黑黑瘦瘦等。（雙方向）

AA＋BB→AABB 式：如，紅紅綠綠、鬱鬱青青、紅紅白白等。（順向）

（二）部分重疊

A＋BB→ABB 式，AB＋B→ABB 式：如，紅＋焰焰、紅焰＋焰等。（順向）

BB＋A→BBA 式，B＋BA→BBA 式：如，雪雪＋白、雪＋雪白等。（逆向）

據第三章和上面的重疊方式，對漢語重疊式顏色詞的生成網絡體系，可以如下圖所示：

版（2008.4 重印），132 頁。

〔註29〕孫景濤《古漢語重疊構詞法研究》，上海：上海教育出版社，2008 年 6 月第 1 版，58 頁。

〔註30〕孫景濤《古漢語重疊構詞法研究》，188 頁。

圖 4.1　漢語重疊式顏色詞的生成網絡體系圖

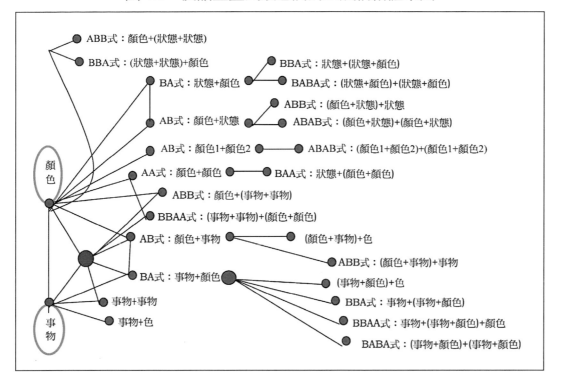

　　如果我們追溯到古代的話，漢語顏色詞的 ABB、BBA、AABB、ABAB 式的產生途徑與面貌如何？馮莉（2012）說，「新生性既有對原生性的繼承，也有發展和變異。」〔註31〕那麼，我們有必要把握漢語顏色詞重疊式的歷史發展的來龍去脈及其規律和產生機制。對此，我們將在第五章至第七章加以具體分析和研究。

〔註31〕馮莉《民間文化遺產傳承的原生性與新生性——納西汝卡人的信仰生活為例》，天津大學博士學位論文，2012 年，13 頁。

第五章 AABB 重疊式顏色詞的 歷史發展

　　漢語顏色詞的 AABB 式植根於上古佔優勢的原生重疊 AA 式。上古的 AA 式主要分為單音顏色語素的重疊和單音非顏色語素的重疊兩大類。上古後期，該原生重疊語義功能的變化及其弱化現象導致 ABB、BBA、AABB 式的產生。然而，在中古時期，隨著大多數的 AA 式原生重疊成為顏色詞 ABB、BBA 式的主要成員，顏色詞 AABB 式的發展落在其後。儘管如此，在時間跨度很遠的環境裏，顏色詞 AABB 式的歷史發展也有自己的軌跡和其特點。

　　漢語顏色詞 AABB 式主要有兩個 AA 式的重疊方式與 AB 或 BA 式的擴展式兩大類。也就是說，前者是「A、B 分別重疊後再結合在一起的疊結形式。」〔註1〕如「鬱鬱＋青青」「鬱鬱＋蒼蒼」「昏昏＋黑黑」「青青＋黃黃」「白白＋黃黃」「黑黑＋白白」等等。後者是 AB 或 BA 式複合詞的重疊式。如「白＋白胖＋胖」「白＋白淨＋淨」「漆＋漆黑＋黑」「昏＋昏黑＋黑」等等。本文將前者與後者分別稱為雙蝶式 AABB 式和擴展式 AABB 式。

〔註1〕儲澤祥《單音名詞的 AABB 疊結現象》，載《漢語重疊問題》，武漢：華中師範大學出版社，2009 年 5 月第 1 版，19 頁。

第一節　上古時期，AABB 式顏色詞的出現

在上古時期，顏色詞 AABB 式只有一種類型，即雙碟式 AABB 式。事實上，上古的顏色詞 AABB 結構是 AA 式原生重疊的連用式，該形式見於漢代，可是很少見。在《全後漢文》中就出現一次。這表明，上古處於顏色詞 AABB 式的萌芽期。例如：

（1）仰視岩石松樹，<u>鬱鬱蒼蒼</u>，若在雲中。（《全後漢文》卷二十九東漢・馬第伯《封禪儀記》）

在結構上，「鬱鬱蒼蒼」是由語義相近的「鬱鬱」和「蒼蒼」構成的並列式結構。如《詩經・秦風・蒹葭》：「蒹葭<u>蒼蒼</u>，白露為霜。」〔註2〕西漢劉向《九歎・愍命》：「冥冥深林兮，樹木鬱鬱（郁郁）。」按照《說文》的解釋：「鬱（郁），木叢生者。從林，鬱省聲。」在語義上，例（1）的「鬱鬱蒼蒼」形容松樹青翠茂盛貌。李豔華（2009）認為，「對單音形容詞的 AABB 加疊來講，當 A、B 語義相近、相關時，其語法意義在於表示 A 和 B 所形成的性狀整體度量的增加，可以用『又 A 又 B』來替換。」〔註3〕按此說法，「鬱鬱蒼蒼」表示狀態義度量的增加，而且又表示狀態義和顏色義的融合。〔註4〕可以看出，與 AA 式相比，雙碟式 AABB 式的語義程度增強了。我們認為，這意味著原生重疊 AA 式的語義逐漸開始弱化。因而漢代的雙碟式 AABB 式是在心理上為了滿足更接近實景的表達效果而產生的。從句法功能上看，「鬱鬱蒼蒼」作謂語，「鬱鬱」和「蒼蒼」可分用，形式比較鬆散。

第二節　中古時期，AABB 式顏色詞的繼承與發展

按照李小平（2004），「《世說新語》重疊式複音詞共 74 個，其中以 AA 式為主，占總數的 93.2%。」「AABB 式就有 5 個，僅占總數的 6.67%。」〔註5〕可是顏色詞的 AABB 式沒發現。唐代筆記小說《野朝僉載》中的 AABB 重疊

〔註2〕毛傳：蒼蒼，盛也。

〔註3〕李豔華《謂詞性 AABB 加疊的語義分析》，《語言教學與研究》，2009 年第 3 期，75 頁。

〔註4〕原生重疊「蒼蒼」除了表示草木茂盛貌義之外，還表顏色義。如《莊子・逍遙遊》：「天之蒼蒼，其正色邪。」《史記・天官書》：「正月，與斗、牽牛晨出東方，名曰監德。色蒼蒼有光。」這表明，上古已存在一詞多用現象。

〔註5〕李小平《〈世說新語〉重疊式複音詞構詞法淺探——兼論音節表義》，《蘇州教育學院學報》，2004 年 3 月第 21 卷第 1 期，16～17 頁。

式只有 1 個，即啾啾唧唧。據《敦煌變文詞彙計量研究》（陳明娥，2006），「變文中的重疊式多音詞共有 116 個，其中 AABB 式共有 42 個，占總數的 36.2%。」〔註6〕按照陳秀蘭（2002），「變文中 AABB 式的新詞有 30 個」，〔註7〕占總數的 25.8%。據考察，變文中的顏色詞 AABB 式只有 1 個，即「鬱鬱槍槍（蒼蒼）。」事實上，該重疊式是在上古已出現的。按照石鋟（2010），「《全唐詩》中形容詞性的 AABB 共計 137 例」，〔註8〕其中顏色詞 AABB 式共有 4 例，占總數的 2.92%。如「紅紅綠綠」「皎皎蒼蒼」「鬱鬱青青」「青青鬱鬱」等等。由此可見，就漢語顏色詞的 AABB 式而言，中古時期仍處於嬰兒階段。儘管如此，中古漢語的顏色詞 AABB 式，既有從上古繼承的類型，又有新出現的類型。如前所述，其類型可分為雙碟式 AABB 式和擴展式 AABB 式。按照語義組合關係，又可分為同義重疊式、反義重疊式和異義重疊式。在中古時期，只有同義重疊式和異義重疊式兩類，反義重疊式還沒發現。這一時期，新出現的 AABB 式就是雙碟式 AABB 異義重疊式。擴展式 AABB 異義重疊式沒發現。

一、雙碟式 AABB 式顏色詞的繼承

中古的雙碟式 AABB 同義重疊式是沿用上古已有的，其語義和上古基本相同。例如：

（2）a. 夢見殿上有神光，二夢見城頭**鬱鬱槍槍**。（《敦煌變文集‧伍子胥變文》卷一）

　　b. 王夢見殿上神光者有大人至；城頭**鬱鬱蒼蒼**者荊棘備。（《同上》）

　　c. **鬱鬱復蒼蒼**，秋風韻更長。（唐‧孫魴《老松》）

在語義上，例（2）ab 的「鬱鬱槍槍」和「鬱鬱蒼蒼」的意義一致。本人認為「槍」是「蒼」的假借，通過因聲求義法可以找到其語義。訓詁方法說：「因聲求義就是通過詞的讀音尋求詞義。」〔註9〕按此說法，「槍」的上古音為清母

〔註6〕陳明娥《敦煌變文詞彙計量研究》，南昌：百花洲文藝出版社，2006 年 9 月第 1 版，141 頁。

〔註7〕陳秀蘭《敦煌變文詞彙研究》，成都：四川民族出版社，2002 年 7 月第 1 版，186 頁。

〔註8〕石鋟《漢語形容詞重疊形式的歷史發展》，北京：商務印書館，2010 年 7 月第 1 版，157 頁。

〔註9〕楊琳《訓詁方法新探》，北京：商務印書館，2001 年 4 月第 1 版，55 頁。

陽部，「蒼」為清母陽部，讀音相同。《說文》的解釋：「蒼，艸色也。從艸倉聲。」；「槍，距也。從木倉聲。」首先，就「蒼」的意義而言，本人認為，草色不是「蒼」的本義，而是引申義。「蒼」字屬於形聲字，「艸」表義，「倉」表音。「倉」是否表義呢？《說文》的解釋：「倉，穀藏也。倉黃取而藏之，故謂之倉。」按此解釋，「倉」具有「倉庫」「糧倉」的含義。如《詩經・小雅・楚茨》：「自昔何為，我藝黍稷。我黍與與，我稷翼翼。我倉既盈，我庾維億。」《詩經・小雅・甫田》：「曾孫之稼，如茨如梁。曾孫之庾，如坻如京。乃求千斯倉，乃求萬斯箱。」《詩經・大雅・公劉》：「篤公劉，匪居匪康，乃場乃疆，迺積迺倉。」魏晉・曹操《對酒》：「民無所爭訟。三年耕有九年儲。倉穀滿盈。」我們不難聯想「倉」還含有「聚」「儲藏」「積儲」「眾多」「豐富」等意義。現代漢語裏的「寶庫」「語料庫」「語言庫藏」等也具有「倉」的含義。按此，「蒼」的意義可以解釋為表義部分「艸」和表音部分「倉」的含義「聚、豐富」的組合意義。還舉個例子，從《詩經・秦風・蒹葭》中的「蒹葭蒼蒼」「蒹葭萋萋」上看，「蒼」和「萋」具有同義關係。《說文》的解釋：「萋，艸盛。從艸妻聲。」該詞也表示草木茂盛貌。由此可見，「蒼」字表示草茂盛貌，表草色義是由此引申來的。

同樣，就「槍」而言，該字也屬於形聲字，「木」表義，「倉」表音。按照《蒼頡篇》的解釋：「槍，謂木兩頭銳者也。」「槍」表示槍形的東西。例（2）b 的「鬱鬱蒼蒼」指的是其後的「荊棘」，它比喻為困難。「荊棘」是一種帶刺的植物，其刺象槍尖形，叢生於山野。據《韓非子・難四》第三十九：「屈到嗜芰，文王嗜菖蒲菹，非正味也，而二賢尚之，所味不必美。」《紅樓夢》第七十八回：「搴煙蘿而為步幛，列槍蒲而森行伍。」「菖蒲」又作「菖」或「槍蒲」，該植物春夏叢生，葉長而尖。按照《現代漢語方言大詞典》（李榮，2002），在東莞方言裏，「水仙花從鱗莖中抽出來的一支花就叫一槍：泥盆水仙花有六支槍。」水仙也像菖蒲那樣葉叢生。從生態特徵上看，「荊棘」「槍蒲」「水仙」等植物含有「槍形」「尖銳」「叢生」「茂密」等語義成分。可以看出，「蒼蒼」和「槍槍」音同義通，都可以形容草木茂盛貌。

在結構上，雙碟式 AABB 式可以用「AA 又 BB」來替換，即例（2）c 的「鬱鬱復蒼蒼」。像上古那樣，「鬱鬱」「蒼蒼」都可單用，該語言現象在中古時期也常見。如《先秦漢魏晉南北朝詩・魏詩・繆元・詩》：「蒼蒼陵上柏，參差

列成行。」唐袁朗《和洗掾登城南阪望京邑》：「南登少陵岸，還望帝城中。帝城何鬱鬱，佳氣乃蔥蔥。」等等。由此可見，中古漢語的雙碟式 AABB 式顏色詞的結構也比較鬆散。

在句法功能上，「鬱鬱槍槍」作賓語。該重疊式是借用表性狀義的語言手段來代替具體事物的。也就是說，「鬱鬱槍槍」代表具體事物的同質性，以可以作賓語。程湘清（1992）認為，「疊音形容詞指代它所形容的某種事物，既表現語言的精練，又突出該事物的形象、形狀，以此寓情於景，意在言外，含而不露。」「這在唐五代詞中，已得到了充分的發揮。」〔註10〕實際上，該語言現象已見於南北朝時期，請參看下面的「雙碟式 AABB 式顏色詞的發展」。

二、雙碟式 AABB 式顏色詞的發展

在南北朝時期，漢語顏色詞的雙碟式 AABB 式的新類型開始出現。一是兩個單音形容詞 A、B 分別重疊後再結合在　起的重疊式，即「單音性質形容詞的原生重疊＋單音性質形容詞的原生重疊」類型。二是「單音狀態形容詞的原生重疊＋單音性質形容詞的原生重疊」類型。三是「單音性質形容詞的原生重疊＋單音狀態形容詞的原生重疊＋底」類型。這三種類型都屬於異義重疊式。這一時期，可以值得關注的是帶結構助詞「底」的顏色詞 AABB 式的出現。例如：

（3）a. 青青黃黃，雀石頹唐。槌殺野牛，押殺野羊。驅羊入谷，自羊有前。（《樂府詩集》卷第二十五《橫吹曲辭・地驅歌樂辭》))

　　　b. 宛宛轉轉勝上紗，紅紅綠綠苑中花。（唐・王建《宛轉詞》）

　　　c. 晨遊百花林，朱朱兼白白。（唐・韓愈《感春》其三）

　　　d. 宮中月明何所似，如積如流滿田地。……皎皎蒼蒼千里同，穿煙飄葉九門通。（唐・楊巨源《月宮詞》）

　　　e. 芳年貴盛誰為比，鬱鬱青青岳頂松。（唐・李頻《賀同年翰林從叔舍人知制誥》）

　　　f. 君不見道傍樹有寄生枝，青青鬱鬱同榮衰。（唐・貫休《行路難》其一）

〔註10〕程湘清主編《隋唐五代漢語研究》，山東教育出版社，1992 年 3 月第 1 版（1994.7 重印），449 頁。

g. 爰有禪德遠來問津，山下遇見師，遂輒申問：丹霞山在什麼處？師
指山曰：<u>**青青黯黯底**</u>是。（《祖堂集·丹霞和尚》）

例（3）ab 的「青青黃黃」「紅紅綠綠」表示相關事物的顏色屬性。在結構
上，它們都屬於「AA＋BB」的並列式結構：前者是兩個性質形容詞的原生重
疊連用的；後者是兩個性質形容詞的新生重疊連用的。在語義上，「青青黃黃」
通過顏色義來對北方少數民族的射獵和畜牧生活的園地進行描寫。「紅紅綠
綠」表示紅花綠葉，即顏色鮮豔的鮮花。從句法功能上看，「青青黃黃」作複
句的一個分句，「紅紅綠綠」作定語。例（3）c 的「朱朱兼白白」形容紅色的
花和白色的花眾多貌。從句法功能上看，它作謂語。例（3）d 的「皎皎蒼蒼」
是兩個單音狀態形容詞的原生重疊連用的。在語義上，該重疊式形容明亮而帶
淺藍色的月光和蒼天。從句法功能上看，「皎皎蒼蒼」作主語。例（3）ef 的「鬱
鬱青青」和「青青鬱鬱」是單音狀態形容詞的原生重疊和單音性質形容詞的原
生重疊連用的。雖然這兩個原生重疊的意義不同，但它們的意義都指向同一對
象。它們語義上緊密結合，組塊的 AABB、BBAA 式都表示「草木茂盛貌＋顏
色很青」。仔細地看這兩個重疊式，詞彙的移位現象出現，這顯示中古漢語句
法的靈活性。除此之外，「鬱鬱」和「青青」還可分用，結構比較鬆散。從句法
功能上看，例（3）e 的「鬱鬱青青」作定語；例（3）f 的「青青鬱鬱」作主語，
該重疊式指代前面的寄生枝。例（3）g 的「青青黯黯底」是「單音性質形容詞
的原生重疊＋單音狀態形容詞的原生重疊＋底」類型。原生重疊「黯黯」始見
於東漢。如東漢魏陳琳《遊覽》詩：「投觴罷歡坐，逍遙步長林。蕭蕭山谷風，
黯黯天路陰。」《全梁文》卷十五《元帝〈蕩婦秋思賦〉》：「日黯黯而將暮，風
騷騷而渡河。」南朝宋劉義慶、候占虎《世說新語·容止第十四》：「謝公云：
見林公雙眼黯黯明黑。」等等。「黯黯」的意義是昏暗貌。在語義上，「青青黯
黯」表示青而發黑的樣子，即表示顏色義和亮度義，以實現了語義的增量化。
同時，它具有指代性，即代表場所。從句法功能上看，該重疊式作謂語。

見於唐代的結構助詞「底」相當於現代漢語的「的」，「青青黯黯」後帶的
「底」表達一種強調。中古的「顏色詞 AABB 式＋底」結構只有這一例。據
曹廣順（2014）的統計，「在《祖堂集》中出現了 245 例『底』『地』的用例。」
〔註11〕為了更為具體的分析，本人通過電腦檢索了《敦煌變文集》和《祖堂集》

〔註11〕曹廣順《近代漢語助詞》，北京：商務印書館，2014 年 7 月第 1 版，156 頁。

的語料，即「AABB 式＋底／地」的用例。在《祖堂集》中，除了「青青黯黯」之外，還發現了 3 例，而在《敦煌變文集》中沒發現。如《祖堂集・羅山和尚》：「漢臨幾隱現，搓搓臨時自由，不是你呢呢惹惹底便解會得。」《祖堂集・鏡清和尚》：「師便珍重。又一日雪峰告眾云：當當密密底。師便出，云：什麼當當密密底？」《祖堂集・南泉和尚》：「頭水牯牛。如何是水牯牛？曹山云：『朦朦朣朣地。』」〔註12〕根據上面的統計，「非顏色詞 AABB 式＋底／地」結構共有 3 例，占總數的 1.22%；「顏色詞 AABB 式＋底」結構共有 1 例，占總數的 0.41%。由此可以看出，中古時期的「顏色詞 AABB 式＋底／地」結構處於新生階段。儘管如此，這是呈現出顏色詞 AABB 式的結構變化的新面貌。

曹廣順（2014）說，「《祖堂集》成書於福建泉州，雖然可以肯定其主要是用當時的官話寫作的，但同時也應該在一定程度上有當時南方方言的影響。」〔註13〕按此觀點和實例的具體語境，例（3）g 的「青青黯黯底」也可能受到當時方言口語的影響。

第三節　近古時期，AABB 式顏色詞的發展變化

李小平（2004）說：「AABB 式的成熟，則是現代漢語之後的事情。」〔註14〕可是，本人認為，近古時期的 AABB 式顏色詞比較成熟。為此，本人全面考察了《全宋詞》《全宋詩》《五燈會元》《古尊宿語錄》《全元曲》《型世言》《三寶太監西洋》《堯山堂外紀》《西遊記》《警世通言》《喻世明言》《醒世恒言》《醒世姻緣傳》《封神演義》《金瓶梅詞話》《三俠劍》《七劍十三俠》《儒林外史》《說唐全傳》《綠野仙蹤》《孽海花》《紅樓夢》《野叟曝言》《五美緣》《三寶太監西洋記》《平妖傳》等二十四部著作和其他詩集中的顏色詞 AABB 式及其使用頻率。從中可以看出，該重疊式到近古大量出現，以帶來了其量的和質的變化。宋代到清代的個別 AABB 式顏色詞是如下：

〔註12〕語料來源於《中央研究院近代漢語語料庫》http://early_mandarin.ling.sinica.edu.tw/。
〔註13〕曹廣順（2014），160 頁。
〔註14〕李小平《〈世說新語〉重疊式複音詞構詞法淺探——兼論音節表義》，《蘇州教育學院學報》，2004 年 3 月第 21 卷第 1 期，28 頁。

表 5.1　宋代，AABB 式顏色詞

全宋詞		全宋詩		五燈會元		古尊宿語錄	
詞　語	詞頻	詞　語	詞頻	詞　語	詞頻	詞　語	詞頻
鬱鬱青青	1	青青鬱鬱	1	青青黯黯	1	紅紅赤赤	1
青青白白	1	猗猗青青	1				
紅紅白白	8	紅紅白白	31				
白白紅紅	7	白白紅紅	25				
朱朱白白	4	白白朱朱	9				
朱朱粉粉	1	朱朱白白	12				
朱朱紛紛	1	白白黃黃	2				
鬱鬱蔥蔥	1	黃黃白白	1				
		紅紅綠綠	1				
		碧碧黃黃	1				
		黑黑白白	1				
		皎皎潔潔	1				
		黯黯青青	1				
		點點青青	1				
		青青蠹蠹	1				

表 5.2　元代，AABB 式顏色詞

《全元曲》						其他詩集	
散　曲		雜　劇		戲　文			
詞語	詞頻	詞語	詞頻	詞語	詞頻	詞語	詞頻
翠翠青青	1	白白淨淨	1	白白淨淨	1	紅紅白白	5
皎皎潔潔	1	瑩瑩皎皎	1	皎皎團團	1	白白紅紅	6
						白白黃黃	1
						鬱鬱蒼蒼	2
						蒼蒼鬱鬱	1

表 5.3　明代，AABB 式顏色詞

型世言		堯山堂外紀		封神演義		喻世明言	
詞　語	詞頻	詞　語	詞頻	詞　語	詞頻	詞　語	詞頻
紅紅綠綠	2	紅紅白白	3	昏昏黑黑	1	昏昏黑黑	1
朱朱粉粉	1	白白紅紅	1	青青翠翠	1		
黑黑白白	1	蒼蒼翠翠	1				

警世通言		三寶太監西洋記		其他詩集			
詞　語	詞頻	詞　語	詞頻	詞　語	詞頻	詞　語	詞頻
紅紅黃黃	1	紅紅綠綠	2	白白紅紅	8	紅紅白白	3
蒼蒼鬱鬱	1	白白淨淨	4	白白黑黑	1	白白荒荒	1
翠翠青青	1	青青紅紅	1	翠翠青青	1	青青翠翠	1
青青白白	1	皂皂白白	1	霏霏翠翠	1	青青簇簇	1
		白白嫩嫩	1	白白荒荒	1	白白蒼蒼	1
				青青離離	1	隱隱青青	1

醒世恒言		醒世姻緣傳		西遊記		金瓶梅詞話	
詞　語	詞頻	詞　語	詞頻	詞　語	詞頻	詞　語	詞頻
白白淨淨	1	白白胖胖	5	鬱鬱蒼蒼	1	皎皎潔潔	1

表 5.4　清代，AABB 式顏色詞

三俠劍		七劍十三俠		儒林外史		說唐全傳	
詞　語	詞頻	詞　語	詞頻	詞　語	詞頻	詞　語	詞頻
紅紅綠綠	1	紅紅綠綠	2	紅紅綠綠	3	紅紅綠綠	1
				白白胖胖	1	白白青青	1

綠野仙蹤		孽海花		其他詩集			
詞　語	詞頻	詞　語	詞頻	詞　語	詞頻	詞　語	詞頻
紅紅綠綠	2	鬱鬱蒼蒼	3	紅紅白白	3	紅紅翠翠	2
紅紅白白	2			白白紅紅	1	翠翠紅紅	1
鬱鬱蒼蒼	1			紅紅綠綠	1	點點青青	1

五美緣		平妖傳		紅樓夢		野叟曝言	
詞　語	詞頻	詞　語	詞頻	詞　語	詞頻	詞　語	詞頻
白白淨淨	1	紅紅白白	1	翠翠青青	1	白白淨淨	2

　　據上面的統計，首先，從量變上看，AABB 式顏色詞共有 46 例，其中已有的 AABB 式顏色詞共有 5 例，占總數的 10.87%；新生 AABB 式顏色詞共有 41 例，占總數的 89.13%。從使用頻率上看，「單音性質形容詞的重疊＋單音性質形容詞的重疊」結構的 AABB 式佔優勢。如「紅紅白白」出現 56 次，「白白紅紅」出現 48 次，「紅紅綠綠」出現 17 次，「朱朱白白」出現 16 次，「白白朱朱」出現 9 次，「白白胖胖」出現 6 次等等。依據上表，對此簡略如下：

表 5.5　宋元明清，已有 AABB 式顏色詞和新生 AABB 式顏色詞

已有顏色詞 AABB 重疊式		新生顏色詞 AABB 重疊式			
詞　語	詞頻	詞　語	詞頻	詞　語	詞頻
鬱鬱蒼蒼	7	蒼蒼鬱鬱	2	青青白白	2
青青鬱鬱	1	蒼蒼翠翠	1	白白青青	1
鬱鬱青青	1	青青黯黯	1	翠翠青青	4
紅紅綠綠	17	黯黯青青	1	青青翠翠	2
鬱鬱蔥蔥	1	青青簇簇	1	翠翠紅紅	1
		霏霏翠翠	1	紅紅翠翠	1
		猗猗青青	1	青青紅紅	1
		皎皎潔潔	3	白白黃黃	3
		瑩瑩皎皎	1	黃黃白白	1
		皎皎團團	1	紅紅黃黃	1
		白白淨淨	10	碧碧黃黃	1
		白白蒼蒼	1	紅紅白白	56
		朱朱紛紛	1	白白紅紅	48
		昏昏黑黑	2	朱朱白白	16
		白白荒荒	1	白白朱朱	9
		青青離離	1	紅紅赤赤	1
		隱隱青青	1	朱朱粉粉	2
		點點青青	2	黑黑白白	2
		青青矗矗	1	白白黑黑	1
				皂皂白白	1
				白白胖胖	6

　　其次，從質變上看，有幾點：一是在近古時期，存在句法功能的多樣性。如作主語、謂語、賓語、定語、狀語、補語等功能。二是形態成分的變化。與上古、中古不同，近古 AABB 式顏色詞的成分走向由單音狀態形容詞轉變單音性質形容詞的趨勢。三是結構類型的發展變化。雙碟式 AABB 反義重疊式、擴展式 AABB 異義重疊式和擴展式反義重疊式新出現。四是「AABB 式顏色詞＋的」結構的出現。這些 AABB 式顏色詞的量變和質變表明，近古漢語 AABB 式顏色詞已經開始進入成熟階段。下面，我們對此進行深入分析研究。

一、近古 AABB 式顏色詞的類型

　　近古漢語的 AABB 式顏色詞的類型複雜多樣。其類型大致可分為傳承 AABB 式與新生 AABB 式。前者是指雙碟式 AABB 同義重疊式和雙碟式 AABB 異義重疊式。在這裡，對傳承性問題需要指出的是：不管它是舊的還是新的，如果其重疊式的格局植根於上古或中古的雙碟式 AABB 同義、異義重疊式，我們把它看作傳承性雙碟式 AABB 同義、異義重疊式。後者是指雙碟式 AABB 反義重疊式、擴展式 AABB 同義重疊式、擴展式 AABB 近義重疊式、擴展式 AABB 異義重疊式和擴展式 AABB 反義重疊式。由於 AABB 式顏色詞的類型取決於重疊的基式、單音形容詞的類別以及語義組合關係，在這裡將它們在一起探討。

（一）傳承 AABB 式顏色詞的類型

1. 雙碟式 AABB 同義重疊式

　　雙碟式 AABB 同義重疊式是從上古一直沿用下來的。按照重疊詞的產生時期，其類型又可分為「原生重疊＋原生重疊」「原生重疊＋新生重疊」「新生重疊＋原生重疊」和「新生重疊＋新生重疊」。例如：

（4）a. 桃榔子熟旒珠重，豆蔻叢深扇羽齊。<u>鬱鬱蒼蒼</u>千嶂裏，犯寒猶著一蟬嘶。（《全宋詩·朱翌·丙寅十月遊南華》）

　　b. 幾年瀕江種松竹，<u>鬱鬱蔥蔥</u>蔽江曲。（《全宋詩·馮時行·題楊氏清福亭》）

　　c. <u>蒼蒼鬱鬱</u>本無情，何處風來吹有聲。（元·耶律鑄《松聲》其二）

　　d. 家居兀兀巍巍下，身在<u>青青翠翠</u>中。（明·張天賦《拜題家君竹山小隱別號·其一》詩）

　　e. 寶玉聽了，怔了半天，因看著那院中的香藤異蔓，仍是<u>翠翠青青</u>，忽比昨日好似改作淒涼了一般，更又添了傷感。（清·曹雪芹、高鄂《紅樓夢》第七十八回）

　　f. 上堂。飄飄飆飆楊柳花。<u>紅紅赤赤</u>遠天霞。（宋·賾藏主《古尊宿語錄》卷二十八）

　　g. 今日個皓月<u>瑩瑩皎皎</u>，都則為白雲冉冉飄飄。（元·鄭光祖《鍾離春智勇定齊》第四折）

h. 則今且說第一個睡中得趣的，無過陳摶先生。怎見得？有詩為證：
　　昏昏黑黑睡中天，無暑無寒也沒年。（《喻世明言》第十四卷）

第一，「原生重疊＋原生重疊」。例（4）abc 的「鬱鬱蒼蒼」「鬱鬱蔥蔥」「蒼蒼鬱鬱」都是「單音狀態形容詞的原生重疊＋單音狀態形容詞的原生重疊」類型。對「鬱鬱蒼蒼」，可以參見上古與中古的 AABB 重疊式例（1）和（2）。在語義上，「蒼蒼鬱鬱」與「鬱鬱蒼蒼」基本相同。在具體的語境上，「蒼蒼鬱鬱」表示松樹，以該重疊式也具有指代性。「鬱鬱蔥蔥」本來是已見於漢代的。例如，東漢王充《論衡·吉驗》第二卷：「王莽時，謁者蘇伯阿能望氣，使過春陵，城郭鬱鬱蔥蔥。」「及光武到河北，與伯阿見，問曰：「卿前過春陵，何用知其氣佳也？」伯阿對曰：『見其鬱鬱蔥蔥耳。』」東漢王充《論衡·恢國》：「楚望漢軍，雲氣五色。光武且生，鳳皇集於城，嘉禾滋於屋。皇妣之身，夜半無燭，空中光明。初者，蘇伯阿望春陵氣，鬱鬱蔥蔥。」等等。與上古的「鬱鬱蔥蔥」相比，近古的「鬱鬱蔥蔥」發生了語義變化。也就是說，在上古該重疊式表示氣旺盛貌，在近古它表示「草木茂盛貌＋顏色青翠」的意思。這種語義變化的產生機制來自具體語境的制約。

例（4）h 的「昏昏黑黑」是「單音狀態形容詞的原生重疊＋單音性質形容詞的原生重疊」類型。「昏昏」已見於春秋戰國時期。如《老子》第二十章：「我愚人之心也哉！俗人昭昭，我獨昏昏。俗人察察，我獨悶悶。」晉王嘉《拾遺記·前漢下》：「樂浪之東，有背明之國……在扶桑之東，見日出於西方，其國昏昏常暗，宜種百穀。」唐元結《酬孟武昌苦雪》詩：「出門望天地，天地皆昏昏。」等等。「黑黑」始見於漢代。如西漢董仲舒《春秋繁露·楚莊王》：「有知其陽陽而陰陰，白白而黑黑也。」《全宋詩·釋慧空·悼惠知微》：「乞與諸方拄杖頭，黑黑明明三八九。」《全宋詩·釋祖欽·偈頌一百二十三首·其七十七》：「露地白牛黑黑，是處尋他不得。」明孫蕡《發忠州》詩：「顛風翻山雲黑黑，星河無光江翕翕。」等等。「昏昏」的意義是糊塗、昏迷、昏暗貌；「黑黑」的意義是昏暗貌、顏色很黑。由此可見，「昏昏」和「黑黑」具有同義關係，它們都表示昏暗貌，「昏昏黑黑」的語義程度也增強了。

從「鬱鬱蒼蒼」「鬱鬱蔥蔥」「蒼蒼鬱鬱」中我們可以發現，存在詞彙翻新。按照俞理明先生（2015）的定義，詞彙翻新是指「因為詞彙新質中有相當的一部分表達的是已有的概念，是為已有表達形式的概念再造一個新的表達形

式。」「詞彙翻新是一種冗餘現象，它造成大量的同義形式，豐富語言表達，充分滿足交際需要。」〔註15〕按此說法，具體地說：第一次重疊「鬱鬱」「蒼蒼」「蔥蔥」等不同語言成分的 AA 式都表示草木茂密；第二次重疊「鬱鬱蒼蒼」「蒼蒼鬱鬱」「鬱鬱蔥蔥」等 AABB 式都具有語義上的雙重性，即表示「草木茂密」＋「顏色青翠」。由此可知，通過詞彙翻新造成了語義的增量化。

　　第二，「原生重疊＋新生重疊」。上例（4）de 的「青青翠翠」「翠翠青青」是「單音性質形容詞的原生重疊＋單音性質形容詞的新生重疊」類型。「翠翠」見於明代的新生重疊。如明趙撝謙《題白沙翠竹》：「沙汀沙白白如銀，竹村竹翠翠如雲。」在語義上，「青青」和「翠翠」具有同義關係，該重疊式也存在語義冗餘。這裡可以值得關注的是上例（4）d 的「青青翠翠」通過雙碟式 AABB 重疊式表示相關事物的一個整體。換句話說，「青青翠翠」指的是一個整體的竹林，通過竹葉的顏色屬性來表示竹子的集合體。由此可見，在語境不同的情況下，雙碟式 AABB 式，不但可以實現語義的增量化，而且可以代表某種事物的集合體。

　　第三，「新生重疊＋原生重疊」。例（4）g 的「瑩瑩皎皎」是「單音狀態形容詞的新生重疊＋單音狀態形容詞的原生重疊」類型。新生重疊「瑩瑩」始見於北宋。如北宋沈括《夢溪筆談》卷二十六《藥議》：「角大而有文，瑩瑩如玉，其茸亦可用。」宋梅堯臣《送侯孝傑殿丞簽判潞州》詩：「君本公王孫，才行實修潔。鏘鏘發英聲，瑩瑩如佩玦。」元馬鈺《爇心香‧岐陽鎮張同監問修行》：「元氣盈盈，大法成成。創初觀、日月停停。光輝瑩瑩，龍虎平平。」明無名氏《贈書記‧訂盟聞難》：「清宵杳，看月光瑩瑩，歸路非遙。」等等。「瑩瑩」的意義是明亮，「皎皎」的意義是明亮、月白。從例（4）g 的「皓月瑩瑩皎皎」中可以看出，在語義上「瑩瑩皎皎」表現出亮度的增量化。

　　第四，「新生重疊＋新生重疊」。上例（4）f 的「紅紅赤赤」是「單音性質形容詞的新生重疊＋單音性質形容詞的新生重疊」類型。新生重疊「紅紅」始見於唐代，對此可以參見上文的例（3）b。新生重疊「赤赤」始見於唐代。如唐張鷟《野朝僉載》卷四：「又為《喜雨詩》曰：『暗去也沒雨，明來也沒雲。日頭赫赤赤，地上絲氳氳。』」其意義是火紅。該雙碟式 AABB 式也存在語義

〔註15〕俞理明《詞彙翻新及其動因》，《漢語史學報》第十五輯，上海：上海教育出版社，
　　　　2015 年 10 月第 1 版，120 頁。

上色彩濃度的增量化和冗餘現象。

2. 雙碟式 AABB 異義重疊式

在近古形成主流的雙碟式 AABB 異義重疊式也是從中古傳承到的，其內部結構複雜多樣。按照重疊詞的產生時期，該類型也可分為「原生重疊＋原生重疊」「原生重疊＋新生重疊」「新生重疊＋原生重疊」和「新生重疊＋新生重疊」。下面對此加以說明。

第一，「原生重疊＋原生重疊」。按照單音形容詞的類別，該類型又可分為「單音狀態形容詞的原生重疊＋單音狀態形容詞的原生重疊」「單音狀態形容詞的原生重疊＋單音性質形容詞的原生重疊」和「單音性質形容詞的原生重疊＋單音性質形容詞的原生重疊」。例如：

（5）a. 至若春和景明，波瀾不驚，上下天光，一碧萬頃，沙鷗翔集，錦鱗游泳，岸芷汀蘭，<u>鬱鬱青青</u>。（《全宋詞·林正大·括賀新涼》）

　　b. <u>青青鬱鬱</u>影疏疏，碧嶂移根到我居。（《全宋詩·李昉·修竹百竿才欣種植佳篇五首旋辱詠歌若無還答之言是闕唱酬之禮恭依來韻以導鄙懷調下才卑豈逃嗤誚·其四》）

　　c. <u>青青白白</u>，關關滑滑，寒損銖衣狂客。（《全宋詞·李太古·永遇樂》）

　　d. 哦風徑遊衛山峒，溢耳謠言如春敷。<u>猗猗青青</u>發三歎，熟察其調未免粗。（《全宋詩·陳淳·和丁祖舜綠筍之韻》）

　　e. 輕輕薄霧，罩著疏疏密密半天星；耿耿銀河，現出<u>皎皎團團</u>一輪月。（元·徐田臣《殺狗記》第三十出〈吳忠仗義〉）

　　f. 四下一看，果然好一派景致。但見：紅紅綠綠四時花，<u>白白青青</u>正垂華。百鳥飛鳴聲語巧，滿山松柏翠陰遮。（清·無名氏《說唐全傳》第三十回）

　　g. <u>白白黃黃</u>自歲寒，詩人但作菊花看。（《全宋詩·高翥·菊花·其一》）

　　h. 遵布衲訪師，在山下相見。遵問：「韶山路向甚麼處去？」師以手指曰：「嗚！那<u>青青黯黯</u>處去。（《五燈會元》卷第六〈韶山寰普禪師〉）

　　i. <u>黯黯青青</u>一望中，迥然不與眾峰同。（《全宋詩·釋智愚·孤山》）

關於「鬱鬱青青」「青青鬱鬱」「青青黯黯」，前文已提到，可以參見例（3）。

「青青白白」「白白青青」「白白黃黃」等都是「單音性質形容詞的原生重疊＋單音性質形容詞的原生重疊」類型。表顏色義的「青青」已見於西周（請參見第三章顏色語素的原生重疊）。表顏色義的「白白」始見於漢代。如西漢董仲舒《春秋繁露・楚莊王》:「有知其陽陽而陰陰，白白而黑黑也。」《全唐詩・杜甫・送王十五判官扶侍還黔中》:「青青竹筍迎船出，白白江魚入饌來。」《全唐詩・白居易・感白蓮花》:「白白芙蓉花，本生吳江瀆。不與紅者雜，色類自區分。」等等。表顏色義的「黃黃」也已見於西周（請參見第三章「顏色語素的原生重疊」）。從語義上看，「青青」表示顏色很青，「白白」表示顏色潔白，「青青」與「白白」之間具有異義關係。然而，在不同的語境裏，像上例（5）cf 那樣，它們通過顏色詞可以代表相關事物的整體。因為顏色屬性來自某種具體事物，所以這種雙碟式 AABB 異義重疊式既可表顏色義，又可表某種事物的集合體。儲澤祥（2009）也注意到:「AABB 是相近相關事物的集合體，具有集合的性質。A 和 B 是這個集合體裏的兩種事物。」「集合性的 AABB 表示的是複數，而且往往是不定量的。」〔註 16〕同樣，例（5）g 的「白白黃黃」也表示白菊和黃菊。上例（3）ab 的「青青黃黃」「紅紅綠綠」也反映了這一特點。我們認為，這是用顏色詞來代替具體事物的語言現象，即顏色的指代。例（5）d 的「猗猗青青」是「單音狀態形容詞的原生重疊＋單音性質形容詞的原生重疊」類型。「猗猗」始見於西周。如《詩經・衛風・淇奧》:「瞻彼淇奧，綠竹猗猗。」〔註 17〕《文選・班固〈西都賦〉》:「蘭茝發色，曄曄猗猗。」在這裡，「曄曄」和「猗猗」是同義連用式。由此可見，該重疊詞表示草木茂盛、花色美好的意思。「猗猗青青」表示春花草木美盛貌。該 AABB 重疊式也是相關事物的集合體，它表示相關事物的狀態義和顏色義。例（5）e 的「皎皎團團」中「皎皎」出現於上古的單音狀態形容詞的原生重疊。如《詩經・小雅・白駒》:「皎皎白駒，食我場苗。」東漢秦嘉《贈婦》詩:「皎皎明月，煌煌列星。」等等。「團團」也已見於上古。如西漢班倢伃《怨歌行》:「新裂齊紈素，鮮潔如霜雪。裁為合歡扇，團團似明月。」從語義上看，「皎皎」是「明亮貌」和「月白」融合的狀態形容詞的原生重疊。「團團」是表「圓貌」的單音性質形容詞的原生重疊。由此可見，雖

〔註 16〕儲澤祥《單音名詞的 AABB 疊結現象》，載《漢語重疊問題》，武漢：華中師範大學出版社，2009 年 5 月第 1 版，21 頁。

〔註 17〕毛傳：猗猗，美盛貌。

然「鬱鬱和青青」與「皎皎和團團」都構成異義關係，但因為它們都指向同一的具體事物，所以兩個原生重疊之間具有比較緊密的組合關係。例（5）i的「黯黯青青」是「青青黯黯」通過移位產生的重疊式。這裡的「青青黯黯」表示特指對象「孤峰」。在語義上，這是從「孤山」和「眾峰」的對立關係可以看出的。該重疊式不是代表相關事物的集合體，而是突顯出一個特指對象。

第二，「原生重疊＋新生重疊」。按照單音形容詞的類別，該類型又可分為「單音性質形容詞的原生重疊＋單音性質形容詞的新生重疊」「單音狀態形容詞的原生重疊＋單音性質形容詞的新生重疊」和「單音性質形容詞的原生重疊＋單音狀態形容詞的新生重疊」。例如：

（6）a. 雨淒迷，風料峭。情緒被花惱。<u>白白紅紅</u>，滿地無人掃。（《全宋詞·劉克莊·祝英臺近》）

　　 b. <u>白白朱朱</u>掃地殘，尚餘紅芍帶春妍。（《全宋詩·杜範·次韻十一叔芍藥五絕·其一》）

　　 c. <u>霏霏翠翠</u>濕芙蓉，歷險窮幽幾萬重。（明·鄧雲霄《遊華山詩十二首》其三）

　　 d. <u>青青簇簇</u>水逶迤，丞相祠前欲雨時。（明·林光《過韶州》詩其二）

「白白紅紅」「白白朱朱」都是「單音性質形容詞的原生重疊＋單音性質形容詞的新生重疊」類型。該類型成分中的「紅紅」「朱朱」已見於唐代（請參見例（3）bc）。在語義上，「白白紅紅」與「白白朱朱」基本一致，其語義表示白花和紅花盛開的樣子。雖然兩個單音顏色詞的重疊之間具有異義關係，但它們都代表相關事物的顏色屬性，即花瓣的顏色。在上例（6）ab的「白白紅紅」「白白朱朱」裏，隱含相關事物的集合體，同時還表示其集合體的顏色屬性。這裡的顏色屬性兼有代表性和選擇性。例（6）c的「霏霏翠翠」是「單音狀態形容詞的原生重疊＋單音性質形容詞的新生重疊」類型。原生重疊「霏霏」始見於西周。如《詩經·小雅·采薇》：「今我來思，雨雪霏霏。」《楚辭·九章·涉江》：「霰雪紛其無垠兮，雲霏霏而承宇。」唐歐陽詹《回鸞賦》：「鬱霏霏以葳蕤，輝熠熠以嚴顯。」等等。西周的「霏霏」是雨雪盛貌；戰國的「霏霏」是雲彩濃密；唐代的「霏霏」是草木茂盛貌。例（6）c的「霏霏」的意義和唐代基本一致。可見，「霏霏翠翠」是「荷花聚集貌＋荷葉青翠」類型的異義重疊式。雖然該重疊式不是代表相關事物的一個整體，但其結構成分的混合體表「多」義。

例（6）d 的「青青簇簇」是「單音性質形容詞的原生重疊＋單音狀態形容詞的新生重疊」類型。新生重疊「簇簇」出現於唐代。如《全唐詩・白居易・開元寺東池早春》：「池水暖溫暾，水清波瀲灩。簇簇青泥中，新蒲葉如劍。」《全唐詩・元稹・通州丁溪館夜別李景信三首》其二：「水環環兮山簇簇，啼鳥聲聲婦人哭。」等等。例（6）d 的「青青簇簇」是「顏色很青＋草木聚集貌」類型的異義重疊式。該重疊式也代表相關事物的一個整體，即韶石山。同時，對其景物的顏色屬性和形象進行描寫，以表現出語義的增量化。

第三，「新生重疊＋原生重疊」。例如：

（7）春岸春風荻已芽。推排春事到蘆花。……<u>紅紅白白</u>有殘葩。（《全宋詞・吳潛・浣溪沙・其二・和謙山》）

例（7）的「紅紅白白」是「單音性質形容詞的新生重疊＋單音性質形容詞的原生重疊」類型的異義重疊式。這裡的新生重疊「紅紅」和原生重疊「白白」都表示花瓣的顏色。由此可見，AABB 式通過語言形式的增殖方式可以實現語義信息的增量化。

第四，「新生重疊＋新生重疊」。例如：

（8）a. 這些公子識古董，也只三腳貓，看得是<u>紅紅綠綠</u>便好了，自道在行，偏不在行。（明・陸人龍《型世言》第三十二回）

　　b. 東風裏，<u>紅紅翠翠</u>，生怕繡簾遮。（清・況周頤《滿庭芳・美人色》）

例（8）ab 的「紅紅綠綠」「紅紅翠翠」都是「單音性質形容詞的新生重疊＋單音性質形容詞的新生重疊」類型。中古的雙碟式 AABB 異義重疊式「紅紅綠綠」，到近古其語義發生了變化。從例（8）a 可以看出，該重疊式表示從表面上看上去顏色好看的意思。這是通過組塊的 AABB 式來泛指所有色彩的。可以看出，在語義上，例（8）a 的「紅紅綠綠」不再表示「紅紅」和「綠綠」的並列義；在結構上，這兩個新生重疊式之間的結構界線已經模糊了。這說明，在句法平面上「紅紅」和「綠綠」的分界消失可以促進語義融合，進而加速詞彙化。與此不同，例（8）b 的「紅紅翠翠」仍維持中古「紅紅綠綠」的意義，而且通過顏色概念來泛指各種花草。

（二）新生 AABB 式顏色詞的類型

在近古時期新出現的 AABB 式類型主要有五種：一是雙碟式 AABB 反義

重疊式，二是擴展式 AABB 同義重疊式，三是擴展式 AABB 近義重疊式、四是擴展式 AABB 異義重疊式，五是擴展式 AABB 反義重疊式。例如：

（9）a. 今日不辭舉似諸人，團團圓圓，<u>皎皎潔潔</u>，十成脫似中秋月。（宋·釋惟一《偈頌一百三十六首》其一一五）

　　b. 往常時<u>白白淨淨</u>一個人，為煩惱娘子呵，黑乾消瘦了。（元·楊景賢《西遊記·妖豬幻惑》第四本）

　　c. 黑雲上有白雲行，<u>白白黑黑</u>兮重複輕。（明·楊循吉《金山寺避暑望雨作戲效玉川子體》其一）

　　d. 兩岸這些開店夫人，都身上著得紅紅綠綠，臉上搽得<u>黑黑白白</u>，頭上插得花花朵朵。（《型世言》第十回）

　　e. 呂岳上了八卦臺，將一把瘟癀傘往下一蓋，<u>昏昏黑黑</u>，如紅紗黑霧罩將下來，勢不可當。（《封神演義》第八十回）

　　f. 老爺不慌不忙，把個手指頭兒一指，那口劍就化做一個<u>紅紅綠綠的</u>蝴蝶兒，迎風飛了。（《三寶太監西洋記》第六回）

　　g. 到七日上，把個<u>白白胖胖的</u>孩子跑掉了。《儒林外史》第六回）

　　例（9）a 的「皎皎潔潔」是以皎潔為基式的擴展式 AABB 近義重疊式。其基式「皎潔」見於漢代。如《楚辭·莊忌〈哀時命〉》：「形體白而質素兮，中皎潔而淑清。」西漢班婕妤《怨歌行》：「新裂齊紈素，皎潔如霜雪。」按此例子，「皎潔」的意義是明亮潔白。從語義上看，可以發現，「皎潔」在歷史發展的過程中出現同義形式的詞彙翻新。例如，「皎」「皎皎」始見於西周；「皎潔」始見於漢代；「皎白」始見於南朝梁；「皎皎潔潔」始見於宋代等等。「皎皎」是單音狀態形容詞的第一次重疊，「皎皎潔潔」是雙音詞，即「單音狀態形容詞＋單音狀態形容詞」的第二次重疊。例（9）a 的「皎皎潔潔」描繪明亮潔白的中秋月。可見，相對「皎皎」而言，第二次重疊「皎皎潔潔」的語義程度增強了。例（9）b 的「白白淨淨」是以白淨為基式的擴展式 AABB 近義重疊式，該重疊式始見於元代。基式「白淨」出現於唐代，其語義是潔白、乾淨。如《全唐詩·張籍·答僧拄杖》：「靈藤為拄杖，白淨色如銀。得自高僧手，將扶病客身。」宋張耒《喜寶積智軫道人惠書偈》詩：「南山老禪翁，白淨如水月。」從語義上看，「白白淨淨」和「白淨」基本相同，前者的語義程

度增強了。可以看出，同義重疊或近義重疊的冗餘現象是一種語義程度的強化方式。

　　表顏色義的「白白黑黑」「黑黑白白」是由兩個語義相反的單音性質形容詞構成的。其產生方式有兩種可能性：一是以「白黑」和「黑白」為基式的擴展式 AABB 反義重疊式。「白黑」「黑白」都已見於上古時期。如《墨子・天志中》：「將以量度天下之王公大人卿大夫之仁與不仁，譬之猶分黑白也。」《漢書・梅福傳》：「一色成體謂之醇，白黑雜合謂之駁。」《淮南子・脩務》：「今夫盲者目不能別晝夜、分白黑。」，等等。按此，「白黑」可重疊為「白＋白黑＋黑」→「白白黑黑」；「黑白」可重疊為「黑＋黑白＋白」→「黑黑白白」。二是「原生重疊＋原生重疊」類型的雙碟式 AABB 反義重疊式，即「白白＋黑黑」「黑黑＋白白」。對原生重疊「白白」和原生重疊「黑黑」的出現及其語義，可以參見前文「傳承 AABB 式顏色詞的類型」。在語義上，例（9）c 的「白白黑黑」表示白雲和烏雲的顏色；例（9）d 的「黑黑白白」表示黛眉的顏色和臉上搽粉的顏色。可以看出，AABB 式無論是雙碟式 AABB 反義重疊式還是擴展式 AABB 反義重疊式，它們都具有語義上的反轉效果。換句話說，典型的無彩色「白」和「黑」放在一起時，其相互之間的顯著度更為鮮明，令人印象深刻。這顯示，AABB 同義重疊式可以實現語義程度的增量化，與此不同，AABB 反義重疊式可以實現語義表達的襯托。例（9）e 的「昏昏黑黑」除了雙碟式 AABB 同義重疊式（請參見上例（4）h）之外，還有擴展式 AABB 同義重疊式。以 AB 為基式的「昏黑」始見於唐代。例如，唐劉餗《隋唐嘉話》卷上：「僕射蘇威有鏡殊精好，曾日蝕既，鏡亦昏黑無所見。」《全唐詩・元稹・蟲詩・巴蛇三首》其二：「巴山晝昏黑，妖霧毒濛濛。」宋李昉等編《太平廣記》卷第二十三：「進士崔偉，嘗遊青城山，乘驢歇鞍，收放無僕使，驢走，趁不及，約行二十餘里，至一洞口，已昏黑，驢復走入。」等等。「昏黑」是「狀態形容詞＋性質形容詞」類型的雙音詞，其意義是昏暗貌、天色黑暗。本人認為，該雙音詞是在漢語複音化的過程中滋生的詞彙翻新。就「昏」而言，甲骨文作「𣅞（29328 B6）」〔註18〕〔註19〕；西周有「昏」。如《詩經・陳風・東門之楊》：「東門之楊，其葉

〔註18〕李宗焜《甲骨文字編》，北京：中華書局，2012 年 3 月第 1 版，412 頁。1
〔註19〕《說文》的解釋：「日冥也。從日氐省。」；按照《甲骨文字詁林》（于省吾主編，

肺肺。昏以為期，明星皙皙。」；春秋戰國有「黃昏」「昏昏」。如《楚辭‧離騷》：「曰黃昏以為期兮，羌中道而改路。」《老子》：「俗人昭昭，我獨昏昏。俗人察察，我獨悶悶。」；漢代有「奄昏」《樂府詩集‧相和歌辭十四‧雁門太守行》：「天年不遂，早就奄昏。」；魏晉南北朝有「昏昏」。如北周庾信《燕歌行》：「代北雲氣晝昏昏，千里飛蓬無復根。」；唐代有「昏黃」「昏黑（參見上例）」。如唐李頎《古從軍行》詩：「白日登山望烽火，昏黃飲馬傍交河。」；明代有「昏昏黑黑」（參見上例）。從語義上來看，「𢆶」「昏」「黃昏」「昏昏」「奄昏」「昏黃」「昏黑」「昏昏黑黑」等詞語之間都具有同義關係。從這一過程中可以看出，隨著時代變化，詞彙也不斷地翻新，以創造新形式的同義詞，即單音詞的雙音化、單音詞的重疊、雙音詞的重疊。在這裡，「昏→昏昏」是狀態形容詞的重疊，可以說屬於第一次重疊；「昏→昏黑→昏昏黑黑」是「狀態形容詞＋性質形容詞」的重疊，可以說屬於第二次重疊。由此可見，擴展式 AABB 同義重疊式「昏昏黑黑」是 AA 式原生重疊「昏昏」的翻新。這表明，通過同義詞的第一次、第二次重疊方式產生的 AABB 式反映出來語義程度的增量化。事實上，這也是一種冗餘現象。

　　例（9）f 的「紅紅綠綠」也除了雙碟式 AABB 異義重疊式（參見上例（8）a）之外，還有擴展式 AABB 異義重疊式。也就是說，在「紅綠」的基礎上，可以重疊為「紅紅綠綠」。石鏽（2010）認為，「紅綠」不成詞，「紅紅綠綠」是單音性質形容詞的疊加式。[註20] 可是，我們的觀點與此有所不同。「紅綠」已見於六朝。如晉葛洪《西京雜記》卷一《終南山華蓋樹》：「終南山多離合草，葉似江蘺，而紅綠相雜。」「紅綠」本屬於詞組，它一直沿用至清代，其語義主要表示花草、草木的顏色。到宋代，隨著「紅綠」和「眩」或「亂」連用，其語義發生了變化，即表示「朦朧」的意思。如宋陳棣《謝汪汝平送酒》：「和氣醺人紅綠眩，濃香破鼻典刑存。」宋周紫芝《錢申仲大夫索四亭詩各賦一首‧芳美亭》：「花氣欲薰人，醉眼眩紅綠。」宋蘇軾《求焦千之惠山泉詩》：「貴人高宴罷，醉眼亂紅綠。」宋釋德洪《蒲元亨畫四時扇圖》：「點綴四

北京：中華書局，1996 年 5 月第 1 版，1999 重印，2457 頁）：「陳夢家以為，卜辭的『昏』、『莫』皆指天黑時的一段時間，昏與各日皆指日落（綜述二三〇）。」《書‧堯典》疏：『日入後二刻半為昏』，故『昏』之引申義為『闇昧』。」

〔註20〕石鏽《漢語形容詞重疊形式的歷史發展》，北京：商務印書館，2010 年 7 月第 1 版，152 頁。

時無不有，但覺眼前紅綠眩。」由此可見，在宋代，「紅綠」已經詞彙化。就其產生動因而言，前者是並列式詞組的凝固化，後者是組合體的語義變化。楊琳（2015）說，「一個詞所具有的意義從發生學的角度可分為四種類型，即本義，引申義，寄生義，沾染義。」〔註21〕按此說法，表「朦朧」義可以說屬於沾染義。「沾染義是詞在組合關係中受其他詞的影響而產生的意義。」〔註22〕我們從「醺人紅綠眩」「醉眼眩紅綠」「醉眼亂紅綠」中可以看出，該些組合體中的「醺人」「醉眼」「眩」「亂」等表迷糊不清義的詞語影響「紅綠」，即其原義發生了變化。所以，「紅綠」又可重疊為「紅紅綠綠」。從語義上看，例（9）f 的「紅紅綠綠」對其後的名詞「蝴蝶」的顏色屬性進行描寫。在這裡，可以值得關注的是結構助詞「的」的出現。對此，可以參見「近古 AABB 式顏色詞的使用變化」。

例（9）g 的「白白胖胖」是以「白胖」為基式的擴展式 AABB 異義重疊式，該重疊式始見於明代。「白胖」是「單音性質形容詞＋單音性質形容詞」的並列式複音詞，該詞也出現於明代。如《初刻拍案驚奇》卷四十：「白胖面龐，癡肥身體。」《西遊記》第七十三回：女怪道：「可有個白胖和尚？」《醒世姻緣傳》第八回：「大白日赤天晌午，肥頭大耳躲的道士，白胖壯實的和尚，一個個從屋裏出來！」從語義上看，「白胖」和「白白胖胖」都表示肌膚白皙，身體豐盈的意思，它們都含有兩個信息。可以看出，擴展式 AABB 異義重疊式「白白胖胖」是基式「白胖」的同義形式，通過重疊方式體現了其語義程度的強化。

二、近古 AABB 式顏色詞的功能

如前所述，在句法功能上，上古和中古的 AABB 式顏色詞作主語、謂語、賓語、定語以及複句的一個分句。在近古時期，除此之外，還有狀語和補語的用法。但是，作複句的一個分句的用法沒發現。本文將 AABB 式的表義功能和句法功能放在一起進行說明。因為，在語用環境中發生的語義變化和句法功能有密切聯繫。

作主語的顏色詞 AABB 式，例如：

（10）a. 花趁清明爭展。<u>白白紅紅</u>滿院。（《全宋詞·呂渭老·如夢令》）

〔註21〕楊琳《論相鄰引申》，《古漢語研究》，2015 年第 4 期（總第 109 期），61 頁。
〔註22〕楊琳《論相鄰引申》，《古漢語研究》，62 頁。

b. <u>白白紅紅</u>雖褪盡，盡倡條、浪蕊皆春意。(《全宋詞·吳潛·賀新郎·和翁處靜桃源洞韻》)

c. <u>白白紅紅</u>都好。賣過巷東家。巷西家。簾外一聲聲叫。簾裏鴉鬟入報。問道買梅花。買桃花。(《全宋詞·蔣捷·昭君怨·賣花人》)

d. 二月盡頭三月來，<u>紅紅白白</u>一齊開。(《全宋詩·楊萬里·度雪臺》)

e. <u>朱朱白白</u>顏色好，春風爛漫催花時。(《全宋詩·王炎·黃一翁自郡城回》)

f. <u>白白黃黃</u>自歲寒，詩人但作菊花看。(《全宋詩·高翥·菊花·其一》)

g. 養花種竹今幾年，<u>紅紅綠綠</u>皆風煙。(《全宋詩·陳造·東園詩寄興化吳從道》)

h. 萬頃松風落松子，<u>鬱鬱蒼蒼</u>映流水。(元·耶律楚材《過陰山和人韻》其一)

例（10）a 至 e 的「白白紅紅」「紅紅白白」「朱朱白白」都代表某種事物的集合體，即紅花和白花。例（10）f 的「白白黃黃」代表白菊和黃菊；例（10）g 的「紅紅綠綠」代表紅花和青竹；例（10）h 的「鬱鬱蒼蒼」代表松林。王雲路（2010）說：「不直接說出事物的正式名稱，而用與之相關的人或事物的特點、屬性等來代替該事物，這樣創造的新詞就是借代造詞法。」〔註23〕該造詞法「源於人們的認知心理。」〔註24〕如見上例，這些重疊式借用顏色屬性來指代同類事物的集合體或特指事物，以可以作主語。〔註25〕

我們認為，AABB 式顏色詞的指代來自詞彙翻新模式的變化。實際上，這是和借代造詞法的來源一脈相通的。需要順便說明的是在詞彙發展演變的過程中，上面顏色詞 AABB 式的詞彙翻新途徑也是有規律可循的。「近取者身，遠取者物」是人類認知的基本規律〔註26〕，其產生途徑就是從人腦對具體事物的認識和互通出發的。具體說是：「事物名詞」→「顏色語素＋事物名詞」→「事物名詞＋顏色語素」→「顏色語素＋顏色語素」→「顏色語素的重疊＋

〔註23〕王雲路《中古漢語詞彙史（上）》，北京：商務印書館，2010 年 1 月第 1 版，139 頁。

〔註24〕王雲路《中古漢語詞彙史（上）》，138 頁。

〔註25〕我們認為，例（10）a 的「白白紅紅」又可以作狀語。因為「白白紅紅」具有指代性，其詞語可以由狀態形容詞轉變名詞，其名詞通過詞性活用臨時可以作狀語。

〔註26〕謝海江、章黎平《漢英語顏色詞對比研究》，上海：上海辭書出版社，2004 年 12 月第 1 版，203 頁。

顏色語素的重疊」。按此，「紅紅白白」「朱朱白白」的詞彙翻新途徑是：漢代
有「紅華」「朱榮」。如《文選‧司馬相如〈上林賦〉》：「貤丘陵，下平原，揚
翠葉，扤紫莖，發紅華，垂朱榮；煌煌扈扈，照曜鉅野。」；魏晉六朝有「朱
華」「紅花」「紅」「桃紅」。如三國魏曹植《桂之樹行》：「揚朱華而翠葉，流芳
布天涯。」東晉王獻之《桃葉歌三首》其三：「桃葉映紅花，無風自婀娜。」
南朝梁任昉《詠池邊桃》：「開紅春灼灼，結實夏離離。」南朝梁劉遵《繁華應
令》詩：「鮮膚勝粉白，慢臉若桃紅。」；唐代有「紅白」「紅白花」。如唐元稹
《遣春十首》其五：「暄寒深淺春，紅白前後花。」唐羅隱《吳門晚泊寄句曲
道友》：「桃花李花鬥紅白，山鳥水鳥自獻酬。」唐韓愈《寒食日出遊》：「邇來
又見桃與梨，交開紅白如爭競。」唐杜牧《念昔遊三首》其三：「半醒半醉遊
三日，紅白花開山雨中。」唐韓偓《花時與錢尊師同醉因成二十字》：「橋下淺
深水，竹間紅白花。」；宋代有「紅白」「朱白」。如宋王之望《鍾鼓山間久雨
二絕》其一：「桃李紅白春風面，有恨無言空淚痕。」宋韓維《和如晦遊臨淄
園示元明》：「東風入林朱白動，次第裝遍枝高低。」宋鄧肅《花石詩十一章》
其二：「浮花浪蕊自朱白，月窟鬼方更奇絕。」；宋代有「紅紅白白」「朱朱白
白」。對此，可以參見上例（10）。由此可見，「紅華」「朱榮」「紅花」「朱華」
「紅」「桃紅」「紅白」「朱白」「紅紅白白」「朱朱白白」等詞彙翻新模式的變
化造成了 AABB 式顏色詞表示同類事物的集合體或特指事物的意義功能。而
且，這種語言現象對該重疊式的句法功能帶來了變化。

作賓語的 AAB 式顏色詞，例如：

（11）a. 那管他<u>青青白白，紅紅黃黃</u>，翻大海，攪長江，四海龍王同縮頸。
　　　　（《警世通言》第四十卷）

　　　 b. 那管他<u>青青紅紅，皂皂白白</u>，翻大海，攪長江，四海龍王同縮頸。
　　　　（《三寶太監西洋記》第七回）

上例（11）ab 的「青青白白」「紅紅黃黃」「青青紅紅」「皂皂白白」等
AABB 式是用各種不同的顏色來表示事情的來龍去脈、是非曲直的。它們相
當於「青紅皂白」，其引申義基於色彩現象的區別性，即依靠看得見的顏色屬
性的顯著度，以代替了看不見的抽象概念。在這裡，它們不表示「又青又白」
「又紅又黃」「又青又紅」等意義。在語用當中發生的語義變化導致了詞性變

化，以可以作賓語。事實上，「青紅皂白」的來源可以追溯到春秋戰國時代。如《墨子‧天志中》：「將以量度天下之王公大人卿大夫之仁與不仁，譬之猶分黑白也。」西漢東方朔《七諫‧怨世》：「愉近習而蔽遠兮，孰知察其黑白。」《詩經‧大雅‧桑柔》：「『匪言不能，胡斯畏忌』東漢鄭玄箋：「賢者見此事之是非，非不能分別皂白，言之於王也。」可以看出，「是非」和「皂白（黑白）」之間具有同義關係，其產生機制來自「隱喻」，該詞是從上古繼承發展到近古的。如唐楊炯《從弟去盈墓誌銘》：「豈期數有迍否，天無皂白。」《全宋詩‧史彌寧‧懶不作詩覺文房四友俱有慍色謾賦》：「急性陳玄楮居士，未分皂白也生嗔。」元李道純《滿江紅‧贊誰庵殷管轄》：「角徵宮商誰解聽，青黃皂白誰能睹。」明洪梗輯《清平山堂話本》卷二《快嘴李翠蓮記》：「今日親家初走到，就把話兒來訴告，不問青紅與白皂，一迷將奴胡廝鬧。」《二刻拍案驚奇》卷十六：「州官得過了賄賂，那管青紅皂白，竟斷道：夏家欠林家二千兩，把夏主簿收監追比。」清曹雪芹《紅樓夢》第三十四回：「媽媽和哥哥且別叫喊，消消停停的，就有個青紅皂白了。」《老殘遊記續》第四回：「老爺更信太太說的不錯，扯開衣服，看了兩處，不問青紅皂白，舉起鞭子就打。」這呈現出詞彙的「語義變化可以影響句法功能，句法組合的變化可以影響語義變化。」〔註27〕

作謂語的 AABB 式顏色詞，例如：

（12）a. 小亭煙柳水溶溶。野花<u>白白紅紅</u>。（《全宋詞‧趙長卿‧畫堂春‧長新亭小飲》）

　　　b. 路繞蓮塘渾亂眼，千頃<u>朱朱白白</u>。（《全宋詞‧劉一止‧念奴嬌》）

　　　c. 剃得些小沙彌三花頂<u>翠翠青青</u>，摘得些俊女流兩葉眉嬌嬌媚媚，鑷得些恍郎君一字額整整齊齊。（元‧湯舜民《贈錢塘鑷者》套數）

　　　d. 黑雲上有白雲行，<u>白白黑黑</u>兮重複輕。（明‧楊循吉《金山寺避暑望雨作戲效玉川子體》其一）

　　　e. 呂岳上了八卦臺，將一把瘟癀傘往下一蓋，<u>昏昏黑黑</u>，如紅紗黑霧罩將下來，勢不可當。（《封神演義》第八十回）

〔註27〕參見蔣紹愚《漢語史學報》（第十五輯），上海：上海教育出版社，2015 年 10 月第 1 版，7～23 頁。蔣紹愚《詞義變化與句法變化》，《蘇州大學學報》（漢語言文字學研究），2013 年 1 月，132～144 頁。

f. 縶上馬行里餘，望見前面茂林修竹，<u>鬱鬱蒼蒼</u>，甚為清雅。（明·余邵魚《周朝秘史》第三十七回）

g. 魏三封雖是個小人家兒子，長到十九歲，出落了一表人材，<u>白白胖胖</u>，大大長長，十八歲上中了武舉第二名，軍門取在標下聽用。（《醒世姻緣傳》第七十二回））

h. 銅頭宮主殺了二姐姐，掀起被來，看見個唐狀元渾身上<u>白白淨淨</u>，嫩如玉，細如脂，……十指奈纖，好標緻也。（《三寶太監西洋記》第四十七回）

i. 雖是鄉村地方，河邊卻也有幾樹桃花柳樹，<u>紅紅綠綠</u>，間雜好看。（《儒林外史》第二回）

j. 寶玉聽了，怔了半天，因看著那院中的香藤異蔓，仍是<u>翠翠青青</u>，忽比昨日好似改作淒涼了一般，更又添了傷感。（《紅樓夢》第七十八回）

現代漢語裏，AABB 式「作謂語時，一般都帶『的』。」﹝註28﹞與此不同，如見上例，近古漢語的 AABB 式顏色詞絕大多數不帶「的」。據考察，AABB 式顏色詞作謂語時帶「底」的實例始見於唐代，它是「的」的前身。對此，可以參見上例（3）g。

從 AABB 式顏色詞的表義功能上看，作謂語的「白白紅紅」「朱朱白白」「白白黑黑」「紅紅綠綠」等表示同類事物的顏色義，以實現了表示多量義或複數概念的表達效果。「鬱鬱蒼蒼」「昏昏黑黑」「翠翠青青」等通過同義詞或近義詞的重疊方式產生了語義程度的增量化。在這裡，可以值得關注的是例（12）c 的「動＋得＋主謂短語」結構。也就是說，在「剃＋得＋（些＋小沙彌三花頂＋翠翠青青）」結構裏，首先「些小沙彌三花頂」與「翠翠青青」具有主謂關係，謂語「翠翠青青」說明主語「些小沙彌三花頂」的性狀，然後該主謂短語擔任情態補語。由此可以看出，「青青翠翠」的語義指向補語中的主語，同時該重疊詞成為句子中的語義焦點。「白白胖胖」既有複數信息，又有強調的意義。「白白淨淨」表示程度義的強化。

﹝註28﹞參見呂叔湘主編《現代漢語八百詞》，北京：商務印書館，1999 年 1 月增訂版，716～720 頁。

劉月華等（2001）注意到，現代漢語裏，「形容詞作謂語時，是對主語的描述，一般表示新信息，通常是句子的語義焦點。」〔註29〕同樣，如見上例，這一時期，在中心語後作謂語的 AABB 式顏色詞也表示對中心語的新信息，以使語義焦點放在 AABB 式顏色詞上。

作定語的 AABB 式顏色詞，例如：

（13）a. 遵布衲訪師，在山下相見。遵問：「韶山路向甚麼處去？」師以手指曰：「嗚！那<u>青青黯黯</u>處去。（《五燈會元》卷六《韶山寰普禪師》）

b. 飄飄颻颻楊柳花。<u>紅紅赤赤</u>遠天霞。（宋・賾藏主《古尊宿語錄》卷二十八）

c. 窗前<u>白白黃黃</u>菊，門外疏疏短短籬。（《全宋詩・許及之・次轉庵九日韻》）

d. 我取友兮得水薲，<u>黃黃白白</u>花深深。（《全宋詩・王質・水友續辭・水薲》）

e. <u>紅紅白白</u>花臨水，<u>碧碧黃黃</u>麥際天。（《全宋詩・楊萬里・過楊村》）

f. 節節足足雀噪簷，<u>朱朱白白</u>花窺簾。（《全宋詩・陸游・春日》）

g. 潮來潮去有常期，<u>白白荒荒</u>水一陂。（明・李之世《溪上雜題》其二）

h. 嘉靖間，倭子從終興雨中往曹娥江，賦詩曰：「渺渺茫茫浪潑天，霏霏拂拂雨和煙。<u>蒼蒼翠翠</u>山遮寺，<u>白白紅紅</u>花滿川。（明・蔣一葵《堯山堂外紀》）

i. 家居兀兀巍巍下，身在<u>青青翠翠</u>中。（明・張天賦《拜題家君竹山小隱別號》其一）

j. 蕭麻子冷眼看見鄭婆子穿著一雙毛青梭新鞋，上面也繡著些<u>紅紅白白</u>花草，因鄭三也在面前，不好打趣。（清・李百川《綠野仙蹤》第五十四回）

k. <u>紅紅綠綠</u>九曲樹，蒼蒼茫茫半江雲。（清・郭柏蒼《天柱峰》）

現代漢語裏，「除了特殊情況之外，形容詞重疊式充當定語時都必須帶上

〔註29〕劉月華等《實用現代漢語語法》，北京：商務印書館，2001 年 5 月第 1 版（增訂本），936 頁。

結構助詞『的』。」〔註30〕可是，近古的顏色詞 AABB 式不是必帶「的」的。顏色詞 AABB 式作定語時帶「的」的實例出現於明代。對此，請參見「近古 AABB 式顏色詞的使用變化」。從表義功能上看，如見上例，放在名詞前面的 AABB 式顏色詞都屬於描寫性定語。「白白黃黃」「黃黃白白」「紅紅白白」「碧碧黃黃」「朱朱白白」「白白紅紅」「紅紅綠綠」等都屬於 AABB 異義重疊式，該些重疊式對其後的具體事物的顏色屬性進行描寫，以使語義焦點放在具體事物上了。這些重疊式都具有「又 A 又 B」的意思，即它們都表示兩種顏色義。「紅紅赤赤」「蒼蒼翠翠」都屬於 AABB 同義重疊式，在對其後的具體事物的顏色屬性進行描寫的同時，實現了語義程度的增量化。與此不同，雖然「青青翠翠」屬於 AABB 同義重疊式，但該詞語受到具體語境的影響而代表竹林。換言之，該重疊詞利用具體事物的顏色屬性來表示特指對象。所以，「在＋青青翠翠＋中」的「青青翠翠」在名詞「中」前面作定語，以組塊的「在＋青青翠翠＋中」結構可以表示場所或位置。就例（13）a 的「青青黯黯」而言，該重疊式放在表示場所的名詞前面作定語，在句子中指示具體方向，以提高語義焦點的顯著性。我們仔細看「（指示代詞＋狀態形容詞＋名詞）＋動詞」結構，即「（那＋青青黯黯＋處）＋去」，可以發現「那＋青青黯黯＋處」結構作狀語。這可以看成是一種名詞性短語的功能轉變。

可以看出，隨著 AABB 式顏色詞在句子中位置的變化，其語義焦點的位置也變化。也就是說，它作謂語時，句子中的語義焦點在 AABB 式顏色詞上，而它作定語時，句子中的語義焦點在 AABB 式顏色詞後的中心語上。

作狀語的 AABB 式顏色詞，例如：

（14）a. <u>紅紅白白</u>有殘葩。（《全宋詞・吳潛・浣溪沙・其二・和謙山》）

　　　b. <u>紅紅白白</u>簇花枝，恰稱得、尋春芳意。（《全宋詞・高觀國・御街行・賦輷》）

　　　c. 雨洗晴烘兩行梅，<u>朱朱白白</u>盡情開。（《全宋詩・項安世・梅開次韻答葉教授二首》其一）

　　　d. 香梅爛漫見紅梅，<u>白白朱朱</u>取次開。（《全宋詩・徐介軒・梅花》）

　　　e. 冷冷清清瀟湘景晚風生，漸留漸零暮雨初晴，<u>皎皎潔潔</u>照櫓篷剔

〔註30〕石定栩《形容詞重疊式的句法地位》，載《漢語重疊問題》，武漢：華中師範大學出版社，2009 年 5 月第 1 版，197 頁。

留團欒月明，正瀟瀟颯颯和銀箏失留疏剌秋聲。（元·鄭光祖《蟾宮曲》小令）

f. <u>黯黯青青</u>一望中，迥然不與眾峰同。（《全宋詩·釋智愚·孤山》）

朱德熙（1982）說，現代漢語裏，「狀語有兩大類，一類是副詞性的，一類是形容詞性的。」其中「性質形容詞—不管單音節的還是雙音節的，作狀語都受到限制，轉化為狀態形容詞以後，就可以自由地作狀語。」〔註31〕按照呂叔湘（1999），現代漢語裏，「修飾動詞短語，一般都帶『地』，少數 AA 式和 AABB 式修飾動詞可以不帶『地』」。〔註32〕日本學者太田辰夫（2003）認為，「由 AB 二字構成的形容詞的重疊式轉化為副詞的可能性很強。」〔註33〕按這些看法，可以看出，狀態形容詞作狀語的能力比性質形容詞強得多，AABB 式可以直接修飾動詞。

就 AABB 式顏色詞而言，這類重疊式出現於宋代。例（14）a 至 e 的「紅紅白白」「朱朱白白」「白白朱朱」「皎皎潔潔」等充足上文提到的兩種情況。其中「紅紅白白」「朱朱白白」「白白朱朱」等是通過重疊方式由性質形容詞變為狀態形容詞的。石毓（2010）認為，「狀態形容詞重疊向性質形容詞重疊發展的大趨勢出現於唐宋。」〔註34〕我們也對此有共識，這種形容詞 AABB 式的發展趨勢可以說反映出其質的變化。例（14）f 的「黯黯青青」表方向義，該重疊式具有指代性，以使 AABB 式作狀語。從語境上看，它指的是「孤山」，這是依靠相關事物的顯著性產生的語義。

作補語的 AABB 式顏色詞，例如：

（15）a. 兩岸這些開店夫人，都身上著得<u>紅紅綠綠</u>，臉上搽得<u>黑黑白白</u>，頭上插得花花朵朵。（明·陸人龍《型世言》第十回）

　　　b. 直至十日以後，通微方才領了一個人進來，生得<u>白白淨淨</u>，穿著一身華麗衣服，向石氏深深一揖，定睛細看。（《野叟曝言》第三十三回）

〔註31〕朱德熙《語法講義》，北京：商務印書館，1982 年 9 月第 1 版，152、154 頁。

〔註32〕呂叔湘（1999），719 頁。

〔註33〕〔日本〕太田辰夫著，蔣紹愚、徐昌華譯《中國語歷史文法》，北京：北京大學出版社，2003 年 11 月第 2 版，158 頁。

〔註34〕石毓《漢語形容詞重疊形式的歷史發展》，北京：商務印書館，2010 年 7 月第 1 版，149 頁。

「動＋得＋AABB 式顏色詞」是主要在口語性很強的白話小說中可以看到的格式。關於「動＋得＋補語」的產生和發展，曹廣順（2014）認為，「隨著語言表達的精密化要求，『動＋得＋補語』格式出現於唐代，作補語的成分基本上是形容詞和動詞。宋元明清，繼承了其格式和用法。在帶形容詞結果補語時，從《水滸》《金瓶梅》開始，『得』字後作補語的成分常常是單個形容詞。」〔註35〕據考察，AABB 式顏色詞『得』字後作補語的實例始見於元代。在現代漢語裏，「在『得』字後作補語，AABB 式可省『的』」，〔註36〕而近古漢語 AABB 式顏色詞還沒帶『的』。從語義功能上看，「得」字後的補語成分 AABB 式顏色詞表示對某種動作的結果或完成的狀態，以使語言表達更為生動。如見上例，作補語的「紅紅綠綠」「黑黑白白」「白白淨淨」都帶有描寫性。這樣的語法功能和語義功能的變化符合準確、精密的語言表達的要求，以給我們顯示顏色詞 AABB 式的質的變化。

三、近古 AABB 式顏色詞的使用變化

在近古時期，AABB 式顏色詞在使用上的變化有幾點：一是由「AABB 式顏色詞＋底」結構變為「AABB 式顏色詞＋的」結構；二是「指示代詞＋AABB 式顏色詞＋底／的」結構的出現；三是「數量詞＋AABB 式顏色詞＋的」結構的出現。

第一，由「AABB 式顏色詞＋底」變為「AABB 式顏色詞＋的」。例如：

（16）a. 我便問它：貧女姐姐，你又恁地孤孤單單，我恁地<u>白白淨淨底</u>
……（末）只是嘴烏。（元·無名氏《張協狀元》第十一出）

b. 山上有<u>蒼蒼鬱鬱的</u>虬髯美松，山下有<u>翠翠青青的</u>鳳尾修竹，山前有軟軟柔柔的龍鬚嫩草，山後有古古怪怪的鹿角枯樟。（《警世通言》四十卷）

c. <u>青青翠翠的</u>喬松，龍鱗重疊；猗猗挺挺的秀竹，鳳尾交加；濛濛茸茸的碧草，龍鬚柔軟；古古怪怪的古樹，鹿角丫叉。（《《封神演義》八十一回》）

d. 宮外浩蕩蕩，一片香泥細草的廣場，遍圍著<u>鬱鬱蒼蒼的</u>樹木，點綴

〔註35〕曹廣順《近代漢語助詞》，北京：商務印書館，2014 年 7 月第 1 版，92、97 頁。
〔註36〕呂叔湘（1999），719 頁。

著幾處名家雕石像，放射出萬條異彩的噴水池。（清‧曾樸《孽海花》第十二回）

e. 到七日上，把個<u>白白胖胖的</u>孩子跑掉了。（《儒林外史》第六回）

f. 新人房在樓上，張見<u>擺得紅紅綠綠的</u>，來富不敢上去。（《同上》）

如前所述，結構助詞「底」是「的」的前身，隨著時代變化而演變的。我們認為，宋元代是結構助詞「底」變為「的」的過渡期。如《朴通事諺解》：「這七月十五日是諸佛解夏之日，慶壽寺裏為諸亡靈做盂蘭盆齋，我也隨喜去來。那壇主是高麗師傅，<u>青旋旋</u>頂，<u>白淨淨</u>顏面，聰明智慧過人，唱念聲音壓眾，經律論皆通，真是一個有德行的和尚。」《全元曲‧雜劇‧高茂卿‧翠紅鄉兒女兩團圓》第二折：「你看那<u>青旋旋的</u>頭兒，小小的口兒，高高的鼻兒。」等等。「白淨淨」「白白淨淨底」「青旋旋」「青旋旋的」都始見於元代。按此實例，它們都屬於北方方言口語成分。從語法功能上看，《朴通事諺解》中的 ABB 式「白淨淨」作定語，其後不帶「底」；《全元曲》中的 AABB 式「白白淨淨」作謂語，其後帶「底」。後者接近於現代漢語裏的 AABB 式作謂語時，一般都帶『的』的用法。《朴通事諺解》中的 ABB 式「青旋旋」作定語時，其後不帶「的」；《全元曲》中的 ABB 重疊式「青旋旋」作定語時，其後帶「的」。而且從例（16）至（18）中可以看出，在明清時期，作定語時帶「的」的 AABB 式顏色詞的數量增多了。然而，這一時期，顏色詞 AABB 式後帶「底」的例子沒發現。

在這裡需要指出的是，「底／的」隨著其使用位置的變化而造成了不同的用法。例如，例（16）a 的「白白淨淨底」作謂語，其含有強調的意義；例（16）b 至 e 的「蒼蒼鬱鬱的」「翠翠青青的」「青青翠翠的」「鬱鬱蒼蒼的」「白白胖胖的」等重疊式都作定語，以對其後的中心語添加形象性和生動性。句子中的語義焦點在 AABB 式後的中心語上。由此可見，AABB 式顏色詞，即狀態形容詞作定語時，「的」對 AABB 式顏色詞具有標記功能。〔註37〕；例（16）f 的「擺＋得＋紅紅綠綠＋的」結構比較複雜。首先，該結構中的「紅紅綠綠」作補語，它表示對動詞「擺」的結果或完成的狀態。然後「擺＋得＋紅紅綠綠」後帶「的」，以使之成為賓語。句子中的語義焦點在「動詞＋得＋AABB 式顏

〔註37〕參見沈家煊《形容詞句法功能的標記模式》，《中國語文》，1997 年第 4 期（總第 259 期），242～230 頁。

色詞＋的」結構上。

第二，「指示代詞＋AABB 式顏色詞＋底／的」結構的出現。例如：

（17）a. 遵布衲訪師，在山下相見。遵問：「韶山路向甚麼處去？」師以手
　　　　 指曰：「嗚！那青青黯黯處去。」（《五燈會元》卷六《韶山寰普禪師》）

　　　b. 貴哥笑道：「那完顏老爺不是那白白淨淨沒髭鬚的俊官兒麼？」
　　　　 （《醒世恒言》第二十三卷）

　　　c. 到秋末冬初之時，天上降下濃霜來，那冷冷清清的松樹依舊還在，
　　　　 那紅紅綠綠的鮮花就無影無蹤，不知哪裏去了。（《七劍十三俠》第
　　　　 一回）

如前所述，有些 AABB 式顏色詞具有指代性。中古以來，該用法維持到
現代。魏晉南北朝到唐五代，AABB 式顏色詞單獨指代了相關事物的集合體
或場所。宋元明清時，「指示代詞＋AABB 式顏色詞＋的＋名詞」開始取代了
中古時期的結構。換句話說，這意味著指示代詞「那」和 AABB 式顏色詞的
語法功能上的分工。其產生的背景來自為了適應隨著時代變化的語言表達的
準確性和精密性要求的心理作用。從「那＋青青黯黯＋處」「那＋白白淨淨＋
沒髭鬚＋的＋俊官兒」「那＋紅紅綠綠＋的＋鮮花」中可以看出，指示代詞的
方向性和 AABB 式顏色詞的顯著性或描寫性令人清楚明白語義指向的對象。
這也是一種語言表達的質變。

第三，「數量詞＋AABB 式顏色詞＋的」結構的出現。

（18）a. 那水手當初下去，紅紅白白的一個人，如今絞上來看時，一個臉便
　　　　 如蠟皮也似黃的，手腳卻板僵，死在蘿裏了。（明・羅貫中《平妖
　　　　 傳》第二十五回）

　　　b. 老爺不慌不忙，把個手指頭兒一指，那口劍就化做一個紅紅綠綠的
　　　　 蝴蝶兒，迎風飛了。（《三寶太監西洋記》第四十九回）

　　　c. 好個碧峰長老，叫聲非幻站在左壁廂，叫聲雲谷站著右壁廂，自家
　　　　 口裏念動幾句真言，宣動幾句密語，片時間，有許多的文文武武、
　　　　 紅紅綠綠、老老少少、長長矮矮的人來了，也不知是個人，也不知
　　　　 是個神；也不知是個神，也不知是個鬼也。（《同上》第六回）

　　　d. 廳外列幾行朱朱粉粉的妖花，廳內擺幾件斑斑駁駁的古董。（明・
　　　　 陸人龍《型世言》第十八回）

　　唐宋代，由兩個異義性質形容詞的重疊構成的 AABB 式，在不同的語境裏，可以表示相關事物的集合體，以實現了其語義的增量化。而在明代出現的「數量詞＋顏色詞 AABB 式＋的＋名詞」結構，對其語義功能帶來了變化。也就是說，像上面的第二結構的變化那樣，該結構對其後的名詞造成了語義功能上的分工。例如，例（18）ab 的「紅紅白白＋的＋一個＋人」和「一個＋紅紅綠綠＋的＋蝴蝶」，不再表示某種事物的集合體或複數概念。它們都表示個體。對「紅紅白白」來說，其語義也變了。在具體語境裏，該重疊式受到其後的名詞「人」的制約，以由表「紅花和白花」義轉變表「年輕女人」義。其語義變化的形成機制，除了具體語境的制約之外，還有轉喻。例（18）cd 的「許多＋的＋AABB1＋紅紅綠綠＋AABB2＋AABB3＋的＋人」和「幾行＋朱朱粉粉＋的＋妖花」結構也受到數量詞的影響。在語義上，該結構中的名詞具有複數概念。「紅紅綠綠」對其後的名詞「人」進行描寫它是文武百官、男女老少等成員的一部分，即從數量上看，其語義包在「許多」內。這裡的「紅紅綠綠」不再表示顏色義。「朱朱粉粉」對其後的名詞「妖花」帶有描寫性。可見，這樣的句法結構的變化，使語言表達更為具體、精密、生動。

第四節　本章小結

　　通過對漢語 AABB 式顏色詞的歷史發展的探析，得出如下結論：

　　（1）漢語 AABB 式顏色詞來自原生重疊 AA 式。其結構主要有兩類：一是雙碟式 AABB 式，即 AA＋BB。按照 AA 式的產生時期，又可分為「原生重疊＋原生重疊」「原生重疊＋新生重疊」「新生重疊＋原生重疊」「新生重疊＋新生重疊」；按照單音形容詞的類別，可分為「單音狀態形容詞的重疊＋單音狀態形容詞的重疊」「單音狀態形容詞的重疊＋單音性質形容詞的重疊」「單音性質形容詞的重疊＋單音狀態形容詞的重疊」「單音性質形容詞的重疊＋單音性質形容詞的重疊」；按照語義組合關係，可分為「同義關係」「近義關係」「反義關係」「異義關係」。另一是擴展式 AABB 重疊式，即 A＋AB＋B。按照形容詞的類別，該重疊式的基式 AB 可分為「單音狀態形容詞＋單音狀態形容詞」「單音狀態形容詞＋單音性質形容詞」「單音性質形容詞＋單音性質形容詞」「單音性質形容詞＋單音狀態形容詞」；關於語義組合關係的分類，

可以參見上面的雙碟式 AABB 式。

（2）漢語 AABB 式顏色詞的發展趨勢是：按照語義組合關係，上古時期，雙碟式 AABB 同義重疊式→中古時期，雙碟式 AABB 同義重疊式＋雙碟式 AABB 異義重疊式→近古時期，上古與中古的雙碟式 AABB 式＋雙碟式 AABB 反義重疊式＋擴展式 AABB 同義／近義重疊式＋擴展式 AABB 異義重疊式；按照形容詞的類別，顏色詞 AABB 式的形態成分由狀態形容詞轉變性質形容詞。漢語 AABB 式顏色詞是在對原生重疊 AA 式的模仿與雙音詞的詞彙翻新的作用下產生和發展起來的。

（3）漢語 AABB 式顏色詞，從語義功能上看，由主要表示狀態義度量的增加擴散到代表相關事物的集合體或特指對象、方向、位置、場所等等。宋明清時期，「指示代詞＋AABB 式顏色詞＋底／的＋名詞」結構的出現，對 AABB 式顏色詞的語義功能帶來了其功能上的分工，即指示代詞的方向性和 AABB 式顏色詞的描寫性。明清時期，「數量詞＋AABB 式顏色詞＋的＋名詞」結構的出現也是如此。也就是說，數量詞表示對中心語的單數或複數概念，AABB 式顏色詞對其後的中心語進行描寫。少數由單音性質形容詞構成的 AABB 式，表示顏色義轉變代表某人的意義。其語義變化的形成機制來自具體語境的制約和轉喻。從句法功能上看，上古時期，AABB 式顏色詞主要作謂語；中古時期，除了謂語之外，還可以作主語、謂語、賓語、定語；近古時期，該重疊式可以作主語、謂語、賓語、定語、狀語、補語。

（4）結構助詞「底」，即「AABB 式顏色詞＋底」始見於唐代，結構助詞「底」是「的」的前身；結構助詞「得」，即「動＋得＋AABB 式顏色詞」始見於元代；結構「的」，即「AABB 式顏色詞＋的」始見於明代。近古時期，AABB 式顏色詞作定語或謂語時不是必須帶「的」的。

（5）由於 AABB 式顏色詞具有程度義，該重疊式不能受程度副詞的修飾。

（6）AABB 式顏色詞沒有否定形式。

第六章　ABB 與 BBA 重疊式
顏色詞的歷史發展

　　與其他重疊式不同，漢語 ABB、BBA 式顏色詞的發展過程極為複雜。因為，在上古佔優勢的大多數原生重疊，成為中古的 ABB、BBA 式顏色詞的主要成員的途徑多樣。據考察，該重疊式的產生與發展渠道主要有兩種方式：一是「單音顏色語素＋原生重疊」「單音顏色語素＋新生重疊」「原生重疊＋單音顏色語素」「新生重疊＋單音顏色語素」類型的重疊方式，即「A＋BB」「BB＋A」式。二是「單音顏色語素＋單音狀態形容詞」「單音顏色語素＋單音名詞」「單音名詞＋單音顏色語素」等 AB 或 BA 式類型的擴展方式。

　　從歷史上看，這種重疊現象的產生背景有幾點：一是與漢語詞彙的發展趨勢有密切的聯繫，即音節的複音化。上古時期，以單音節為主的顏色詞逐漸走向複音節的道路。對此，可以參見上篇第三章。二是原生重疊語義功能的變化及其弱化現象。原生重疊在言語使用者的認知心理變化的作用下，其意義程度也發生了變化。如《詩經・秦風・蒹葭》：「蒹葭蒼蒼，白露為霜。」《文選・劉楨〈公讌詩〉》：「月出照園中，珍木鬱蒼蒼。」北魏酈道元《水經注・汶水》：「仰視巖石松樹，鬱鬱蒼蒼，如在雲中。」等等。如此，中古時期，上古的「蒼蒼」分別重疊為「鬱蒼蒼」和「鬱鬱蒼蒼」。由此可見，相對而言，後者兩個 ABB、AABB 式的意義程度增強了。三是在心理上，顏色詞的重疊現象可以看成是一

種詞彙生動化的動態變化過程。尤其是「顏色語素＋原生重疊／新生重疊」中的重疊成員對顏色語素添加語義的具體性效應，以既可以實現語言表達的速效，又可以滿足人們在言語使用上有喜新厭舊的心理。

第一節　中古時期，ABB、BBA 式顏色詞的湧現

中古漢語 ABB、BBA 式顏色詞吸收了大量的原生重疊。出現於上古的 ABB 式句法結構，即「單音形容詞＋非顏色語素的原生重疊」與「單音動詞＋非顏色語素的原生重疊」也傳承到中古漢語。富於描寫性的原生重疊與前面所列舉的 ABB 式帶來了中古漢語 ABB、BBA 式顏色詞的大量出現。換句話說，以顏色語素為核心的 ABB、BBA 式是在「單音形容詞＋非顏色語素的原生重疊」「單音動詞＋非顏色語素的原生重疊」「單音名詞＋非顏色語素的原生重疊」等 ABB 式發展變化的連續線上衍生出來的。在此基礎上，「單音顏色語素＋單音狀態形容詞」「單音顏色語素＋單音名詞」類型的擴展式 ABB 式也開始出現。

首先，我們全面考察了《樂府詩集》《玉臺新詠》《全唐詩》《朝野僉載》《敦煌變文集》《敦煌變文集新書》《鎮州臨濟慧照禪師語錄》等文獻中以顏色語素為核心的 ABB、BBA 式的出現情況。魏晉南北至唐五代的五色範疇 ABB、BBA 式顏色詞是如下：

表 6.1　魏晉南北朝，綠色範疇 ABB、BBA 式顏色詞

樂府詩集		玉臺新詠	
詞　語	詞　頻	詞　語	詞　頻
鬱青青	1	鬱青青	1
BAA（1）		BAA（1）	

表 6.2　唐五代，白色範疇 ABB、BBA 式顏色詞

全唐詩				朝野僉載		敦煌變文集	
詞　語	詞頻	詞　語	詞頻	詞　語	詞頻	詞　語	詞頻
白皚皚	4	白雙雙	1	白浩浩	1	白皚皚	1
白鱗鱗	1	白峨峨	2			白絲絲	1
白茫茫	6	白紛紛	3				
白荒荒	1	白溶溶	1				

白浩浩	4	白差差	1				
白漫漫	2	白茸茸	1				
白霏霏	1	白磷磷	1				
白冥冥	1	白氃氃	1				
白泱泱	1	皎晶晶	1				
白悠悠	1	斑斑白	1				
蕭蕭白	1	晶晶白	1				
微微白	2	荒荒白	1				
ABB（19）		BBA（5）		ABB（1）		ABB（2）	

表 6.3　唐五代，黑色範疇 ABB、BBA 式顏色詞

全唐詩		鎮州臨濟慧照禪師語錄		敦煌變文集	
詞　語	詞頻	詞　語	詞頻	詞　語	詞頻
黑翻翻	1	黑漫漫	1	黑侵侵	1
黑離離	2				
黑漆漆	2				
黑漫漫	1				
ABB（4）		ABB（1）		ABB（1）	

表 6.4　唐五代，紅色範疇 ABB、BBA 式顏色詞

全唐詩				朝野僉載		敦煌變文集	
詞　語	詞頻	詞　語	詞頻	詞　語	詞頻	詞　語	詞頻
赤紛紛	1	紅爍爍	2	赤燉燉	1	紅豔豔	1
赤團團	1	紅隱隱	1	赤烘烘	1		
赤韡韡	1	紅團團	1	赫赤赤	1		
紅漠漠	1	紅薿薿	1				
紅斑斑	1	紅皎皎	1				
紅灼灼	2	紅輝輝	1				
紅紛紛	2	紅離離	1				
紅亭亭	1	紅簇簇	1				
紅霏霏	1	紅怡怡	1				
紅滴滴	1	紅漾漾	1				
紅藹藹	1	紅藹藹	1				
紅灑灑	2	片片紅	2				
紅倡倡	1	薄薄紅	1				
ABB（24）		BBA（2）		ABB（3）		ABB（1）	

表 6.5　唐五代，綠色範疇 ABB、BBA 式顏色詞

全唐詩							
詞　語	詞頻	詞　語	詞頻	詞　語	詞頻	詞　語	詞頻
鬱青青	3	青蕭蕭	1	青漠漠	1	青靡靡	1
青橄橄	1	青磊磊	1	青嫋嫋	2	青藹藹	1
青薈薈	1	青重重	1	青睒睒	1	青崇崇	1
青濛濛	1	青蔟蔟	1	青歷歷	2	青童童	1
青峨峨	2	青漫漫	1	青彎彎	1	青茫茫	1
青沉沉	2	青岑岑	1	碧崇崇	1	碧團團	1
青簇簇	2	青熒熒	1	碧遙遙	1	碧悠悠	5
簇簇青	2	短短青	1	碧徐徐	1	碧華華	1
碧峨峨	1	碧萋萋	2	碧叢叢	2	碧森森	1
碧濛濛	2	碧溶溶	1	碧尖尖	1	碧沉沉	2
碧沉沉	1	碧岩岩	3	碧磷磷	1	碧鮮鮮	1
碧漾漾	1	碧決決	2	碧杳杳	1	碧淒淒	1
碧湯湯	1	碧潺潺	2	綠潭潭	2	綠纖纖	2
綠迢迢	3	綠峨峨	1	綠萋萋	4	萋萋綠	1
綠搖搖	1	綠微微	2	微微綠	1	綠鬆鬆	1
綠茸茸	1	綠漫漫	1	綠層層	1	綠悠悠	1
綠溶溶	1	深深綠	1	綠沉沉	1	綠陰陰	1
茫茫綠	1	田田綠	1	翠陰陰	1	翠撲撲	1
翠依依	1	深綠綠	1	油油綠	1	翠沉沉	2
ABB（69）				BBA（8）			
朝野僉載				敦煌變文集／敦煌變文集新書			
詞　語		詞頻		詞　語		詞頻	
鬱青青		1		青鬱鬱		1	
				綠潺潺		1	
ABB（1）				ABB（2）			

表 6.6　唐五代，黃色範疇 ABB、BBA 式顏色詞

全唐詩					
詞　語	詞頻	詞　語	詞頻	詞　語	詞頻
黃渺渺	1	黃茸茸	1	黃撲撲	1
黃短短	1	黃颯颯	1	黃離離	1
片片黃	1	ABB（6）		BBA（1）	

表 6.7　中古漢語五色範疇 ABB、BBA 式顏色詞　計量統計

時代	顏色詞									
	白色範疇		黑色範疇		紅色範疇		綠色範疇		黃色範疇	
	詞語	詞頻	詞語	詞頻	詞語	詞頻	詞語	詞頻	詞語	詞頻
魏晉南北	—	—	—	—	—	—	鬱青青	2	—	—
時代	白色範疇		黑色範疇		紅色範疇		綠色範疇		黃色範疇	
	詞語	詞頻	詞語	詞頻	詞語	詞頻	詞語	詞頻	詞語	詞頻
唐五代	白皚皚	5	黑離離	2	紅漠漠	1	鬱青青	4	黃渺渺	1
	白鱗鱗	1	黑翻翻	1	紅斑斑	1	青槭槭	1	黃短短	1
	白茫茫	6	黑漆漆	2	紅灼灼	2	青蓇蓇	1	黃茸茸	1
	白荒荒	1	黑侵侵	1	紅紛紛	2	青濛濛	1	黃颯颯	1
	白漫漫	2	黑漫漫	2	紅亭亭	1	青漫漫	1	黃撲撲	1
	白浩浩	5			紅霏霏	1	綠漫漫	1	黃離離	1
	白霏霏	1			紅滴滴	1	青峨峨	2	片片黃	1
	白冥冥	1			紅靄靄	1	青沉沉	2		
	白泱泱	1			紅灑灑	2	綠沉沉	1		
	白悠悠	1			紅倡倡	1	碧沉沉	3		
	白雙雙	1			紅爍爍	2	翠沉沉	2		
	白峨峨	2			紅隱隱	1	碧峨峨	1		
	白紛紛	3			紅薪薪	1	綠迢迢	3		
	白溶溶	1			紅皎皎	1	綠搖搖	1		
	白差差	1			紅輝輝	1	綠茸茸	1		
	白茸茸	1			紅離離	1	綠溶溶	1		
	白磷磷	1			紅簇簇	1	青蕭蕭	1		
	白毿毿	1			紅怡怡	1	青磊磊	1		
	白絲絲	1			紅漾漾	1	青重重	1		
	皎晶晶	1			紅藹藹	1	青簇簇	2		
	斑斑白	1			紅豔豔	1	青蔟蔟	1		
	晶晶白	1			紅團團	1	青岑岑	1		
	微微白	2			赤團團	1	青熒熒	1		
	蕭蕭白	1			赤韡韡	1	碧萋萋	2		
	荒荒白	1			赤紛紛	1	碧溶溶	1		
					赤燉燉	1	碧岩岩	3		
					赤烘烘	1	碧泱泱	2		

					赫赤赤	1	碧潺潺	2		
					片片紅	2	綠峨峨	1		
					薄薄紅	1	綠微微	2		
							碧濛濛	2		
							青漠漠	1		
							青嫋嫋	2		
							青睒睒	1		
							青歷歷	2		
							青彎彎	1		
							碧崇崇	1		
							碧遙遙	1		
							碧徐徐	1		
							碧叢叢	2		
							碧尖尖	1		
							碧磷磷	1		
							碧杳杳	1		
							綠潭潭	2		
							綠萋萋	4		
							綠層層	1		
							碧湯湯	1		
							青靡靡	1		
							青藹藹	1		
							青崇崇	1		
							青童童	1		
							青茫茫	1		
							碧團團	1		
							碧悠悠	5		
							碧華華	1		
							碧森森	1		
							碧漾漾	1		
							碧鮮鮮	1		
							碧淒淒	1		
							綠纖纖	2		
							綠鬆鬆	1		
							綠悠悠	1		
							綠陰陰	1		

				翠陰陰	1	
				翠撲撲	1	
				翠依依	1	
				青鬱鬱	1	
				綠潺潺	1	
				深深綠	1	
				深綠綠	1	
				簇簇青	2	
				萋萋綠	1	
				茫茫綠	1	
				短短青	1	
				微微綠	1	
				田田綠	1	
				油油綠	1	
合計 （146）	ABB（20） BBA（5）	ABB（5）	ABB（29） BBA（2）	ABB（70） BBA（8）		ABB（6） BBA（1）
百分比 （100%）	ABB （13.7%） BBA （3.42%）	ABB （3.42%）	ABB （19.86%） BBA （1.37%）	ABB （47.95%） BBA （5.48%）		ABB （4.11%） BBA （0.69%）

　　根據上面的統計，中古時期，以顏色語素為核心的 ABB、BBA 式共有 146 例，其中 ABB 式共有 130 例，占總數的 89.04%；BBA 式共有 16 例，占總數的 10.96%。絕大多數出現於唐代，魏晉南北朝時期只有 1 例，即「鬱青青」。該詞語屬於「單音狀態形容詞＋顏色語素的原生重疊」類型。從顏色類別上看，綠色範疇 ABB、BBA 式顏色詞佔優勢，占總數的 53.43%；紅色範疇 ABB、BBA 式顏色詞，占總數的 21.23%；白色範疇 ABB、BBA 式顏色詞，占總數的 17.12%；黃色範疇 ABB、BBA 式顏色詞，占總數的 4.8%；黑色範疇 ABB 式顏色詞，占總數的 3.42%。我們認為，綠色範疇 ABB、BBA 式顏色詞佔優勢的原因與色彩現象的模糊性有密切的關係。對此，前文上篇已提到，此不贅述。

　　其次，為了考證表 6.7 中「BB」的來源，我們考察了前文第四章的表 4.1、《漢語大詞典》（1997）、《漢語重言詞詞典》（1999）、搜韻數據庫以及北京大學中國語言學研究中心（CCL）古代漢語語料庫中「BB」的出現情況。

重 疊 類 別	
新生重疊 （魏晉南北至唐五代）	原生重疊 （西周至兩漢）
睒睒、茸茸、毿毿、鱗鱗、絲絲、晶晶、漆漆、侵侵、簇簇、蔟蔟、灑灑、倡倡、籔籔、豔豔、荒荒、燉燉、烘烘、赤赤、短短、片片、槭槭、彎彎、叢叢、撲撲、尖尖、層層、森森、鮮鮮、鬆鬆、陰陰、焰焰（31）	蕭蕭、峨峨、浩浩、皓皓、霏霏、冥冥、矯矯、灼灼、纖纖、遙遙、搖搖、青青、皎皎、韡韡、藹藹、靄靄、翩翩、鬱鬱、靡靡、斑斑、迢迢、輝輝、濛濛、悠悠、徐徐、萋萋、岩岩、泱泱、淒淒、粼粼、冥冥、猗猗、漠漠、漫漫、紛紛、溶溶、差差、怡怡、薄薄、隱隱、磊磊、嬝嬝、悠悠、萱萱、崇崇、沉沉、沉沉、爍爍、滴滴、田田、潺潺、亭亭、離離、歷歷、雙雙、童童、微微、渺渺、漾漾、團團、蕭蕭、颯颯、重重、岑岑、熒熒、磷磷、杳杳、潭潭、湯湯、華華、依依、深深、焱焱、油油（74）

可以看出，中古時期，從上古繼承下來的大多數原生重疊與顏色語素構成ABB、BBA 式顏色詞。而且，這一時期的新生重疊也是如此。據統計，「BB」的來源中原生重疊共有 74 例，占總數的 70.48%；新生重疊共有 31 例，占總數的 29.52%。

據上表 6.7 與上面的原生重疊詞和新生重疊詞，魏晉南北朝是 ABB、BBA 式顏色詞形成的潛伏期。因為，這些 AA 式重疊詞成為以顏色語素為中心的中古漢語 ABB 或 BBA 式顏色詞的主要成員。在時間跨度比較大的歷史發展的過程中，上面的原生重疊中有的單獨運用，有的與單音名詞或單音形容詞又或單音動詞臨時連用來構成 ABB、BBA 式。從橫向來看，中古時期，好像是漢語 ABB、BBA 式顏色詞突然跳出來的歷史階段。可是，從縱向來看，隨著時代變化，它們都是由「原生重疊」「單音名詞＋原生重疊」「單音動詞＋原生重疊」「單音形容詞＋原生重疊」到「顏色語素＋原生重疊」「顏色語素＋新生重疊」逐漸發展出來的。下文，對此進行探析。

第二節　中古時期，ABB、BBA 式顏色詞的類型及其產生路徑

程湘清（2008）講過：「唯其具有漸變性，才使不同語言現象之間的界限、同一語言現象不同發展階段的界限不易截然劃清，因而常常出現一些過渡狀態。」「唯其具有繼承性，才使新舊語言現象常常不是『你死我活』，而是『和

平共處』。」〔註1〕如前所述，從歷時層面上看，中古漢語 ABB、BBA 式顏色詞的生成與發展也具有漸變性、繼承性以及連續性。著眼於該點，我們將對中古漢語 ABB、BBA 式顏色詞的產生途徑及其類型進行分析和研究。該類型大致可分為「顏色語素＋原生重疊」、「顏色語素＋新生重疊」、「顏色語素＋非顏色語素」和「非顏色語素＋顏色語素」的擴展式。

一、「顏色語素＋原生重疊」類型

（一）「名詞＋原生重疊」→「顏色語素＋原生重疊」

（1）a. 涼風吹沙礫，霜氣何皚皚。（魏‧劉楨《贈五官中郎將詩四首》其四）

　　 b. 霜皚皚怪被庭，冰溏瀇於井干。（魏‧夏侯湛《寒苦謠》）

　　 c. 飛雲霧之杳杳，涉積雪之皚皚。（東漢‧班彪《北征賦》）

　　 d. 風騷騷而四起兮，霜皚皚而依庭。（《晉書‧后妃傳上‧左貴嬪》）

　　 e. 三秋北地雪皚皚，萬里南翔渡海來。（唐‧盧照鄰《失群雁》）

　　 f. 北望沙漠垂，漫天雪皚皚。（唐‧高適《酬裴員外以詩代書》）

　　 g. 面上五條光彩彩，眉邊萬道色皚皚。（《敦煌變文‧維摩詰經講經文》）

　　 h. 天與地，白皚皚，盡是天花到處堆。（《同上》）

　　 i. 連天際海白皚皚，好上高樓望一回。（唐‧白居易《花樓望雪命宴賦詩》）

　　 j. 崖口懸瀑流，半空白皚皚。（唐‧岑參《終南雲際精舍尋法澄上人不遇歸高冠東潭石淙……貽友人》）

　　 k. 百果參雜種，千枝次第開。天時有早晚，地力無高低。紅者霞豔豔，白者雪皚皚。（唐‧白居易《東坡種花二首》其一）

　原生重疊「皚皚」始見於漢代，意義是霜雪之白貌。如見上例（1）a 至 f，「皚皚」與單音名詞「霜」或「雪」連用來直接顯示出它描寫的具體對象。「白皚皚」出現於唐代，其前身就是「霜皚皚」和「雪皚皚」。也就是說，它是顏色語素「白」取代具有其顏色屬性的事物名詞「霜」和「雪」來構成的附

〔註1〕程湘清《漢語史專書複音詞研究》（增訂本），北京：商務印書館，2008 年 1 月第 1 版，102 頁。

加式 ABB 式。詳見上例（1）g 至 k 的「皚皚」，其語義發生了變化。由本應描寫「霜雪之白貌」的語義單位轉變到描繪「容貌」「天地」「水平線」「瀑流」以及「花瓣」等色彩現象的語義單位。我們認為，「白皚皚」是通過「重疊」和「語義轉移」的語言手段來產生的新詞。其形成機制來自「隱喻」。具有顏色屬性的事物名詞「霜」「雪」隱藏在「皚皚」裏，以「皚皚」對顏色語素「白」添加附加意義。例（1）k 的「雪皚皚」是通過「重疊」和「比擬」的語言手段來構成的詞語。「雪皚皚」具有與在同時代存在的比擬式物色詞「雪白」的意義。這裡「雪皚皚」表示白花像雪一樣潔白的意思。

（2）a. 秋<u>木萋萋</u>，其葉萎黃。（漢・王嬙《怨曠思惟歌》）

    b. 況在青春日，<u>萋萋綠草滋</u>。（南朝梁・劉孝綽《班婕妤怨》）

    c. 近寒食雨<u>草萋萋</u>，著麥苗風柳映堤。（唐・無名氏《雜詩》）

    d. 天池光灩灩，瑤草<u>綠萋萋</u>。（唐・元稹《青雲驛》）

    e. 花榭香紅煙景迷，滿庭芳草<u>綠萋萋</u>，金鋪閒掩繡簾低。（唐・毛熙震《浣溪沙》其二）

    f. 處處<u>碧萋萋</u>，平原帶日西。（唐・齊己《春草》）

    g. 春思半和芳草嫩，<u>碧萋萋</u>。（唐・和凝《山花子》其一）

    h. 繫得王孫歸意切，不關春草<u>綠萋萋</u>。（唐・溫庭筠《楊柳八首》其五）

    i. 水蓼冷花紅蔟蔟，江蘺濕葉<u>碧萋萋</u>。（唐・白居易《雜曲歌辭・其三・竹枝》）

    j. 草色<u>綠萋萋</u>，寒蛩遍草啼。（唐・李紳《過梅裏七首・家於無錫四十載今敝廬數堵猶存今列題於後》）

從語義特徵上看，上例中的「萋萋」「碧」「綠」等詞語是與具體事物名詞「草」相關的語義信息。原生重疊「萋萋」表示草木的生態特徵上的意義，即集合性；「碧」和「綠」表示草木的顏色屬性。這表明，富於描寫性的「萋萋」和表顏色義的「綠」「碧」與具體性詞彙「草」的結合度很高。從產生途徑上看，「綠萋萋」和「碧萋萋」是在「草萋萋」「瑤草萋萋」「芳草萋萋」「春草萋萋」「濕葉萋萋」的基礎上產生的。換句話說，名詞「草」與原生重疊「萋萋」之間嵌入顏色語素「綠」「碧」而產生的 ABB 式。與「草萋萋」相比，「綠萋萋」和「碧萋萋」更為生動。這是因為顏色屬性具有突顯效果。

在結構上，例（2）d 至 i 的顏色語素和原生重疊之間具有並列關係，它們的意義都指向前面的名詞「草」。與此不同，例（2）j 的「綠萋萋」不是並列關係，而是述補關係。原生重疊「萋萋」的語義指向前面的顏色語素「綠」，即「萋萋」強化顏色語素「綠」的濃度。我們認為，表示濃度的意義是由草木濃密貌引申而來的。這意味著原生重疊「萋萋」的實意弱化，以使「綠萋萋」由句法層面轉變構詞層面。

（3）a. 天蒼蒼，<u>野茫茫</u>，風吹草低見牛羊。（《樂府詩集・雜歌謠辭・敕勒歌》）

　　　b. 綠水揚洪波，曠野<u>莽茫茫</u>。（三國魏・阮籍《詠懷詩》其二十）

　　　c. 天清地曠<u>浩茫茫</u>。（魏晉・王嘉《皇娥歌》）

　　　d. 白雪樓中一望鄉，青山蔟蔟<u>水茫茫</u>。（唐・白居易《宿樟亭驛》）

　　　e. 三面宮城盡夾牆，苑中池水<u>白茫茫</u>。（唐・花蕊夫人徐氏《宮詞》其九）

　　　f. 月明何所見，潮水<u>白茫茫</u>。（唐・白居易《宿樟亭驛》）

　　　g. 南簷架短廊，沙路<u>白茫茫</u>。（唐・張祜《信州水亭》）

　　　h. 近山如畫牆，遠山如帚長。我從雲中來，回頭<u>白茫茫</u>。（唐・唐彥謙《舟中望紫岩》）

　　　i. 春草<u>茫茫綠</u>，王孫舊此遊。（唐・劉長卿《經漂母墓》）

　　　j. 人煙樹色無隙罅，十里一片<u>青茫茫</u>。（唐・白居易《九日宴集醉題郡樓兼呈周殷二判官》）

見於漢代的原生重疊「茫茫」表示遼闊曠遠的樣子。如東漢荀悅《〈漢紀〉論》：「茫茫上古，結繩而治。」清嚴可均輯《全漢文・西漢楊雄〈青州箴〉》：「茫茫青州，海岱是極。鹽鐵之地，鉛松怪石。」等等。前者是指時間概念，即遙遠。後者是指空間概念，即廣大無邊的樣子。據西漢楊雄《羽獵賦》：「外則正南極海，邪界虞淵，鴻濛沆茫，揭以崇山。」，「沆茫」表示水廣大無際貌。由此可見，「茫茫」還表示水浩大的樣子。上例中的「野茫茫」「莽茫茫」「浩茫茫」「水茫茫」等短語也具有其語義。例（3）e 至 h 的「白茫茫」中顏色語素「白」代表「池水」「潮水」「沙路」「雲」等具體性詞彙的顏色屬性。「白茫茫」表示一片白色，從語境上看，其語義焦點是在整個視野範圍中的色彩現象上的。換句話說，在心理上，原生重疊「茫茫」的意義指向顏色語素

「白」，以對景物呈現出的顏色義添加空間意象。在語義功能上，它們都在名詞後作謂語，在句子中的該成分具有對名詞的新信息。在結構上，「白茫茫」不是並列關係，而是述補關係。由此可見，顏色語素「白」和原生重疊「茫茫」結合的緊密性很高。例（3）i的「茫茫」，其語義由廣大無際貌變為草木茂盛貌。在結構上，BBA式「茫茫綠」是並列式句法結構。例（3）j的「青茫茫」描繪一片樹木青翠濃密的樣子。在結構上，「青茫茫」不是並列關係，而是述補關係。可以看出，「顏色語素＋茫茫」的使用範圍擴大，以原生重疊「茫茫」的實意弱化。

（4）a. 泛泛東流水，<u>磷磷</u>水中石。（三國魏・劉楨《贈送從弟詩三首》其一）

　　b. 素石何<u>磷磷</u>，水禽浮翩翩。（晉・成公綏《詩》）

　　c. 豈若乘斯去，俯映<u>石磷磷</u>。（梁・沈約《新安江至清淺深見底貽京邑同遊詩》）

　　d. 含青薜荔隨金燹，<u>碧砌磷磷</u>生綠苔。（唐・羅鄴《吳王古宮井二首》其二）

　　e. 深處<u>碧磷磷</u>，淺處清濺濺。（唐・白居易《題牛相公歸仁裏宅新成小灘》）

　　f. 有石<u>白磷磷</u>，有水清潺潺。（唐・白居易《閒題家池寄王屋張道士》）

　　g. 漢川若可涉，水清<u>石磷磷</u>。（唐・劉長卿《別李氏女子》）

原生重疊「磷磷」始見於西漢司馬相如《上林賦》：「明月珠子，的皪江靡，蜀石黃碝，水玉磊，磷磷爛爛，彩色澔汗，叢積乎其中。」該重疊詞形容玉石色彩鮮明貌。如見上例，它傳承到中古，主要和名詞「石」連用來形容水石明淨貌。從語義上看，例（4）e的「碧磷磷」形容水色碧而清澈明淨貌。可見，原生重疊「磷磷」的意義發生了變化。「磷磷」對性質形容詞「碧」增添鮮明度。例（4）f的「白磷磷」形容白石潔白的樣子，原生重疊「磷磷」的本義弱化了。換言之，該重疊詞的意義指向更接近顏色語素「白」。在結構上，由「石磷磷」的主謂關係變為「碧磷磷」「白磷磷」的述補關係。由此可見，在中古時期原生重疊「磷磷」逐漸開始轉化為附加成分。

（5）a. <u>團團</u>滿葉露，析析振條風。（南朝宋・謝惠連《七月七日夜詠牛女》）

　　b. 戾戾曙風急，<u>團團</u>明月陰。（南朝梁・江淹《效阮公詩》之一）

　　c. 梧桐階下<u>月團團</u>，洞房如水秋夜闌。（唐・劉瑤《古意曲》）

　　d. 只因心渾渾，所以<u>面團團</u>。（唐・歐陽詢《嘲長孫無忌》）

　　e. 西北日落時，夕暉<u>紅團團</u>。（唐・白居易《遊悟真寺詩》）

　　f. 嚴霜白浩浩，明月<u>赤團團</u>。（唐・權龍褒《皇太子夏日賜宴詩》）

　　g. 荷葉<u>團團</u>莖削削，綠萍面上紅衣落。（唐・元稹《夜池》）

　　h. 天畔晚峰青簇簇，檻前春樹<u>碧團團</u>。（唐・韋莊《登漢高廟閒眺》）

原生重疊「團團」見於西漢班婕妤《怨歌行》：「裁為合歡扇，團團似明月。」該重疊詞主要和月亮搭配來形容圓貌，在中古時期也它仍然保留運用。但是其語義發生了變化。例（5）a 的「團團」形容白露凝聚貌；例（5）gh 的「團團」和「碧團團」都形容草木、樹木、草葉等叢聚貌。「碧團團」的意義指向前面的「春樹」，同時組塊「碧團團」中的「團團」還指向「碧」，以對顏色語素增添濃度。可見，原生重疊「團團」消失了其本義，它逐漸轉變附加成分。與此不同，「面團團」「紅團團」還保留著原生重疊「團團」的本義。它們分別形容「臉面圓胖的樣子」和「夕陽紅而團團的樣子」。組塊「赤團團」裏面的「團團」也保留著其原義。但是，從語義上看，「赤團團」和明月不匹配。這是一種詞彙超常搭配現象的反映。

（6）a. <u>*嫋嫋*</u>兮秋風，洞庭波兮木葉下。（《楚辭・九歌・湘夫人》）

　　b. 竹竿何<u>*嫋嫋*</u>，魚尾何簁簁。（漢・卓文君《白頭吟》）

　　c. 秋風<u>*嫋嫋*</u>入麴房。羅帳含月思心傷。（南朝宋・湯惠休《白紵歌三首》其三）

　　d. 纖腰<u>*嫋嫋*</u>不任衣。（南朝梁・蕭衍《白紵辭二首》其二）

　　e. 翾翾燕弄風，<u>*嫋嫋*</u>柳垂道。（南朝宋・鮑照《在江陵歎年傷老詩》）

　　f. 蝶舞鶯歌喜歲芳，柳絲<u>*嫋嫋*</u>蕙帶長。（唐・皎然《釋裴循春愁》）

　　g. 斜山柏風雨如嘯，泉腳掛繩<u>青*嫋嫋*</u>。（唐・李賀《老夫採玉歌》）

　　h. 一川草色<u>青*嫋嫋*</u>，繞屋水聲如在家。（唐・曹鄴《寄劉駕》）

原生重疊「嫋嫋／嫋嫋」始見於戰國時代，該重疊詞形容「風吹拂貌」「搖動貌」等。在中古時期，它不但仍然保留運用，而且產生了新的意義。例（6）

d 的「嫋嫋」形容纖長柔美貌。例（6）g 的「青嫋嫋」，其意義指向前面的「掛繩」。從語用語義上看，「青嫋嫋」和「掛繩」之間具有比喻關係。也就是說，「掛繩」是本義，「青嫋嫋是比喻義。按照李軍華（2010）的定義，「比喻義是在漢字（詞）原有的意義的基礎上因比喻而產生的引申義。」〔註2〕在這裡，我們需要指出的是「青嫋嫋」的比喻義不是固定的，而是臨時的。因為其語義受到語境的制約。我們認為「青嫋嫋」的比喻義的產生機制來自象似性聯想。「青嫋嫋」指代特指事物，即垂柳。我們從「青嫋嫋」中可以聯想到幾個具體性語義信息，即青柳、垂柳、柳絲、搖動、搖曳等。這些具體性語義信息帶有具體事物之間的共性，即形象性和運動性。結果，「青嫋嫋」的語義特徵映像到繩子。換言之，「青嫋嫋」借用垂柳來比喻為長繩子在風雨中搖曳著，以描繪採玉的老夫處於生命危險的情況。可以看出，在象似性聯想的基礎上，利用語義的豐富性、語義的具體性、語義的形象性、語義的生動性來表達的方式給人們留下深刻印象，產生出易於理解的新義。與此不同，例（6）h 的「青嫋嫋」形容草色青而鮮豔貌。在這裡，「嫋嫋」和草色沒有任何關係，其實意已消失。由此可見，「青嫋嫋」中的「嫋嫋」音綴化，以對顏色語素添加語法意義。

（7）a. 昔我往矣，楊柳<u>依依</u>。（《詩經·小雅·采薇》）

b. 浩浩陽春發，楊柳何<u>依依</u>。（漢·張衡《歌》）

c. 綠池泛淡淡，青柳何<u>依依</u>。（西晉·潘岳《金谷集作詩》）

d. 楊柳何時歸，嫋嫋復<u>依依</u>。（南朝梁·費昶《和蕭記室春旦有所思詩》）

e. 思君昔去<u>柳依依</u>。（南朝梁·蕭子顯《燕歌行》）

f. <u>依依</u>嫋嫋復青青，句引清風無限情。（唐·白居易《雜曲歌辭·其五·楊柳枝》）

g. <u>深綠依依</u>配淺黃，兩般顏色一般香。（唐·孫魴《楊柳枝》其十）

h. 汾水<u>碧依依</u>，黃雲落葉初飛。（唐·孫光憲《河瀆神》其一）

i. 馬嵬山色<u>翠依依</u>，又見鑾輿幸蜀歸。（唐·羅隱《帝幸蜀》）

如見上例，原生重疊「依依」最早見於周代。該重疊詞主要和名詞「楊柳」

〔註2〕李軍華等《漢語修辭學新著》，北京：中國社會科學出版社，2010 年 3 月第 1 版，110 頁。

連用來描繪柳枝搖動的樣子，它傳承到中古仍然保持運用。如唐溫庭筠《題柳》詩：「楊柳千條拂面絲，綠煙金穗不勝收。」這一例子給我們很好地解釋其詞義。在語義上「依依」和上面的「嫋嫋」相通。例（7）g 的「深綠＋依依」雖然不是「顏色語素＋依依」ABB 式，但這一句法結構給我們顯示，具體事物「楊柳」的顏色屬性「綠」與描寫楊柳的典型動作的狀態詞「依依」的結合度比較高。因為「依依」語義上具有動詞的典型性效應，在語境不同的情況下，該重疊詞可以指代與它相關的具體名詞。其形成機制來自具體語境中蘊含的隱喻性思維方式。例（7）h 的「碧依依」給我們很好地解釋其詞彙現象。由於顏色語素「碧」和原生重疊「依依」都具有代表具體事物「楊柳」的語境意義，從某種意義上來講，在語義上「碧依依」具有雙重性，即「楊柳＋（顏色義＋狀態義）」。因此，顏色語素「碧」和原生重疊「依依」的結合的緊密性越高，以促進了「碧依依」成為附加式 ABB 式。與此不同，例（7）i 的「翠依依」中原生重疊「依依」的原義已經模糊了。該重疊詞向顏色語素「翠」靠攏，以使「翠依依」成為附加式 ABB 式。

（8）a. 粲粲妖容姿，_灼灼_美顏色。（晉·陸機《擬青青河畔草》）

　　b. _灼灼_春華，綠葉含丹。（三國魏·阮籍《詠懷》其二）

　　c. _灼灼_西隤日，餘光照我衣。（三國魏·阮籍《詠懷》其八）

　　d. 盈盈荷上露，_灼灼_如明珠。（西晉·陸雲《芙蓉詩》其一）

　　e. 皎皎明月光，_灼灼_朝日暉。（晉·傅玄《明月篇》）

　　f. 海外陰兮氣曇曇。江上月兮光_灼灼_。（南朝梁·江淹《雜三言·訪道經》）

　　g. 別時_花灼灼_，別後葉蓁蓁。（東晉·謝靈運《答謝惠連詩》）

　　h. 萬朵當軒_紅灼灼_，晚陰照水塵不著。（唐·無名氏《明月湖醉後薔薇花歌》）

　　i. 泉葩映兮煙蔦臨，_紅灼灼_，翠陰陰。（唐·盧鴻一《嵩山十志·其十·金碧潭》）

原生重疊「灼灼」最早見於《詩經·周南·桃夭》：「桃之夭夭，灼灼其華。」這一時期的「灼灼」形容特指對象的形狀，即桃花鮮豔貌。中古時期，原生重疊「灼灼」的描繪對象由特指對象擴展到一般花草、露水、朝暉、月光等。其意義也發生了變化。例（8）c 至 f 的「灼灼」形容明亮貌。例（8）g 至 i 的「花

灼灼」「紅灼灼」給我們顯示 ABB 式結構的變化，即由「名詞＋灼灼」轉變到「顏色語素＋灼灼」。這裡「紅灼灼」中的「紅」代表名詞「花瓣」的顏色屬性。從語義上看，「紅灼灼」形容顏色紅而鮮豔貌，原生重疊「灼灼」加強顏色語素「紅」的鮮明度。事實上，和顏色語素結合的「灼灼」的語義功能與《詩經》時代的意義基本相同。

（9）a. 漾牖乍開光爍爍，□□□望色氛氣。（《敦煌變文集新書‧卷四‧秋吟一本》）

　　 b. 浩態狂香昔未逢，紅燈爍爍綠盤籠。（唐‧韓愈《芍藥》）

　　 c. 晴日照旗紅灼爍，韶光入隊影玢璘。（唐‧徐商《賀襄陽副使節判同加章綬》）

　　 d. 新花紅爍爍，舊花滿山白。（唐‧唐彥謙《春風四首》其二）

　　 e. 櫻桃紅爍爍，楊柳正毿毿。（唐‧寒山《詩三百三首》其一三○）

原生重疊「爍爍」見於漢李陵《錄別詩》之九：「爍爍三星列，拳拳月初生。」其意義表示光芒閃爍貌。據文獻，原生重疊「灼灼」先於原生重疊「爍爍」；疊韻詞「灼爍」先於原生重疊「爍爍」。如《古文苑‧宋玉〈舞賦〉》：「珠翠灼爍而照曜兮，華袿飛髾而雜纖羅。」章樵注：「灼爍，鮮明貌。」據《說文》的解釋：「灼爍，光也。從火樂聲。」「灼」上古音為章母藥部，「爍」為書母藥部。可見，「灼爍」是疊韻詞，「爍爍」是語音變化的產物，即逆向變聲重疊。在語義關係上，「灼灼」「灼爍」「爍爍」具有同義關係。例（9）c 的「紅灼爍」表示旗子紅而鮮明貌；例（9）de 的「紅爍爍」對前面的新花和櫻桃進行描寫，其意義是顏色紅而鮮豔貌。原生重疊「爍爍」對顏色語素「紅」增添鮮豔度。然而，在宋代「紅爍爍」「紅灼爍」「灼爍紅」「黃灼爍」分別出現 1 次之後，沒發現。我們認為，其動因在於詞彙冗餘現象的分工效果。也就是說，在宋代以後，原生重疊「灼灼」主要和花草連用，原生重疊「爍爍」和疊韻詞「灼爍」主要和「光」「燈」連用。

（10）a. 陰陰色晚，白日西移。（南朝梁‧蕭統《示徐州弟詩》）

　　 b. 近親不言，左右莫教，涼秋陰陰，獨立閒館，輕塵入戶，飛鳥無跡，命保琴書，而守妻子，其可得哉？（南朝梁‧江淹《報袁叔明書》）

　　 c. 江上青楓岸，陰陰萬里春。（唐‧司空曙《送高勝重謁曹王》）

　　 d. 漠漠水田飛白鷺，陰陰夏木囀黃鸝。（唐‧王維《積雨輞川莊》）

    e. 雜花飛盡<u>柳陰陰</u>，官路逶迤綠草深。（唐‧盧綸《與從弟瑾同下第後出關言別》）

    f. 官道<u>柳陰陰</u>，行宮花漠漠。（唐‧白居易《西行》）

    g. <u>楊柳陰陰</u>細雨晴，殘花落盡見流鶯。（唐‧武元衡《春興》）

    h. 鳳樓高映<u>綠陰陰</u>，凝重多含雨露深。（唐‧齊己《曲歌辭‧其一‧楊柳枝》）

    i. 水碧色兮石金光，灩熠熠兮淡湟湟。泉葩映兮煙蔦臨，紅灼灼，<u>翠陰陰</u>。（唐‧盧鴻一《嵩山十志‧金碧潭》）

　　原生重疊「陰陰」始見於《漢書‧禮樂志》：「靈之至，慶陰陰，相放佛，震澹心。」師古曰：「陰陰，言垂陰覆遍於下」《二十四史全譯〈漢書‧禮樂志〉》〔註3〕釋為：「陰陰，遮天蔽日。」可見，原生重疊「陰陰」形容「蔭蔽覆蓋貌」。中古時期，該重疊詞的意義仍繼續保持運用。與此同時，如見上例（10）ab 的「陰陰」，到中古時期產生了新的意義，即它形容「幽暗貌」「昏暗貌」「寒冷」等。它們是從原生重疊「陰陰」的原義引申而來的。例（10）c 至 g 的「陰陰」表示楊柳濃密貌。由顏色語素「綠」和原生重疊「陰陰」構成的「綠陰陰」形容楊柳的枝條濃綠而幽暗貌。可以看出，顏色詞「綠」代表楊柳，同時還表顏色義；原生重疊「陰陰」的意義指向顏色詞「綠」，該重疊詞表示色彩濃度加深義。這一時期，和草木之類的名詞經常一起出現的重疊詞「陰陰」與顏色詞「綠」已具備結合的緊密性，以該重疊詞由句法成分轉變為附加成分。換言之，原生重疊「陰陰」對顏色詞「綠」添加功能詞義。例（10）hi 的「綠陰陰」「翠陰陰」可以看成是由句法層面變為構詞層面的過渡狀態。

　　（11）a. 半空直下視，人世<u>塵冥冥</u>。（唐‧白居易《夢仙》）

    b. 利塵<u>白冥冥</u>，獨此清夜止。（唐‧陸龜蒙《雜諷九首》其五）

　　原生重疊「冥冥」見於《詩經‧小雅‧無將大車》：「無將大車，維<u>塵冥冥</u>。」東漢蔡琰《悲憤詩》其二：「陰氣凝兮雪夏零，沙漠壅兮<u>塵冥冥</u>。」該重疊詞和名詞「塵」連用來形容煙塵迷漫貌。它還和「雨」「雲」「雪」等名詞連用，其意義基本相同。如《楚辭‧九歌‧山鬼》：「雷填填兮<u>雨冥冥</u>，猿啾啾兮又夜

〔註3〕安平秋、張傳璽主編《漢書》（二十四史全譯），上海：漢語大詞典出版社，2004 年 1 月第 1 版，457 頁。

鳴。」《楚辭‧王逸〈九思‧哀歲〉》:「冬夜兮陶陶,雨雪兮<u>冥冥</u>。」西漢劉向《九歎‧其四‧遠逝》:「陵魱堆以蔽視兮,<u>雲冥冥</u>而闇前。」此外,「冥冥」還形容昏暗貌。如《楚辭‧九歌‧山鬼》:「<u>杳冥冥</u>兮羌晝晦,東風飄兮神靈雨。」《楚辭‧東方朔〈七諫‧怨世〉》:「專精爽以自明兮,<u>晦冥冥</u>而壅蔽。」等等。該重疊詞「冥冥」的意義,在中古也仍然保持運用。但是,它和顏色詞的融合性不強,就出現一次,沒發現,即它是臨時性的。例(11)b的「白冥冥」形容白晝昏暗貌。〔註4〕

（12）a. 日曖曖其西舍兮,<u>陽焱焱</u>而復顧。（西漢‧劉向《九歎‧其九‧遠遊》）

　　　b. 羽旌掃霓,旌旗拂天,<u>焱焱炎炎</u>,揚光飛文。（漢‧班固《東都賦》）

　　　c. 花中燭。<u>焰焰</u>動簾風。（梁‧蕭繹《古意詠燭詩》）

　　　d. 明星<u>燄燄</u>,不臨太丘之前;暮雨沉沉,不散巫山之曲。（唐‧楊炯《益州溫江縣令任君神道碑》）

　　　e. 雕楣繡栱,<u>紅焰焰</u>以矜然;走楣行欄,岌硈硈而爭動,白紈表裏,紅紗上下,風含水精之瓦,煙照石項之砌,又有龍花瑞塔,降於忉利。（《唐文拾遺‧張祐仁〈唐相州鄴縣天城山修定寺之碑〉》）

　　如見上例,原生重疊「焱焱」始見於漢代,該重疊詞形容色彩鮮明貌、光豔貌、火焰等。在語義上,「焱焱」與「焰焰」具有同義關係,它們都屬於名詞重疊。名詞重疊的目的在於,對景物進行描寫。也就是說,以具體補抽象,以熟知補陌生,以豐富補缺乏,以對抽象和模糊的顏色概念添加形象性和生動性。在心理上,「紅焰焰」是主要靠象似性聯想而產生的,即太陽和火焰的共同顏色屬性。這也是語義的具體性效應的反映。

（13）a. 楊柳葉<u>纖纖</u>,佳人懶織縑。（南朝梁‧蕭綱《春閨情詩》）

　　　b. 欲呈<u>纖纖手</u>,從郎索指環。（隋‧丁六娘《十索四首》其四）

　　　c. 回燈花簇簇,過酒<u>玉纖纖</u>。（唐‧白居易《奉和汴州令狐相公二十二韻》）

　　　d. 忽然便有江湖思,沙礫平淺草<u>纖纖</u>。（唐‧劉禹錫《和牛相公溪醉歌見寄》）

〔註4〕《漢語大詞典》解釋:『白冥冥』,喻為名利而奔走鑽營的囂亂之象。

e. 纖纖春草長，遲日度風光。（唐・張復元《風光草際浮》）

f. 地晴絲冉冉，江白草纖纖。（唐・杜甫《絕句六首》其五）

g. 鈿尺裁量減四分，纖纖玉筍裹輕雲。（唐・杜牧《詠襪》）

h. 茶烹綠乳花映簾，撐沙苦筍銀纖纖。（唐・貫休《書倪氏屋壁三首》其一）

i. 十頃平湖堤柳合，岸秋蘭芷綠纖纖。（唐・杜牧《懷鍾陵舊遊四首》其三）

j. 朱欄芳草綠纖纖，欹枕高堂捲畫簾。（唐末宋初・劉兼《春晝醉眠》）

原生重疊「纖纖」已見於戰國時期。如《荀子・大略》：「禍之所由生也，生自纖纖也。」《說文》：「纖，細也。從糸韱聲。息廉切」「韱，山韭也。從韭聲。息廉切」段玉裁注：「山韭謂山中自生者。」《現代漢語詞典》（第六版）：「韭，韭菜。多年生草木植物，葉子細長而扁，花白色。」從語義特徵上看，原生重疊「纖纖」描繪纖細、細微、細長貌。可見，其意義與單字義相同。如見上例，在中古時期，其語義擴大。例（13）adef 的「纖纖」仍然保持其原義；例（13）bc 的「纖纖」形容女手纖美的樣子。這一詞義與原生重疊「摻摻」的意義基本一致。如《詩經・魏風・葛屨》：「摻摻女手，可以縫裳。」〔註5〕可見，「玉纖纖」「纖纖手」的語義是由表示嫩草細長貌的意思轉移的；例（13）g 的「纖纖」表示潔白的筍芽。「顏色語素＋纖纖」中的「纖纖」也仍然表示這些意義，以和顏色語素一起對前面的具體事物名詞進行說明其顏色屬性與形狀。在句法功能上，「銀纖纖」和「綠纖纖」都作謂語。

（14）a. 玉衡指孟冬，眾星何歷歷。（《古詩十九首・明月皎夜光》）

b. 碧玉班班沙歷歷，清流決決響泠泠。（唐・白居易《灘聲》）

c. 玉敲音歷歷，珠貫字累累。（唐・白居易《楊柳枝二十韻》）

d. 青山歷歷水悠悠，今日相逢明日秋。（唐・張籍《別客》）

e. 青天何歷歷，明星如白石。（唐・李白《擬古十二首》其一）

f. 歷歷地分明。（《鎮州臨濟慧照禪師語錄》）

g. 煙島青歷歷，藍田白悠悠。（唐・陳陶《海昌望月》）

〔註5〕毛傳：「摻摻」，猶纖纖也。

      h. 劉郎此日別天仙，登綺席，淚珠滴，十二晚峰<u>青歷歷</u>。（唐・皇甫
          松《天仙子》其一）

    據《說文》的解釋：「歷，過也。從止厤聲。郎擊切」「厤，治也。從廠秝
聲。郎擊切」「秝，稀疏適也。從二禾。」說文解字注：「『秝』，玉篇曰。稀疏
歷歷然。」按照音聲求義，「歷」「厤」「秝」都上古音為來母錫部。可以看出，
歷字義表示清晰貌、分明貌。〔註6〕原生重疊「歷歷」始見於漢代。如《樂府詩
集・相和歌辭十二・隴西行》：「天上何所有，歷歷種白榆。」它表示排列成行
的意思。例（14）a 至 f，在中古時期「歷歷」表示清晰貌和擬聲。上例（14）
d 的「青山歷歷」給我們顯示 ABB 式「青歷歷」的產生路徑。在這裡，「青歷
歷」中的原生重疊「歷歷」對顏色語素「青」增添清晰度。這顯示「歷歷」逐
漸變為附加成分。

（二）「名詞＋原生重疊」→「狀態形容詞＋原生重疊」→「顏色語素 ＋原生重疊」

（15）a. <u>波沉沉</u>而東注，日滔滔而西屬。（南朝宋・鮑照《觀漏賦》）
      b. 銜悲向南浦，寒色<u>黯沉沉</u>。（隋・楊素《贈薛播州詩》其一十四）
      c. 江上<u>晚沉沉</u>，煙波一望深。（唐・公乘億《賦得臨江遲來客》）
      d. 大哉雙峰溪，萬古<u>青沉沉</u>。（唐・貫休《題曹溪祖師堂》）
      e. 最愛曉亭東望好，太湖煙水<u>綠沉沉</u>。（唐・白居易《宿靈巖寺上院》）
      f. 水天向晚<u>碧沉沉</u>，樹影霞光重疊深。（唐・白居易《宿湖中》）
      g. 古井<u>碧沉沉</u>，分明見百尋。（唐・任翻《葛仙井》）
      h. 南山<u>青沉沉</u>，東方白漫漫。（唐・白居易《和微之詩二十三首・和
          望曉》）
      i. 負郭依山一徑深，萬竿如刺<u>翠沉沉</u>。（唐・李涉《葺夷陵幽居》）

    原生重疊「沉沉／沉沉」始見於漢代。例如，西漢司馬相如《上林賦》：「沉
沉隱隱，砰磅訇礚。」李善注：「沉沉，深貌也。」南朝的「波沉沉」仍然保持
其語義。隋唐代，「沉沉」的意義發生了變化。例（15）bc 的「黯沉沉」和「晚
沉沉」都表示陰暗不明的樣子。在唐代，原生重疊「沉沉」和「青」「綠」「碧」
等綠色範疇顏色詞構成 ABB 式。如見上例（15）defg 的「青沉沉」「綠沉沉」

〔註6〕例如，晉左思《嬌女》詩：「吾家有嬌女，皎皎頗白皙。小字為紈素，口齒自清歷。」

「碧沉沉」主要描寫深綠色的水。例（15）h 的「青沉沉」表示山色，即深青色。例（15）i 的「翠沉沉」描繪帶青綠色而細長的竹竿。可見，在中古時期，原生重疊「沉沉」對顏色語素添加附加意義，即表濃度義，以使「綠色範疇顏色語素＋沉沉／沉沉」成為附加式 ABB 式。

（16）a. 谿谷少人民，雪落何霏霏。（三國魏・曹操《苦寒行》）

b. 桂華殊皎皎，柳絮亦霏霏。詎比咸池曲，飄遙千里飛。（南朝梁・劉孝綽《校書秘書省對雪詠懷》）

c. 雲生曉靄靄，花落夜霏霏。（南朝梁・吳均《發湘州贈親故別詩三首》其二）

d. 遠聞風瑟瑟，亂視雪霏霏。（南朝梁・簡文帝《大同十一月庚戌》）

e. 年來御溝柳，贈別雨霏霏。（唐・馬戴《下第寄友人》）

f. 鬱霏霏以葳蕤，輝熠熠以嚴顯。（唐・歐陽詹《回鸞賦》）

g. 積陰成大雪，看處亂霏霏。（唐・元稹《詠廿四氣詩・大雪十一月節》）

h. 今年去郡日，稻花白霏霏。（唐・白居易《荅劉禹錫白太守行》）

i. 櫻桃花參差，香雨紅霏霏。（唐・孟郊《清東曲》）

原生重疊「霏霏」始見於周代。如《詩經・小雅・采薇》：「今我來思，雨雪霏霏。」《楚辭・九章・涉江》：「霰雪紛其無垠兮，雲霏霏而承宇。」漢趙曄《吳越春秋・句踐歸國外傳》：「今我采葛以作絲。女工織兮不敢遲。弱於羅兮輕霏霏。號絺素兮將獻之。」原生重疊「霏霏」的原義表示雨雪紛飛的樣子。漢代的「輕霏霏」也表示飛揚的樣子。我們認為，「輕霏霏」是名詞「葛（布）」和原生重疊「霏霏」之間插入單音性質形容詞「輕」而產生的 ABB 式。其產生路徑是：「葛（布）＋霏霏」→「葛（布）＋輕＋霏霏」→「葛（布）＋（輕＋霏霏）」→「輕霏霏」。「輕」本來屬於性質形容詞，但是該詞在和原生重疊「霏霏」連用之後，它表狀態義。由此可見，「性質形容詞＋原生重疊」類型的 ABB 式給我們顯示性質形容詞轉化為狀態詞的方式，即詞彙生動化的方式。如見上例，原生重疊「霏霏」傳承到中古，它又構成「單音狀態形容詞＋霏霏」「單音顏色語素＋霏霏」類型。如「鬱霏霏」「亂霏霏」「白霏霏」「紅霏霏」等。其中「白霏霏」「紅霏霏」的產生路徑與上文所述的方式相同，即「嵌入」。其產生機制來自「突顯」：「白霏霏」描繪稻花白而盛貌，「紅霏霏」描繪紅色

的櫻桃花飛揚的樣子。

（17）a. 瞻彼洛矣，<u>維水泱泱</u>。（《詩經·小雅·瞻彼洛矣》）〔註7〕

b. 濟濟辟王，左右奉璋。奉璋<u>峨峨</u>，髦士攸宜。（《詩經·大雅·棫樸》）

c. <u>增冰峨峨</u>，飛雪千里些。（戰國楚·屈原《楚辭·招魂》）

d. <u>高山峨峨</u>，<u>河水泱泱</u>。（漢·王嬙《怨詩》）

e. 瞻彼江湘，惟<u>水泱泱</u>。（晉·陸雲《南衡》）

f. 雲臺鬱<u>峨峨</u>，閶闔秀玉城。（晉·紫微王夫人《詩一十七首》其一十一）

g. 薄暮欲歸仍佇立，菖蒲風起<u>水泱泱</u>。（唐·李建勳《題魏壇二首》其二）

原生重疊「泱泱」主要和名詞「水」連用來描寫水深廣貌或水流貌。該重疊詞傳承到中古，如見上例（17）g，「水泱泱」表示水流被風動盪貌。原生重疊「峨峨」描繪莊嚴美盛貌。據上例，戰國至兩漢，其意義發生了變化，即「高貌」「高聳貌」「山高峻貌」等。其描繪對象的範圍也擴大。如「冰山」「高山」「岩石」等。如見上例（17）f，在中古時期，「峨峨」和狀態形容詞「鬱」連用來形容雲臺高聳貌。實際上，「鬱峨峨」的前身是「鬱嵯峨」。如《楚辭·淮南小山〈招隱士〉》：「山氣巃嵷兮石嵯峨。」晉陸機《從軍行》：「深谷邈無底，崇山鬱嵯峨。」我們認為，始見於漢代的「嵯峨」是參差（西周）→嵾嵯（漢代）→嵯峨（漢代）→嵳嵳（唐代）等音變過程中產生的疊韻。在語義上，「峨峨」和「嵯峨」基本相通。原生重疊「泱泱」和「峨峨」也是中古漢語「顏色語素＋原生重疊」類型的主要成員。例如：

（18）a. 入苑<u>白泱泱</u>，宮入正麗黃。（唐·李賀《同沈駙馬賦得御溝水》）

b. 蘭溪春盡<u>碧泱泱</u>，映水蘭花雨發香。（唐·杜牧《蘭溪》）

c. 後嶺翠撲撲，前溪<u>碧泱泱</u>。（唐·杜牧《郡齋獨酌》）

d. 亂峰連迭嶂，千里<u>綠峨峨</u>。（唐·於武陵《斜谷道》）

e. 水上秋日鮮，西山<u>碧峨峨</u>。（唐·王建《泛水曲》）

f. 君看終南山，千古<u>青峨峨</u>。（唐·孟郊《勸酒》）

g. 不知來遠近，但見<u>白峨峨</u>。風雨驅寒玉，魚龍迸上波。（唐·朱慶

〔註7〕毛傳：「泱泱」，深廣貌。

餘《看濤》)

　　h. 車前齊唱薤露歌，高墳新起<u>白峨峨</u>。(唐・張籍《北邙行》)

　　例(18)中「顏色語素＋泱泱」和「顏色語素＋峨峨」類型的 ABB 式是由「名詞＋泱泱」和「名詞＋峨峨」結構演變的。在語義上，「白泱泱」對流經宮苑的河道進行描寫，即水流清澈明潔貌；「碧泱泱」對前面的「蘭溪」和「前溪」進行描繪，即水流澄綠深廣貌。從組合成分之間的距離上看，重疊詞「泱泱」從名詞遠離，而它和顏色語素之間的距離就縮短了。因為代表水色的「白」「碧」和「泱泱」結合之後，其組塊表示對中心詞的新信息，即表狀態義。這可以看成是性質形容詞和狀態形容詞融合成一個整體的過渡狀態。例(18)d 至 f 的「綠峨峨」「碧峨峨」「青峨峨」主要描繪帶綠色的山峰高聳貌或連綿迤起貌。在這裡，顏色語素「綠」「碧」「青」除了表示顏色義之外，還蘊含著名詞「山」的意義。原生重疊「峨峨」還保留著其實意。可以值得關注的是「顏色語素＋峨峨」中存在顏色表達的多樣性。如，顏色語素「綠」「碧」「青」都屬於綠色範疇，而且它們的語義都指向名詞「山」或「山峰」。然而，在對同一對象表達色彩現象的時候，使用了不同的顏色詞。那麼原因是什麼呢？我們認為，有幾點：一是顏色本身具有模糊性。從色彩現象的連續線上看，其界限模糊不清。所以，伍鐵平(1986)認為，「一是顏色詞是一個模糊集。二是人們對同一顏色的心理感受不相同。」對此，加以幾個例子，唐李白《早春寄王漢陽》：「<u>碧水</u>浩浩雲茫茫，美人不來空斷腸。」唐・任華《寄李白》：「<u>綠水青山</u>知有君，白雲明月偏相識。」唐李白《月夜江行寄崔員外宗之》：「月隨<u>碧山</u>轉，水合<u>青天</u>流。」唐杜甫《冬到金華山觀因得故拾遺陳公學堂遺跡》：「上有<u>蔚藍天</u>，垂光抱瓊臺。」，等等。「三是大自然中普遍存在色彩推移現象。」色彩現象的可變性和運動性產生顏色表達的多樣性。也就是說，隨著時間的推移或天氣變化，有了色彩三要素的變化，即色相、明度和彩度的變化。「四是顏色詞的不同來源產生了豐富多彩的顏色詞。」如《荀子・勸學》：「青，取之於藍而青於藍。」《說文》：「碧，石之青美者。」「綠，帛青黃色也。」等等。「五是在心理上人們「求新」「求異」，顏色詞的豐富性可以滿足語言表達的新穎。」〔註8〕與此不

〔註8〕參見伍鐵平《論顏色詞及其模糊性質》，《語言教學與研究》，1986 年第 2 期，88～105 頁。

同，例（18）gh 的「白峨峨」描繪的對象發生了變化。如，山峰高聳貌→波浪起伏的形象→高大的墳墓和凝結在草葉上的露水在一起結合的形象。這是一種隱喻性構詞方式，即在認知心理上，主要靠象似性聯想而產生新詞的方式。例（18）h 的「白峨峨」又可以看成是露珠凝結的樣子。這裡「峨峨」表示盛貌。在《文選・陸機〈前緩聲歌〉》：「長風萬里舉，慶雲鬱嵯峨。」中可以找到其證據，即「鬱嵯峨」。由此可見，重疊詞「峨峨」的實意已弱化或消失，以「白峨峨」的詞彙化加深了。從句法功能上看，例（18）gh 的「白峨峨」都作賓語。

（19）a. 仰視山巔，肅何<u>芊芊</u>。（宋玉《高唐賦》）

　　　b. 美哉國乎，<u>鬱鬱芊芊</u>。（《列子・力命》）

　　　c. 稻栽肅<u>芊芊</u>，黍苗何離離。（《文選・潘岳〈在懷縣作〉其一》）

　　　d. 繁露降秋節，蒼林<u>鬱芊芊</u>。（唐・韋應物《善福精舍秋夜遲諸君》）

　　　e. 丹溪不可別，瓊草<u>色芊芊</u>。（唐・錢起《過鳴皋隱者》）

　　　f. <u>草芊芊</u>，花簇簇，漁艇棹歌相續。（唐・李珣《漁歌子》其一）

　　　g. 游絲輕冉冉，芳草<u>綠芊芊</u>。（唐末宋初・徐鉉《奉和御製寒食十韻》）

如見上例（19）a，原生重疊「芊芊」始見於戰國時期。關於「芊芊」，李善注：「千千，青也。千、芊古字通。」李周翰注：「芊芊，山色也。」《說文》：「芊，艸盛也。從艸千聲。」「芊」字屬於形聲字，「艸」表義，「千」表音。按照音聲求義法，「千」表示許多的意思。如《說文》：「千，十百也。從十從人。」《史記・呂不韋列傳》：「呂不韋者，陽翟大賈人也。往來販賤賣貴，家累千金。」等等。可以看出，「芊」的表義部分「艸」和表音部分「千」的組合意義與《說文》的解釋基本一致。按照《說文》：「𥫡，望山谷千千青也。從谷千聲」「芊」「𥫡」的上古音為清聲真部，音同義通。可見，在語義上，原生重疊「芊芊」除了草木茂盛貌之外，還有「碧綠」的含義。如見上例，中古時期，該重疊詞的意義仍然保留運用，它形容叢集貌、青青的草色。「鬱芊芊」是由單音狀態形容詞「鬱」和原生重疊「芊芊」構成的 ABB 式。「鬱芊芊」的意義指向「蒼林」，「芊芊」的意義指向單音狀態形容詞「鬱」。在語義上，「芊」、「芊芊」和「鬱芊芊」之間具有同義關係，這是一種詞彙冗餘現象。從歷史層面上看，這意味著原生重疊「芊芊」的意義已開始弱化，「鬱芊芊」是其詞彙翻新的產物，即第二次重疊。如見上例（19）g，原生重疊「芊芊」又和顏色語素「綠」構成 ABB

式。「綠芊芊」的意義指向「芳草」，原生重疊「芊芊」的意義指向顏色語素「綠」。可見，原生重疊「芊芊」對顏色語素增添色彩濃度，以實現性質形容詞的狀態詞化。

（20）a. 白雪<u>紛紛</u>何所似。（東晉・謝道韞《詠雪聯句》）

　　　b. 況復飛螢夜，木葉<u>亂紛紛</u>。（南朝齊・王融《古意》詩其二）

　　　c. 落葉<u>思紛紛</u>，蟬聲猶可聞。（南朝梁・吳均《贈鮑春陵別詩》）

　　　d. 長袖<u>紛紛</u>徒競世。非我昔時千金軀。（宋・鮑照《擬行路難十八首》其一十五）

　　　e. 夜深煙火盡，霰雪<u>白紛紛</u>。（唐・白居易《秦中吟十首・其二・重賦》）

　　　f. 一身既零丁，頭鬢<u>白紛紛</u>。（唐・高適《雜曲歌辭・薊門行五首》其三）

　　　g. 落花舞袖<u>紅紛紛</u>，朝霞高閣洗晴雲。（唐・劉希夷《相和歌辭・江南曲》其八）

　　　h. 絺衣掛蘿薜，涼月<u>白紛紛</u>。（唐・杜甫《陪鄭廣文遊何將軍山林十首》其九）

原生重疊「紛紛」始見於春秋戰國時期。如《孫子・勢》：「紛紛紜紜，鬥亂而不可亂也；渾渾沌沌，形圓而不可敗也。」《管子・樞言》：「紛紛乎若亂絲，遺遺乎若有從治。」《樂府詩集・相和歌辭九・董逃行五解》：「但見芝草，葉落紛紛。百鳥集，來如煙。」《漢書・燕刺王劉旦傳》：「華容夫人起舞曰：『發紛紛兮寘渠，骨籍籍兮亡居。』」等等。從語義上看，該重疊詞表示雜亂貌。如見上例，在語義上，中古的「紛紛」與上古基本相同，它主要描繪的對象是頭髮、落葉、落花、白雪、舞衣等等。在唐代出現的「顏色語素＋紛紛」中，例（20）efg 的「白紛紛」「紅紛紛」也仍然保持其原義。與此不同，例（20）h 的「白紛紛」描繪朦朧的月光。這樣的語義轉移現象是由原生重疊「紛紛」的原義引申出來的，其語義的形成機制來自隱喻。在結構上，前者「白紛紛」「紅紛紛」處於由並列式變為述補式 ABB 式的過渡；後者「白紛紛」處在由述補式變為附加式 ABB 式的過渡。換言之，這意味著顏色語素與原生重疊「紛紛」之間結合的緊密度比較高。在句法功能上，它們都作謂語。

（三）「名詞＋原生重疊」→「性質形容詞＋原生重疊」→「顏色語素
　　　＋原生重疊」

（21）a. <u>路曼曼</u>其修遠兮，吾將上下而求索。（《楚辭・遠遊》）

　　　b. 山修遠其遼遼兮，<u>塗漫漫</u>其無時。（漢・劉向《九歎・憂苦》）

　　　c. 山谷眇兮<u>路漫漫</u>，眷東顧兮但悲歎。（漢・蔡琰《悲憤詩二章》其
　　　　　二）

　　　d. 去時懷土兮心無緒，來時別兒兮<u>思漫漫</u>。（漢・蔡琰《胡笳十八拍》）

　　　e. 冥冥九泉室，<u>漫漫長夜</u>臺。（漢・阮瑀《七哀》詩）

　　　f. 滔，<u>水漫漫</u>大貌。（《說文・水部》）

　　　g. 清風蕭蕭，<u>修夜漫漫</u>。（三國魏・阮籍《詠懷詩十三首》其三）

　　　h. <u>漫漫長路</u>，或降或階。（晉・陸雲《答兄平原贈》）

　　　i. 晨背大河南轅。跋涉遐<u>路漫漫</u>。（三國魏・曹丕《董逃行》）

原生重疊「漫漫」始見於戰國時期，該重疊詞主要和「路」「塗（途）」等名
詞連用來表示路遠的意思。在漢代，其意義發生變化，它表示「心思眾多貌」
「（時間）長貌」「水勢盛大的樣子」等等。這些意義傳承到中古漢語。中古時
期，原生重疊「漫漫」和顏色語素構成 ABB 式。例如：

（22）a. 胡關辛苦地，雪路<u>遠漫漫</u>。（南朝宋・張正見《雨雪曲》）

　　　b. 歸海<u>流漫漫</u>，出浦水濺濺。（南朝・沈約《早發定山詩》）

　　　c. 畫角數聲嗚咽，<u>雪漫漫</u>。（唐・牛嶠《定西番》）

　　　d. 黃河古戍道，秋雪<u>白漫漫</u>。（唐・李廓《送振武將軍》）

　　　e. 欲明天色<u>白漫漫</u>，打葉穿簾雪未乾。（唐・王建《酬於汝錫曉雪見
　　　　　寄》）

　　　f. 南山青沉沉，東方<u>白漫漫</u>。（唐・白居易《和微之詩二十三首・和
　　　　　望曉》）

　　　g. 夜如何其<u>夜漫漫</u>，鄰雞未鳴寒雁度。（唐・劉禹錫《更衣曲》）

　　　h. 東南月上時，夜氣<u>青漫漫</u>。（唐・白居易《遊悟真寺詩》）

　　　i. 水光紅漾漾，樹色<u>綠漫漫</u>。（唐・白居易《齊雲樓晚望》）

　　　j. 磧分黃渺渺，塞極<u>黑漫漫</u>。（唐・楊巨源《和呂舍人喜張員外自北
　　　　　番回至境上先寄二十韻》）

　　k. 山僧往日未有見處時，<u>黑漫漫地</u>。（《鎮州臨濟慧照禪師語錄》）

　　如見上例（22）ab，「名詞＋漫漫」的句法結構分別變為「性質形容詞＋漫漫」和「動詞＋漫漫」，即「遠漫漫」「流漫漫」。由此可見，原生重疊「漫漫」的意義開始指向性質形容詞「遠」和動詞「流」，以相對於「名詞＋漫漫」，它們更為生動形象。例（22）d 的「白漫漫」也是由「名詞＋漫漫」轉變的，其產生路徑是：「雪＋白＋漫漫」→「雪＋白漫漫」。在這裡「白漫漫」描繪一片白色的雪景，原生重疊「漫漫」的原義已經模糊了。例（22）ef 的「白漫漫」都描繪天色明亮貌，例（22）gi 的「青漫漫」「黑漫漫」都描繪黑暗貌，例（22）h 的「綠漫漫」表示一片綠色。從結構上看，「顏色語素＋漫漫」句法結構中「漫漫」的意義指向由名詞轉移到顏色語素。可以看出，語義搭配超常使原生重疊「漫漫」消失了其本義，以加快「顏色語素＋漫漫」的詞彙化。在這裡，可以值得關注的是「ABB＋地」結構的出現，即例（22）k 的「黑漫漫地」。這是現代漢語「ABB＋的」的前身。在語義上，中古的「黑漫漫地」具有強調義。依據唐慧然集《臨濟錄》（2001）：「臨濟和尚，嗣黃檗，在鎮州。師諱義玄，姓邢，曹南人也。」《中國古今地名大辭典》（1982）：「鎮州，唐置。為成德軍治。五代唐曰真定府。……今河北正定縣治。」〔註9〕「曹南山，在山東曹縣南八十里。」〔註10〕按此，「黑漫漫地」可能受到北方口語的影響。事實上，結構助詞「地」的使用不是侷限於北方地域的。成書於福建泉州的《祖堂集》中也出現「ABB＋地」〔註11〕「AABB＋底／地」的用例。對此，請參見第五章「雙碟式 AABB 式顏色詞的發展」。唐代「顏色語素＋原生重疊＋底／地」結構的出現，給我們顯示漢語顏色詞 ABB 式結構的新發展，即質變。

（23）a. 亭亭山上柏，悠悠遠行客。行客行路遙，故鄉<u>日迢迢</u>。（南朝梁·蕭統《飲馬長城窟行》）

　　　 b. 漫漫三千里，<u>迢迢</u>遠行客。（晉·潘岳《內顧詩》其一）

　　　 c. 秋簷滴滴對床寢，<u>山路迢迢</u>聯騎行。（唐·韋應物《贈令狐士曹》）

〔註9〕謝壽昌等編《中國古今地名大辭典》，臺灣商務印書館，中華民國七十一年十一月壹六版（1982 年），1326 頁。

〔註10〕謝壽昌等編《中國古今地名大辭典》，809 頁。

〔註11〕如《祖堂集·保福和尚》：因舉曹山云：「佛既說一言五百害心生，如何是此言？」師云：「冷侵侵地。」

    d. 憑人寄向江陵去，<u>道路迢迢</u>一月程。（唐・白居易《聞微之江陵臥病以大通中散碧腴垂雲膏寄之因題四韻》）

    e. 久無音信到羅幃，<u>路遠迢迢</u>遣問誰。（唐・張氏《寄夫》其一）

    f. 剩肯新年歸否，江南<u>綠草迢迢</u>。（唐・杜牧《代人寄遠六言二首》其二）

    g. 晴日海霞紅靄靄，曉天江樹<u>綠迢迢</u>。（唐・徐夤《回文詩二首》其二）

    h. 負罪將軍在北朝，秦淮芳草<u>綠迢迢</u>。（唐・錢珝《春恨三首》其一）

    i. 明月斷魂清靄靄，平蕪歸思<u>綠迢迢</u>。（唐・高蟾《春》其二）

    原生重疊「迢迢」見於東漢。如《古詩十九首・迢迢牽牛星》：「迢迢牽牛星，皎皎河漢女。」其語義表示遙遠貌。如見上例，「迢迢遠」「山路迢迢」「道路迢迢」「路遠迢迢」等短語也都表示空間距離上的概念，即長遠的樣子。在中古時期，其語義由空間的概念轉移至時間的概念，例（23）a 的「日迢迢」表示「長久」的意思。在唐代，原生重疊「迢迢」通過超常搭配的方式產生顏色詞 ABB 式「綠迢迢」。在語義上，原生重疊「迢迢」與顏色語素「綠」的意義沒有相關。可是，從具體語境上看，句子中的「歸」→「江南」→「綠草」；「海霞」→「江樹」；「北朝」→「秦淮」→「芳草」；「平蕪」→「歸思」等心理上的移情現象對「綠迢迢」產生新的意義起了積極作用。也就是說，「綠迢迢」裏具有「綠色＋一望無際＋茂盛貌」的含義。由此可見，修辭上的感情移入現象對語境有很強的依賴性，而且在具體語境裏形成的語境意義可以創造新詞與新義。我們認為，唐代的「綠迢迢」處在由臨時性詞語轉化為新詞的過渡狀態，即述補式 ABB 式→附加式 ABB 式。在句法功能上，「綠迢迢」都作謂語。

    （24）a. <u>濛濛</u>夕煙起，奄奄殘暉滅。（南朝梁・何遜《范廣州宅聯句》）

        b. 物象遠<u>濛濛</u>，周回極望中。（唐・子蘭《登樓憶友》）

        c. 月<u>濛濛</u>兮山掩掩，束束別魂眉斂斂。（唐・元稹《通州丁溪館夜別李景信三首》其一）

        d. 柳絮落<u>濛濛</u>，西州道路中。（唐・賈島《送神邈法師》）

        e. 前峰後嶺<u>碧濛濛</u>，草擁驚泉樹帶風。（唐・盧綸《送韋判官得雨中山》）

f. 可憐雲木叢，滿禁<u>碧濛濛</u>。（唐・盧綸《早秋望華清宮中樹因以成詠》）

g. 五陵北原上，萬古<u>青濛濛</u>。（唐・岑參《與高適薛據慈恩寺浮圖》）

原生重疊「濛濛」始見於周代。如《詩經・豳風・東山》：「我來自東，零雨其濛。」西漢嚴忌《哀時命》：「霧露濛濛，其晨降兮。」在語義上，該重疊詞描繪由於下雨或起霧眼前迷茫貌。在中古時期，其描繪的對象擴大：「傍晚的煙霧」「遠處的景物」「迷茫的月色」「飄落的柳絮」等。在語義上，中古的「綠色範疇顏色語素＋濛濛」也反映著原生重疊「濛濛」的原義。只是其描繪的對象不同而已。例（24）e 的「碧濛濛」描寫雨中的山色一片迷茫的樣子；例（24）f 的「碧濛濛」描寫高聳入雲的樹木模糊不清的樣子；例（24）g 的「青濛濛」描寫陵園在漫長歲月中也依然青蔥的樣子，「青濛濛」裏對事物的視覺感知與時間的概念融合在一起。由此可以看出，中古的原生重疊「濛濛」向顏色語素「碧」「青」靠攏，以表達景物顏色的清晰度比較低。換言之，中古的「碧濛濛」「青濛濛」處在由述補式 ABB 式變為附加式 ABB 式的過渡狀態。

（25）a. 人傳陌生桑，未曉已含光。<u>重重</u>相陰映，軟弱自芬芬。（南朝梁・王筠《陌上桑》）

b. 眾山搖落盡，寒翠更<u>重重</u>。（唐・皎然《南池雜詠五首・其四・寒山》）

c. 寺北禪岡猶記得，夢歸長見山<u>重重</u>。（唐・皎然《述夢》）

d. 華山高幢幢，上有高高松。株株遙各各，葉葉相<u>重重</u>。（唐・元稹《松樹》）

e. 故鄉渺何處，雲水<u>重重</u>隔。（唐・白居易《代鶴》）

f. 雲色輕還重，風光淡又濃。向春入二月，花色影<u>重重</u>。（唐・元稹《詠廿四氣詩・雨水正月中》）

g. 緩擊急擊曲未終，暴雨飄飄生坐上。鏗鏗鐺鐺寒<u>重重</u>，盤渦蹙派鳴蛟龍。（唐・牛殳《方響歌》）

h. 峭碧參差十二峰，冷煙寒樹<u>重重</u>。（唐・牛希濟《臨江仙》其一）

i. 羅衫葉葉繡<u>重重</u>，金鳳銀鵝各一叢。（唐・王建《宮詞一百首》其一十七）

　　　　j. 老僧雲中居，石門<u>青重重</u>。（唐・王建《七泉寺上方》）

　　原生重疊「重重」始見於漢代。如漢焦贛《易林・隨之咸》：「受福<u>重重</u>，子孫蕃功。」該重疊詞表示「繁多」的意思。在六朝時期，其語義發生了變化。晉葛洪輯《西京雜記》卷六：「洲上黏樹一株，六十餘圍，望之<u>重重</u>如蓋。」〔註12〕其語義描寫密密層層的樹枝葉。例（25）acdehij 的「重重」也基本具有「層層」的意思。而例（25）bf 的「重重」是由原義產生的引申義，即顏色濃；例（25）g 的「重重」形容響亮的鐘聲。從通感的角度看，「寒重重」是從銅鐘聯想到的觸覺上的感覺經驗和聽覺現象合在一起而成的詞語。在唐代出現的「青重重」描寫石門山顏色青綠而重重疊疊的樣子。從結構上看，「青重重」可以看成兩種類型：一是「青重重」的語義指向前面的「石門」，以顏色語素「青」和原生重疊「重重」之間具有並列關係；二是原生重疊「重重」的語義指向名詞「石山」，同時它指向顏色語素「青」，以該重疊詞對顏色語素「青」增添色彩濃度。也就是說，在這樣的情況下，「青重重」可以說處於由並列式轉變到附加式 ABB 重疊式的過渡狀態。從句法功能上看，「青重重」作謂語。

（四）「狀態形容詞＋原生重疊」→「顏色語素＋原生重疊」

（26）a. <u>浩浩</u>白水，泛泛龍舟。（魏晉・闇丘沖《三月三日應詔詩二首》其二）

　　　　b. 白水<u>漫浩浩</u>，高山壯巍巍。（南朝宋・鮑照《夢還鄉》）

　　　　c. 出門迷轍跡，雲水<u>白浩浩</u>。（唐・戎昱《湖南雪中留別》）

　　　　d. 皇天悲送遠，雲雨<u>白浩浩</u>。（唐・杜甫《送長孫九侍御赴武威判官》）

　　　　e. 嚴霜<u>白浩浩</u>，明月赤團團。（唐・權龍褒《皇太子夏日賜宴詩》）

　　原生重疊「浩浩」始見於上古時期。如《詩經・小雅・雨無正》：「浩浩昊天，不駿其德。」〔註13〕《中庸》：「淵淵其淵！浩浩其天！」西漢劉向《列女傳・齊管妾婧》：「古有《白水》之詩。詩不云乎：『浩浩白水，儵儵之魚。君來召我，我將安居？」該重疊詞形容「廣大無際貌」「水盛大貌」。如見上例，在中古時期也其意義仍然運用。例（26）b 的「漫浩浩」是單音狀態形容詞和原生

〔註12〕依據《西京雜記全譯》（〔晉〕葛洪輯，成林、程章燦譯注，貴州人民出版社，1993年版）中的前言，本文把《西京雜記》視為六朝時期的文獻。

〔註13〕孔穎達疏：「浩浩然，廣大之昊大。」

重疊構成的 ABB 重疊式。在語義上，這裡單音形容詞「漫」的意義是「水漲」「無邊無際」，重疊詞「浩浩」的意思是「一望無際貌」。從語義關係上看，「漫」和「浩浩」具有同義關係。這也是一種語言冗餘現象，這裡面含有心理上的強調義，即語義程度的強化。在結構上，該 ABB 式具有並列關係。在唐代，原生重疊和顏色語素構成 ABB 式，即「白浩浩」。例（26）cd 的「白浩浩」表示「一望無際的白色」，其意義指向「雲水」「雲雨」，同時組塊「白浩浩」中「浩浩」的意義還指向顏色語素「白」。可知，重疊詞「浩浩」對顏色語素「白」添加附加意義。例（26）e 的「白浩浩」表示潔白貌，它和「皓皓」的意義一致。可見，原生重疊「浩浩」的原義已消失，以對顏色語素「白」增添亮度。

（五）「狀態形容詞＋原生重疊」→「性質形容詞＋原生重疊」→「名詞＋原生重疊」→「顏色語素＋原生重疊」

（27）a. 芳葉已<u>漠漠</u>，嘉實復<u>離離</u>。（南朝梁・丘遲《芳樹詩》）

　　　b. 塵里一何盛，街巷<u>紛漠漠</u>。（魏晉・陸機《君子有所思行》）

　　　c. 遠樹曖阡阡，生煙<u>紛漠漠</u>。（《文選・謝朓〈遊東田〉詩》）

　　　d. 噴石似煙<u>輕漠漠</u>，濺崖如雨冷瀟瀟。（唐・徐夤《和尚書詠泉山瀑布十二韻》）

　　　e. 桃飄火燄燄，梨墮<u>雪漠漠</u>。（唐・白居易《落花》）

　　　f. 柳陰裁靡靡，簾影復<u>離離</u>。（梁・李鏡遠《詠日詩》）

　　　g. 春葩<u>雪漠漠</u>，夏果<u>珠離離</u>。（唐・白居易《裴侍中晉公以集賢林亭即事詩三十六韻見贈猥蒙徵和才拙詞繁輒廣為五百言以伸酬獻》）

　　　h. 斫取青光寫楚辭，膩香春粉墨<u>離離</u>。（唐・李賀《昌穀北園新筍四首》其二）

　　　i. 水則遠天相逼，浮雲共色，茫茫無底，<u>溶溶</u>不測。（梁・江淹《哀千里賦》）

　　　j. 春雲春水兩<u>溶溶</u>，倚郭樓臺晚翠濃。（唐・韋莊《春雲》）

　　　k. 灘聲依舊<u>水溶溶</u>，岸影參差對梵宮。（唐・棲蟾《再宿京口禪院》）

　　　l. 二妃哭處山重重，二妃沒後<u>雲溶溶</u>。（唐・牛殳《琵琶行》）

上例顯示，在結構和語義上，「漠漠」「離離」「溶溶」等原生重疊的發展變化趨勢。在語義上，「漠漠」是草木茂盛貌→人煙稠密、煙雲彌漫→雪白的梨花

飄落貌;「離離」是果實多而下垂貌、隱約不顯貌→果實多而下垂貌、分明貌;「溶溶」是水流盛大貌→煙雲盛而飄動貌。在結構上,重疊詞→單音狀態形容詞＋重疊詞→單音性質形容詞＋重疊詞→單音名詞＋重疊詞;重疊詞→單音名詞＋重疊詞。

從這三類 ABB 式的類型變化,我們可以發現,ABB 式的語義特徵有幾點:一是無論 ABB 式是「單音狀態形容詞＋原生重疊」還是「單音性質形容詞＋原生重疊」又或是「單音名詞＋原生重疊」,它們都表狀態義。二是 ABB 式是一種原生重疊的語言變異現象,即變形重疊。在語義功能上,和原生重疊一樣,它們都具有描寫性,以實現語言表達的生動。三是有些「單音名詞＋原生重疊」中,單音名詞和重疊詞之間具有比擬關係。如,例（27）eg 的「雪漠漠」和「珠離離」。

下面是基於上面的原生重疊的「單音顏色詞＋原生重疊」類型。例如:

（28）a. 去年到郡時,麥穗<u>黃離離</u>。（唐・白居易《荅劉禹錫白太守行》）

b. 霜降山水清,王屋十月時。石泉<u>碧漾漾</u>,岩樹<u>紅離離</u>。（唐・白居易《早冬遊王屋寄溫公周尊師中書李相公》）

c. 湖畔春山煙<u>黯黯</u>,雲中遠樹<u>黑離離</u>。（唐・李群玉《長沙春望寄灃陽故人》）

d. 藍岸<u>青漠漠</u>,藍峰<u>碧崇崇</u>。（唐・孟郊《藍溪元居士草堂》）

e. 度霞<u>紅漠漠</u>,壓浪<u>白溶溶</u>。（唐・元稹《表夏十首》其四）

f. 渭水<u>綠溶溶</u>,華山<u>青崇崇</u>。（唐・白居易《旅次華州贈袁右丞》）

g. 冷涵秋水<u>碧溶溶</u>,一片澄明見底空。（唐・吳融《秋池》）

上例（27）的原生重疊「離離」「漠漠」「溶溶」和單音顏色語素構成 ABB 式。在語義上,「黃離離」形容麥穗黃而繁茂;「紅離離」形容霜葉紅豔豔的;「黑離離」形容遠山的樹木模糊不清的樣子;「青漠漠」形容藍溪兩岸青綠茂盛貌;「紅漠漠」形容紅色的雲彩密布的樣子;「白溶溶」形容白色波浪蕩漾貌;「綠溶溶」形容綠色的水流盛大、波浪蕩漾貌;「碧溶溶」形容水清澈蕩漾貌。在結構上,詳見這些 ABB 重疊式,可以發現,中古漢語「單音顏色詞＋原生重疊」類型的產生方式有兩種可能性:一是單音顏色詞代替單音名詞、單音性質形容詞和單音狀態形容詞的方式。例如,「紛漠漠」→「輕漠漠」→「雪漠漠」→「青漠漠」「紅漠漠」;「珠離離」→「黃離離」「紅離離」「黑離

離」;「水溶溶」→「白溶溶」「綠溶溶」「碧溶溶」。二是名詞和原生重疊之間插入單音顏色詞而成「單音顏色詞＋原生重疊」的方式。例如,「麥穗＋離離」→「麥穗＋黃＋離離」→「麥穗＋（黃＋離離）」;「石泉＋漾漾」→「石泉＋碧＋漾漾」→「石泉＋（碧＋洋洋）」;「岩樹＋離離」→「岩樹＋紅＋離離」→「岩樹＋（紅＋離離）」;「度霞＋漠漠」→「度霞＋紅＋漠漠」→「度霞＋（紅＋漠漠）」;「華山＋崇崇」→「華山＋青＋崇崇」→「華山＋（青＋崇崇）」;「秋水＋溶溶」→「秋水＋碧＋溶溶」→「秋水＋（碧＋溶溶）」。實際上,這些句法結構裏沒有顏色詞也是在語義上可以講通的。但是,在單音名詞和原生重疊之間插入單音顏色詞之後,對事物名詞或自然現象的描寫性更為豐富。唐張彥遠在《歷代名畫記·張僧繇》中:「武帝崇飾佛寺,多命僧繇畫之……金陵安樂寺四白龍不點眼睛,每云:『點睛即飛去。』人以為妄誕,固請點之。須臾,雷電破壁,兩龍乘雲騰去上天,二龍未點眼者見在。」如此,在句法結構上,顏色語素「黃」「碧」「紅」「青」就是實現「畫龍點睛效果」的語言成分,使語言表達生動有力。其句法成分的形成機制來自「突顯」。這樣隱藏在語言現象背後的關係有助於我們理解由「單音名詞＋原生重疊」變為「單音顏色詞＋原生重疊」的詞彙演變現象。

（六）「性質形容詞＋原生重疊」→「名詞＋原生重疊」→「狀態形容詞＋原生重疊」→「名詞＋原生重疊」→「顏色語素＋原生重疊」

（29）a. 幽荒<u>邈悠悠</u>,悽愴懷所憐。（三國魏·阮籍《詠懷》其五十八）

　　b. 人生若塵露,天道<u>邈悠悠</u>。（《同上》其六十二）

　　c. 芒山<u>邈悠悠</u>,但見胡地埃。（魏晉·毌丘儉《在幽州詩》）

　　d. <u>夜悠悠</u>而難極。月皦皦而停光。（魏晉·湛方生《秋夜詩》其一）

　　e. 河梁望隴頭,分手<u>路悠悠</u>。（南朝陳·江總《別袁昌州詩二首》其一）

　　f. 銜悲別隴頭,關路<u>漫悠悠</u>。（南朝梁·蕭繹《隴頭水》）

　　g. 大暮<u>杳悠悠</u>,長夜無時節。（南朝宋·鮑照《松柏篇》）

　　h. 倚窗情渺渺,憑檻思<u>悠悠</u>。（隋末唐初·劉斌《登樓望月二首》其二）

i. 慘然歌采薇，曲盡心悠悠。（唐・元季川《登雲中》詩）

j. 風光閒寂寂，旌旆遠悠悠。（唐・白居易《奉和裴令公〈三月上巳日遊太原龍泉憶去歲禊洛〉見示之作》）

k. 相思千萬歲，大運浩悠悠。（唐・劉復《遊仙》）

l. 行行上隴頭，隴月暗悠悠。（唐・李益《觀回軍三韻》）

原生重疊「悠悠」最早見於《詩經・邶風・終風》：「莫往莫來，悠悠〔註14〕我思。」《詩經・王風・黍離》：「知我者，謂我心憂。不知我者，謂我何求。悠悠〔註15〕蒼天，此何人哉。」從語義上看，前者形容「思念貌」，後者形容「遼闊無際」「遙遠」。《說文》解釋為「悠，憂也。從心攸聲。」我們對《說文》的解釋有疑惑。悠字屬於形聲字，即「心」表義，「攸」表音，把「悠」的本義怎麼能解釋為「憂」呢？《說文》解釋為：「攸，行水也。」段玉裁注：「水之安行為攸。」按照音聲求義法，「攸」「悠」「滺」都上古音為餘母幽部。《玉篇》解釋為「滺，水流貌。」《集韻》解釋為「滺，通作悠。」《詩經・衛風・竹竿》：「淇水滺滺，檜楫松舟。」由此可見，「攸」跟「悠」「滺」等詞同源，原義素為水慢慢流動的樣子，它們音同義通。〔註16〕我們認為，上面提到的「一望無際」「遙遠」義是由水的流動引申而來的。

在戰國時期，原生重疊「悠悠」的意義發生了變化。如《楚辭・九辯》：「去白日之昭昭兮，襲長夜之悠悠。」該重疊詞表示「久長」「久遠」的意思。在這裡「悠悠」的意義變化路徑是由空間上的意義轉變到時間上的意義。其語義變化的產生機制來自「隱喻」和「聯想」。如見上例，在中古時期，原生重疊「悠悠」和性質形容詞、狀態形容詞、名詞構成ABB式句法結構。如，「邈悠悠」「遠悠悠」「夜悠悠」「路悠悠」「漫悠悠」「浩悠悠」「杳悠悠」「暗悠悠」「思悠悠」「心悠悠」，等等。除了「杳悠悠」「暗悠悠」，其他ABB式的句法語義和原生重疊的原義基本相通。在這裡，單音性質形容詞、單音狀態形容詞、名詞等語言成分使語言表達更為生動、形象、具體。在這一時期新產生的「杳悠悠」「暗悠悠」形容黝黑、幽暗貌，這是「夜悠悠」的引申義。

〔註14〕鄭玄箋：言我思其如是，心悠悠然。

〔註15〕毛傳：「悠悠」，遠意。

〔註16〕按照《墨子・尚賢下》：「其所罰者，亦無罪，是以使百姓皆攸心解體。」《漢書・敘傳》：「主人攸爾而笑曰。」晉陶潛《飲酒》詩之五：「採菊東籬下，悠然見南山。」「攸心」「攸爾（攸然）」「悠然」等詞義都是「攸」的引申義。其意義是閒適貌。

　　原生重疊「悠悠」又和名詞「水」經常連用來構成 ABB 式「水悠悠」。例如：

（30）a. 白水<u>悠悠</u>，青原廡廡。（南朝梁・虞羲《贈何錄事諲之詩十章》）

　　　b. 相思路渺渺，獨夢<u>水悠悠</u>。（唐・皎然《與盧孟明別後宿南湖對月》）

　　　c. 湖之山兮樓上見，山冥冥兮<u>水悠悠</u>。（唐・皎然《奉同顏使君真卿清風樓賦得洞庭歌送吳鍊師歸林屋洞》）

　　　d. 捲簾霜靄靄，滿目<u>水悠悠</u>。（唐・司空曙《秋夜憶興善院寄苗發》）

　　　e. 從此向南無限路，雙旌已去<u>水悠悠</u>。（唐・劉長卿《送建州陸使君》）

　　　f. <u>溪水悠悠</u>春自來，草堂無主燕飛回。（唐・劉禹錫《傷愚溪三首》其一）

　　在語義上，「水悠悠」和上面提到的「邈悠悠」「遠悠悠」「路悠悠」「漫悠悠」「浩悠悠」等 ABB 式句法結構的意義基本相通。例（30）f 的「悠悠」形容水流緩慢的樣子。值得關注的是，「水悠悠」處於由「名詞＋悠悠」轉變到「顏色語素＋悠悠」的過渡狀態。例如：

（31）a. 長堤春水<u>綠悠悠</u>，畎入漳河一道流。（唐・王之渙《宴詞》）

　　　b. 霅水<u>碧悠悠</u>，西亭柳岸頭。（唐・張籍《霅溪西亭晚望》）

　　　c. 秦原在何處，澤國<u>碧悠悠</u>。（唐・杜牧《曉望》）

　　　d. 溪水<u>碧悠悠</u>，猿聲斷客愁。（唐・鄭紹《遊越溪》）

　　　e. 蜀江波影<u>碧悠悠</u>，四望煙花匝郡樓。（唐・高駢《錦城寫望》）

　　　f. 長日老春看落盡，野禽閒嘯<u>碧悠悠</u>。（唐・崔櫓《題山驛新桐花》）

　　　g. 煙島青歷歷，藍田<u>白悠悠</u>。（唐・陳陶《海昌望月》）

　　從例（31）中可以看出，「顏色語素＋悠悠」類型的 ABB 式都是由「水悠悠」轉變的。像「漫悠悠」「浩悠悠」「水悠悠」等短語那樣，「綠悠悠」「碧悠悠」「白悠悠」等 ABB 式也和「水」有密切關係。在語言環境的影響下，顏色語素代表「綠水」「碧水」「白水」等特定對象，以形成了和「悠悠」融合性很強的條件。在語義上，「綠悠悠」和「碧悠悠」沒有什麼差異，這只是反映著顏色義的模糊性。考慮到使用頻率、詞和詞之間的融合性和緊密性程度，「綠悠悠」「碧悠悠」「白悠悠」等 ABB 式已經詞彙化。

（七）顏色語素＋甲類疊音原生重疊

如見上述，甲類原生重疊借助於表音手段去表達某種對象的狀態義。這類原生重疊也是成為中古漢語 ABB、BBA 式顏色詞的主要成員。例如：

（32）a. 蒲梢獵獵燕<u>差差</u>，數里溪光日落時。（唐·羅隱《題袁溪張逸人所居》）

　　　b. 綠渚幽香注白蘋，<u>差差</u>小浪吹魚鱗。（唐·溫庭筠《東郊行》）

　　　c. 移舟水濺<u>差差</u>綠，倚檻風搖柄柄香。（唐·鄭谷《蓮葉》）

　　　d. 開口論利害，劍鋒<u>白差差</u>。（唐·韓愈《送張道士》）

原生重疊「差差」早見於西周。據《詩經·國風·周南·關雎》：「<u>參差</u>荇菜，左右流之。」《詩經·邶風·燕燕》：「燕燕于飛，<u>差池</u>其羽。」《漢書·司馬相如傳上》：「深林巨木，嶄岩<u>參差</u>。」魏晉傅玄《輓歌》：「芒芒丘墓間，松柏鬱<u>參差</u>。」三國魏·阮籍《詠懷》詩之五一：「不見南飛燕，羽翼正<u>差池</u>。」唐李賀《江樓曲》：「蕭騷浪白雲<u>差池</u>，黃粉油衫寄郎主。」，在語義上，原生重疊「差差」與上古漢語的雙聲詞「參差」和疊韻詞「差池」基本一致。在時間先後關係上，雙聲詞「參差」和疊韻詞「差池」先於原生重疊「差差」。可以看出，原生重疊「差差」源於雙聲詞「參差」和疊韻詞「差池」。〔註17〕周法高（1973）認為，「參差」屬於雙聲重疊，「差池」屬於疊韻重疊。〔註18〕這表明，原生重疊「差差」是由雙聲疊韻轉變的語音變化現象的產物。在語義上，例（32）a 至 c 中的「差差」含有原生重疊的原義。例（32）c 的「差差綠」描繪不齊貌而帶綠色的蓮葉，其句法結構具有並列關係。例（32）d「白差差」中的「差差」音綴化，消失其原義，它表示刀劍鋒利貌。由此可見，「白差差」已詞彙化。

（33）a. 去年到郡時，麥穗<u>黃離離</u>。（唐·白居易《荅劉禹錫白太守行》）

　　　b. 石泉碧漾漾，岩樹<u>紅離離</u>。（唐·白居易《早冬遊王屋寄溫公周尊

〔註17〕雙聲詞「參差」，到近古時期和顏色語素「白」構成「白參差」。例如，宋孔平仲《舟行卻回》：「逆風颯颯初尚微，浪頭已高白參差。」；元李存《次韻戚總管賦雪》：「坐令萬瓦白參差，人在蓬萊水晶殿。」；明李昱《吳將軍歌贈邁善鄉》：「磨牙白參差，吮人肌血豺虎同。」；明郭之奇《春閨八首》其三：「桃花紅爛熳，李花白參差。」；明黎景義《十僧詩和曾子唯》其六：「延齡忘鳳歷，微髮白參差。」

〔註18〕周法高《中國古代語法（構詞編）》，臺聯國風出版社，中華民國六十一年三月重刊（1972 年），133、135 頁。

師中書李相公》)

  c. 湖畔春山煙黯黯，雲中遠樹<u>黑離離</u>。(唐・李群玉《長沙春望寄澧陽故人》)

  疊音原生重疊「離離」最早見於周代。如《詩經・王風・黍離》：「彼黍離離，彼稷之苗。」《詩經・小雅・湛露》：「其桐其椅，其實離離。」其意義是盛多貌。在語義上，「黃離離」和「紅離離」裏還保留著「離離」的原義，而「黑離離」中的「離離」，其原義已經消失。由此可見，在中古時期疊音原生重疊「離離」開始進入音綴化的軌道。

  （34）a. <u>老冉冉</u>其將至兮，恐脩名之不立。(戰國楚・屈原《離騷》)

   b. <u>壽冉冉</u>而日衰兮，固儃回而不息。(漢・賈誼《惜誓》)

   c. <u>日月冉冉</u>，歲不我與。(三國魏・吳質《答魏太子箋》)

   d. 柔條<u>紛冉冉</u>，葉落何翩翩。(三國魏・曹植《美女篇》)

   e. <u>冉冉</u>三光馳，逝者一何速。(魏晉・司馬彪《贈山濤詩》)

   f. 華光獨<u>冉冉</u>，旭日漸曈曈。(唐・元稹《會真詩三十韻》)

   g. 槍旗<u>冉冉</u>綠叢園，穀雨初晴叫杜鵑。(唐・齊己《聞道林諸友嘗茶因有寄》)

   h. 綠圍空階<u>雲冉冉</u>，異禽靈草水潺潺。(唐・貫休《山居詩二十四首》其一)

   i. 苦竹園南椒塢邊，<u>微香冉冉</u>淚涓涓。(唐・李商隱《野菊》)

   j. 風含翠筱娟娟靜，雨裛<u>紅蕖冉冉</u>香。(唐・杜甫《狂夫》)

   k. 花落扁舟<u>香冉冉</u>，草侵公署雨脩脩。(唐・貫休《送薛侍郎貶峽州司馬》)

   l. 孔雀眠高閣，櫻桃拂短簷。畫明<u>金冉冉</u>，箏語玉纖纖。(唐・溫庭筠《偶題》)

  如見上例，疊音原生重疊「冉冉」的意義變化比較頻繁。在上古時期，「冉冉」的原義表示時光漸漸流逝的意思。在中古時期，其意義變化是：「柔弱貌」「下垂貌」→「光彩閃動貌」→「草木茂盛貌」→「浮雲慢慢移動的樣子」「花香彌漫貌」→「鮮明貌」「光亮閃動貌」。由此可見，疊音重疊詞「冉冉」的意義取決於鄰近的名詞。這意味著該重疊詞通過表音功能來對名詞的語義特徵進

行描寫。其產生機制來自通過通感要素的複合作用的聯想強化效應。從語義上看，例（34）l的顏色詞「金冉冉」描寫金黃光閃動的樣子。

（35）a. 亭亭山上松，瑟瑟谷中風。（三國魏・劉楨《贈從弟》詩之二）

　　　b. 亭亭似月，嬺婉如春。（南朝梁・沈約《麗人賦》）

　　　c. 明珠為日紅亭亭，水銀為河玉為星。（唐・鮑溶《倚瑟行》）

　　原生重疊「亭亭」見於漢代。如《文選・漢張衡〈西京賦〉》：「干雲霧而上達，狀亭亭以苕苕。」其意義是高聳貌。如見上例，在中古時期，「亭亭」的意義發生了變化：「直立貌」→「明亮貌」。例（35）c的「紅亭亭」可以解釋為兩種：一是在句法結構上「紅」和「亭亭」具有並列關係。換言之，顏色語素「紅」和重疊詞「亭亭」的語義都指向前面的名詞「日」。重疊詞「亭亭」表示明亮貌，其實意沒有消失。二是在名詞「日」和重疊詞「亭亭」之間嵌入顏色語素「紅」之後，重疊詞「亭亭」音綴化。也就是說，「亭亭」通過表音功能來對顏色義添加功能詞義，即鮮豔度，以使「紅亭亭」促成由句法轉化為構詞法。

（八）顏色語素＋擬聲原生重疊

（36）a. 草槭槭以疏葉，木蕭蕭以零殘。（魏・夏侯湛《寒苦謠》）

　　　b. 風蕭蕭而異響，雲漫漫而奇色。（南朝・江淹《別賦》）

　　　c. 古刀寒鋒青槭槭，少年交結平陵客。（唐・韋應物《寇季膺古刀歌》）

　　　d. 隴草蕭蕭白，洮雲片片黃。（唐・杜甫《寄彭州高三十五使君適虢州岑二十七長史參三十韻》）

　　例（36）a的新生重疊「槭槭」和原生重疊「蕭蕭」都是借助於語言的表音手段來構成的詞語。從語義上看：「槭槭」是葉落聲；「蕭蕭」是風聲、草木搖落聲。它們與草木連用來表示草木凋零的意思。例（36）c的「青槭槭」是擬聲重疊「槭槭」與顏色語素「青」構成的附加式結構。雖然顏色語素「青」與擬聲重疊「槭槭」沒有語義上的關係，但「槭槭」的表音功能使性質形容詞「青」帶有狀態義。結果，「青槭槭」具有描繪性，其語義表示刀刃的寒光閃爍貌。在唐代，該詞語就出現一次。但是，它給我們提示「顏色語素＋擬聲重疊」類型ABB式的形成規律及其語義功能的變化過程。與此不同，例（36）d的BBA式

「蕭蕭白」表示草木凋零、衰得白，「蕭蕭」的實意沒消失。後來，從此引申為花白稀疏的樣子。例如，「蕭蕭白髮」「白髮蕭蕭」等等。

（37）a. 穀水潺潺，木落翩翩。（三國魏・曹丕《丹霞蔽日行》）

　　　b. 雲從岩嶂起，瀑布水潺潺。（唐・拾得《詩》其五十四）

　　　c. 靄靄雲生峰，潺潺水流石。（唐・馮道之《山中作》）

　　　d. 澗水潺潺聲不絕，溪壟茫茫野花發。（唐・九華山白衣《吟》）

　　　e. 門前襄水碧潺潺，靜釣歸來不掩關。（唐・皮日休《秋晚訪李處士所居》）

　　　f. 曉色入樓紅藹藹，夜聲尋砌碧潺潺。（唐・趙嘏《宛陵寓居上沈大夫二首》其一）

　　　g. 千樹夜花光燦爛，一溪流水綠潺潺。（《敦煌變文集新書・八相變》）

擬聲原生重疊「潺潺」始見於漢代，其意義表示水流聲。如東漢桓譚《新論新輯本・琴道》：「禹操者，昔夏之時，洪水襄陵沈山，禹乃援琴作操，其聲清以溢，潺潺，志在深河。」《說文》的解釋：「潺，水聲，從水孱聲。」，擬聲原生重疊「潺潺」中的「潺」本身具有水聲的含義。上古時期，「潺」和「湲」連用來形容水流貌。如《楚辭・九歌・湘夫人》：「荒忽兮遠望，觀流水兮潺湲。」西漢王褒《九懷・其一・匡機》：「桂水兮潺湲，揚流兮洋洋。」西漢劉徹《瓠子歌》：「河湯湯兮激潺湲。北渡回兮迅流難。」《說文》的解釋：「湲，潺湲，水聲。從水爰聲。」由此可見，擬聲原生重疊「潺潺」由疊韻詞「潺湲」分化的產物。同樣，始見於漢代的「湲湲」也如此。如《文選・枚乘〈七發〉》：「橫暴之極，魚鱉失勢，顛倒偃側，沈沈湲湲，蒲伏連延。」在近古出現的「潺潺湲湲」也是其證據。如宋釋正覺《偈頌二百零五首》其六：「溶溶曳曳山上雲，潺潺湲湲山下水。」例（37）fe 的「碧潺潺」和（37）g 的「綠潺潺」是在聽覺和視覺的相互作用下產生的「顏色語素＋擬聲原生重疊」類型的 ABB 式。與「水潺潺」相比，它們更為富於生動性和形象性。從不同的角度看，「碧潺潺」「綠潺潺」又可以看成是由聽覺變為視覺的過渡狀態。換言之，「潺潺」本義的弱化促成了「顏色語素＋潺潺」的詞彙化。

（38）a. 風颯颯兮木蕭蕭，思公子兮徒離憂。（《楚辭・九歌・山鬼》）

　　　b. 春盡風颯颯，蘭凋木修修。（南朝齊・王融《思公子》）

c. 林中電兮雨冥冥。江上風兮<u>木颯颯</u>。（南朝梁・江淹《雜三言五首・
其四・悅曲池》）

d. 高柯細葉<u>動颯颯</u>，乍聽幽颼如有聲。（唐・皎然《觀裴秀才松石障
歌》）

e. 寒山<u>颯颯</u>雨，秋琴泠泠弦。（唐・白居易《松聲》）

f. 秋葉風吹<u>黃颯颯</u>，晴雲日照白鱗鱗。（唐・張諤《九日宴》）

擬聲原生重疊「颯颯」見於戰國時期，該重疊詞主要形容風聲。例（38）
cd 的「颯颯」都形容風吹草木樹葉搖動的聲音，例（38）e 的「颯颯」模擬雨
聲。例（38）f 的「黃颯颯」表示風吹黃葉搖動的聲音，即落葉聲。該詞語在唐
代出現一次，以後沒發現。擬聲原生重疊「颯颯」主要和「風」連用或獨立運
用。可以看出，「黃颯颯」是為了表達「秋葉＋風聲」的組合義產生的臨時性詞
語。

（九）顏色語素＋量詞原生重疊

（39）a. 沙洲半藜草，飛鷺<u>白雙雙</u>。（唐・姚鵠《野寺寓居即事二首》其二）

b. 桂樹<u>綠層層</u>，風微煙露凝。（唐・許渾《晨起二首》其一）

c. 匡阜<u>層層翠</u>，修江疊疊波。（唐・貫休《秋末入匡山船行八首》其
四）

d. 多情為謝殘陽意，與展晴霞<u>片片紅</u>。（唐・無名氏《雜詩》其十）

e. 葉亂田田綠，蓮餘<u>片片紅</u>。（唐・趙嘏《秋日吳中觀貢藕》）

f. 小亭愁坐對殘陽，梧葉翻階<u>片片黃</u>。（唐末宋初・李昉《攀和嘉
篇》）

上面所舉的例子是「顏色語素＋量詞重疊」類型的 ABB、BBA 式，它們
都具有狀態義。原生量詞重疊「雙雙」見於《公羊傳・宣公五年》（可以參看
第三章「非顏色語素的原生重疊」），該詞表示成雙的意思。我們認為，例（39）
a 的「白雙雙」是名詞「鷺」為中心詞，通過「移位」的方式來構成的 ABB 式，
即由「雙雙白鷺」轉變到「鷺白雙雙」的句法結構。這裡「白」與「雙雙」的
語義都指向名詞「鷺」。新生量詞重疊「層層」見於《敦煌變文・維摩詰經講
經文》：「斷隊仗高低滿路排，層層節節映金臺，金爐玉案空中現，龍節幢幡霧
裏開。」它表示一層又一層的意思。例（39）bc 中的「綠層層」「層層綠」分

別描繪「桂樹」與「匡阜」。顏色語素與量詞重疊之間具有並列關係。新生量詞重疊「片片」見於南北朝何處士《敬酬解法師所贈詩》:「雨時時落,香雲片片多。」它表示一片一片的意思。該重疊詞主要描寫雲彩、花瓣、樹葉、山峰等形貌。例(39)d 至 f 中的 BBA 式「片片紅」「片片黃」的語義分別指向「霞」「蓮」「梧葉」等名詞。可以看出,「顏色語素＋量詞重疊」「量詞重疊＋顏色語素」類型是一種在漢語語序上對「量詞重疊＋顏色語素＋名詞」「名詞＋顏色語素＋量詞重疊」類型的「移位現象」〔註19〕的反映。詳見上例(39),它們具有「名詞＋顏色語素＋量詞重疊」或「名詞＋量詞重疊＋顏色語素」結構,不管是 ABB 式還是 BBA 重疊式,它們都作謂語,以對前面的名詞添加形象性。這表明,以名詞為中心詞的「顏色語素＋量詞重疊」類型的「移位現象」可以使語言表達生機盎然。

(十)顏色語素＋名詞原生重疊

名詞重疊利用語義的具體性效應來對語言表達帶來形象性和生動性。例如:

(40)a. 江南可採蓮,蓮葉何<u>田田</u>。(《樂府詩集‧相和歌辭一‧江南》)

　　　b. 蓮葉<u>蔓田田</u>,菱花動搖漾。(南朝梁‧王筠《北寺寅上人房望遠岫玩前池詩》)

　　　c. 野<u>田田</u>而虛翠,水湛湛而空碧。(南朝梁‧江淹《水上神女賦》)

　　　d. 今來淨綠水照天,遊魚鱍鱍蓮<u>田田</u>。(唐‧白居易《昆明春水滿》)

　　　e. 葉亂<u>田田綠</u>,蓮餘片片紅。(唐‧趙嘏《秋日吳中觀貢藕》)

如見上例,原生重疊「田田」始見於漢代,該詞主要形容荷葉盛密的樣子。雖然找不到「田田」產生的理據,但該重疊詞讓人聯想到莊稼長得好的農田。據例(40)c,在中古時期,「田田」又用來描寫豐盛的野草。如前所述,表示「濃密貌」「茂盛貌」「豐盛貌」的原生重疊,在語境不同的情況下,可以看成是對顏色語素添加附加意義的成分。例如,唐元稹《張舊蚊幬》:「昔透香田田,今無魂惻惻。」這裡「田田」形容香氣濃郁貌。按此,例(40)e 的「田田綠」描繪荷葉鮮碧的樣子。

〔註19〕參見劉海平《漢代至隋唐漢語語序研究》,北京:中國社會科學出版社,2014 年 12月第 1 版,123 頁。

（41）a. 采三秀兮於山間，<u>石磊磊</u>兮葛蔓蔓。（《楚辭·九歌·山鬼》）

　　　 b. 路邊何所有，<u>磊磊</u>青淥石。（唐·姚合《杏溪》詩之五）

　　　 c. 精衛誰教爾填海，海邊石子<u>青磊磊</u>。（唐·王建《精衛詞》）

按照《說文》的解釋：「磊，眾石，從三石。」由此可見，「磊」本身具有石頭多的意思。原生重疊「磊磊」的意義也與此基本一致。例（41）c的「青磊磊」形容石頭青而聚積的樣子。在句子中作謂語，以對前面的名詞表示新信息。其語義焦點在「青磊磊」上。

（42）a. 泰山<u>岩岩</u>，魯邦所詹。（《詩經·魯頌·閟宮》）

　　　 b. 嵩崖<u>岩岩</u>，洪流湯湯。（晉·何劭《洛水祖王公應詔詩》）

　　　 c. <u>岩岩</u>山高，湛湛水深。（南朝梁·蕭衍《贈逸民詩》其一十一）

　　　 d. 楚山<u>碧岩岩</u>，漢水碧湯湯。（唐·白居易《遊襄陽懷孟浩然》）

　　　 e. 關塞<u>碧岩岩</u>，伊流清潺潺。（唐·白居易《晚歸香山寺因詠所懷》）

　　　 f. 應怕<u>碧岩岩</u>下水，浮藤如線月如鉤。（唐·來鵬《遊魚》）

據上例，原生重疊「岩岩」形容高峻的山崖、高聳貌。例（42）de的「碧岩岩」對前面的「楚山」「關塞」的山色和山勢進行描寫，以令人覺得生動有力。例（42）f的「碧岩岩」具有指代性，即青而高俊的山崖。這是基於象似性聯想的。

（43）a. 麥秀漸漸兮，禾黍<u>油油</u>。（《史記·宋微子世家》）

　　　 b. 自我天覆，雲之<u>油油</u>。（《史記·司馬相如列傳》）

　　　 c. 歎曰：江湘<u>油油</u>長流汨兮。（《楚辭·劉向〈九歎·其五·惜賢〉》）

　　　 d. 循彼南陔，厥草<u>油油</u>。（晉·束晰《補亡詩六首·其一·南陔》）

　　　 e. 春天潤九野，卉木<u>渙油油</u>。（魏晉·陳琳《詩》）

　　　 f. 春生露泥泥，天覆<u>雲油油</u>。（南朝梁·庾肩吾《三日侍蘭亭曲水宴》詩）

　　　 g. 稻黃撲撲<u>黍油油</u>，野樹連山澗自流。（唐·盧殷《雨霽登北岸寄友人》）

　　　 h. 郡齋無事好閒眠，粳稻<u>油油綠</u>滿川。（唐·盧綸《送從叔牧永州》詩）

　　　 i. 感陽春兮生碧草之<u>油油</u>，懷宇宙以傷遠，登高臺而寫憂。（唐·陳子昂《春臺引》）

　　　j. 天色低澹澹，池光漫<u>油油</u>。（唐・元稹《韋氏館與周隱客杜歸和泛
　　　　舟》詩）

　　如見上例，原生重疊「油油」已見於漢代。在語義上，該重疊詞主要表示
兩個義項：一是描寫植物茂盛而色澤光潤的樣子；二是描寫雲或水流動的樣
子，語義上和「悠悠」的意思基本相通，即流水貌。可見，重疊詞「油油」的
產生目的在於，借用名詞「油」中含有的語義特徵來描寫與「油」無關的事物
呈現出的細微的外觀性狀，即滑動、光潤和濃密貌。從例（43）d 至 i 中可以
看出，語義上中古的「油油」和上古基本一致。其中例（43）h 的「油油綠」，
在結構上具有偏正關係，以重疊詞「油油」對顏色語素「綠」添加附加意義，
即色澤。其語義表示濃綠而潤澤的樣子。這一時期，「油油綠」就出現一次，
沒發現。據考察，在宋代以後，同義詞「油綠」代替「油油綠」來頻繁使用。
例（43）j 的「漫油油」描寫池水光潤的樣子。可見，在中古時期，原生重疊
「油油」的所指對象的範圍擴大。在句法功能上，「油油綠」修飾後面的動詞
「滿」，以該 BBA 式作狀語。

（44）a. <u>明星熒熒</u>，開妝鏡也。（唐・杜牧《阿房宮賦》）

　　　b. 風光漸漸草中飄，<u>日彩熒熒</u>水上搖。（唐・尹懋《同燕公汎洞庭》）

　　　c. 前村半夜聞吼聲，何人按劍<u>燈熒熒</u>。（唐・齊已《猛虎行》）

　　　d. 掩樹半扉晴靄靄，背琴殘燭<u>曉熒熒</u>。（唐・陸龜蒙《寄懷華陽道
　　　　士》）

　　　e. 夜悄悄，<u>燭熒熒</u>，金爐香盡酒初醒。（唐・歐陽炯《赤棗子》其一）

　　　f. 空堂留燈燭，四壁<u>青熒熒</u>。（唐・張籍《臥疾》）

　　原生重疊「熒熒」已見於戰國時期。例如，《文選・宋玉〈高唐賦〉》：「玄
木冬榮，煌煌熒熒。」李善注：「煌煌熒熒，草木花光也。」《史記・趙世家》：
「美人熒熒兮，顏若苕之榮。」東漢秦嘉《贈婦詩》：「飄飄帷帳，熒熒華燭。」
等等。可見，重疊詞「熒熒」描寫光彩豔麗的樣子、燭火閃動的樣子、星光閃
爍的樣子，而且從上古逐漸擴大其義項。如見上例，在語義上，中古的「熒熒」
也是主要和帶有光彩的對象一起出現，以形成了其詞的典型意義。在唐代出現
的「青熒熒」描寫青光閃動的樣子，語義上該重疊詞與「青熒」相同。所以，
「青熒熒」的產生方式除了「A＋BB」式以外，還可重疊為「AB＋B」式，即
「青熒」→「青熒熒」。對此，可以參見第四章「後生重疊」。在結構上，「青熒

熒」是述補式 ABB 式。在句法功能上，該重疊式作謂語。

二、「顏色語素＋新生重疊」類型

（45）a. 龍腦氤氳香撲撲，玉爐旋捧色皚皚。（《敦煌變文·維摩詰經講經文》）

　　　b. 風擺野花香撲撲，水澄絲柳影鱗鱗。（唐·汪仲陽《奉贈葉□郎新湖詩》）

　　　c. 杜鵑啼時花撲撲，九江三月杜鵑來。（唐·白居易《山石榴寄元九》）

　　　d. 浪喜遊蜂飛撲撲，伴驚孤燕語喃喃。（唐·光威裒《聯句》）

　　　e. 霜空正沈寥，濃翠霏撲撲。（唐·吳融《綿竹山四十韻》）

　　　f. 後嶺翠撲撲，前溪碧泱泱。（唐·杜牧《郡齋獨酌》）

　　　g. 稻黃撲撲黍油油，野樹連山澗自流。（唐·盧殷《雨霽登北岸·寄友人》）

　　擬聲重疊「撲撲」始見於唐代。詳見上例，這一詞通過表音手段來產生了多樣的語義功能。換言之，新生重疊「撲撲」的語義功能取決於和它連用的單音名詞、單音動詞以及單音形容詞的意義。例（45）a 至 c 的 ABB 式都是「單音名詞＋撲撲」類型，從語義上看：「香撲撲」是香氣四溢貌、香氣濃郁；「花撲撲」是鮮花盛開的樣子。「香撲撲」與在同時代存在的「香馥馥」可以互相代替。例（45）d 的 ABB 式是「單音動詞＋撲撲」類型，其語義表示不停地飛來飛去的樣子。例（45）e 至 g 的 ABB 式都是「單音狀態形容詞＋撲撲」類型，從語義上看：「霏撲撲」是竹葉茂盛的樣子，這裡「霏」表示「菲」的意思；「翠撲撲」是草木蒼翠貌；「黃撲撲」是稻子黃熟貌。〔註20〕由此可見，在唐代出現的新生重疊「撲撲」作後綴，對前面的核心詞「A」增添附加意義，使它更為豐富形象性和生動性。石鋟（2010）認為，「音綴化是指 ABB 中的擬聲語素由擬聲發展到不擬聲的過程。」〔註21〕我們對此觀點基本同意。事實上，上古的甲類疊音重疊也如此。也就是說，因為通過表音功能來對顏色語素添加附加意義的方式相似，該類疊音重疊實意的弱化或消失現象也可以看成是音綴化。

〔註20〕汪維懋編《漢語重言詞詞典》，北京：軍事誼文出版社，1999 年 12 月第 1 版，612 頁。
〔註21〕石鋟《漢語形容詞重疊形式的歷史發展》，北京：商務印書館，2010 年 7 月第 1 版，217 頁。

（46）a. 賢聖讚揚<u>千簇簇</u>，天人歡喜萬叢叢。（《敦煌變文集‧妙法蓮華經講
經文》）

b. 分分空裏絃歌鬧，<u>簇簇</u>雲中錦繡堆。（《敦煌變文集‧維摩詰經講經
文》）

c. 一架紫藤<u>花簇簇</u>，雨微微。（《敦煌曲子詞‧浣溪沙》）

d. <u>簇簇</u>枝新黃，纖纖攢素指。（唐‧元稹《西齋小松二首》其二）

e. 水環環兮<u>山簇簇</u>，啼鳥聲聲婦人哭。（唐‧元稹《通州丁溪館夜別
李景信三首》其二）

新生重疊「簇簇／蔟蔟」始見於唐五代。在語義上，該重疊詞形容叢列貌、
草木茂盛貌、山叢列貌等。在句法功能上，它主要作謂語或定語。在結構上，
「名詞＋新生重疊」再變為「顏色語素＋新生重疊」結構的 ABB、BBA 式。例
如：

（47）a. 礙日暮山<u>青蔟蔟</u>，漫天秋水白茫茫。（唐‧白居易《登西樓憶行
簡》）

b. 巴水白茫茫，楚山<u>青簇簇</u>。（唐‧白居易《和夢遊春詩一百韻》）

c. 水蓼冷花<u>紅蔟蔟</u>，江蘺濕葉碧萋萋。（唐‧白居易《雜曲歌辭‧其
三‧竹枝》）

d. 天畔晚峰<u>青簇簇</u>，檻前春樹碧團團。（唐‧韋莊《登漢高廟閒眺》）

e. 天畔峨嵋<u>簇簇青</u>，楚云何處隔重扃。（唐‧韋莊《奉和觀察郎中春
暮憶花言懷見寄四韻之什》）

f. 夢中乘傳過關亭，南望蓮峰<u>簇簇青</u>。（唐‧韋莊《夢入關》）

從例（47）a 至 d 的「青蔟蔟」「青簇簇」「紅蔟蔟」可以看出，顏色語素
「青」和「紅」都是由前面的事物名詞聯想到的。也就是說，其產生路徑是事
物名詞和新生重疊之間嵌入顏色語素的。「暮山＋蔟蔟」→「暮山＋青＋蔟蔟」
→「暮山＋（青＋蔟蔟）」；「楚山＋簇簇」→「楚山＋青＋簇簇」→「楚山＋（青
＋簇簇）」；「花＋蔟蔟」→「花＋紅＋蔟蔟」→「花＋（紅＋蔟蔟）」；「晚峰＋
簇簇」→「晚峰＋青＋簇簇」→「晚峰＋（青＋簇簇）」。在語義上，該些「顏
色語素＋新生重疊」結構的意義都指向前面的事物名詞。同時，組塊裏面中的
重疊詞的意義還指向顏色語素。這說明，和顏色語素構成 ABB 式的新生重疊逐
漸由句法成分轉化為附加成分，即「簇簇／蔟蔟」增強顏色濃度。在結構上，

顏色語素和新生重疊之間具有並列關係。與此不同，例（47）ef 的「簇簇青」新生重疊詞和顏色語素之間具有偏正關係，以「簇簇」對顏色語素「青」增添顏色濃度。在句法功能上，無論是 ABB 式還是 BBA 式，它們都對前面的具體名詞進行描寫，以作謂語。

可以看出，不同的句法結構可以導致句法語義的變化，句法語義因素的變化可以影響詞彙單位的弱化。如，從共同語義上看，「萋萋」「簇簇」「簇簇」「芊芊」等重疊詞都形容草木濃密貌。這一語義很容易變成表示顏色濃度的附加意義，即功能詞義。所以，這樣的形態變化和語義變化可以促成句法單位的詞彙化或實詞的語法化。

（48）a. 引儺綏旆亂毿毿，戲罷人歸思不堪。（唐·元稹《除夜酬樂天》）

　　　b. 鬢毛不覺白毿毿，一事無成百不堪。（唐·白居易《除夜寄微之》）

　　　c. 酒姥溪頭桑嬝嬝，錢塘郭外柳毿毿。（唐·施肩吾《春日錢塘雜興二首》其一）

　　　d. 晴煙漠漠柳毿毿，不那離情酒半酣。（唐·韋莊《古離別》）

　　　e. 松蓋遮門寒黯黯，柳絲妨路翠毿毿。（唐·徐鉉《宿蔣帝廟明日遊山南諸寺》）

　　　f. 紺髮垂纓光髼髼，細鬝綠頷綠茸茸。（唐·令狐楚《贈毛仙翁》）

　　　g. 物老顏色變，頭毛白茸茸。（唐·白居易《和荅詩十首·其四·和大觜烏》）

　　　h. 秋花紫濛濛，秋蝶黃茸茸。（唐·白居易《秋蝶》）

新生重疊「毿毿」始見於《詩經·陳風·宛丘》「值其鷺羽」三國吳陸璣疏：「白鷺，大小如鷗，青腳高尺七八寸，尾如鷹尾，喙長三寸許，頭上有毛十數枚，長尺餘，毿毿然與眾毛異。」「毿毿然」形容垂拂紛披的樣子。在語義上，在中古時期，「毿毿」的表義寬泛：「亂毿毿」形容散亂貌；「柳毿毿」形容柳枝下垂貌；「白毿毿」形容毛髮白而長貌；「翠毿毿」形容柳絲翠而下垂貌。在結構上，ABB 式的類型也發生變化，「狀態形容詞＋毿毿」「名詞＋毿毿」「顏色語素＋毿毿」等。這裡「顏色語素」和「毿毿」之間具有並列關係，其語義都指向主語，即「白毿毿」指向「鬢毛」，「翠毿毿」指向「柳絲」，其組塊的 ABB 式都表狀態義。在句法功能上，它們都對前面的具體事物進行描寫，以作謂語。

　　新生重疊「茸茸」始見於唐代，該重疊詞主要描繪花草茂盛貌、柔細濃密貌、輕軟纖細的樣子、明媚的景色等。例如，唐王建《七泉寺上方》：「晨起衝露行，濕花枝茸茸。」唐馮延巳《金錯刀》其二：「柳條嫋嫋拖金線，花蕊茸茸簇錦氈。」唐盧仝《喜逢鄭三遊山》：「相逢之處花茸茸，石壁攢峰千萬重。」唐韓翃《宴楊駙馬山池》：「垂楊拂岸草茸茸，繡戶簾前花影重。」唐白居易《紅線毯》詩：「紅線織成可殿鋪，綵絲茸茸香拂拂。」唐張籍《賦花》：「宛宛清風起，茸茸麗日斜。」唐楊嗣復《贈毛仙翁》：「羽衣茸茸輕似雪，雲上雙童持絳節。」等等。可見，在語義上，「茸茸」所指對象的範圍比較寬泛。例（48）fgh 的「顏色語素＋茸茸」裏面蘊含著上面的意義：「綠茸茸」描寫黑而細長的鬍子；「白茸茸」描寫白色的頭髮茂盛貌；「黃茸茸」描寫黃色的蝴蝶鮮妍的樣子。「綠茸茸」和「白茸茸」的語義都指向前面的名詞。「黃茸茸」的語義指向前面的名詞，同時組塊裏面的新生重疊詞「茸茸」指向顏色語素「黃」。從而在結構上，前者具有並列關係，後者處在於由述補關係變為附加式的過渡狀態。在句法功能上，它們都作謂語，以為前面的名詞提供新信息。

（49）a. <u>鱗鱗</u>夕雲起，獵獵晚風道。（《文選·鮑照〈還都道中作〉》）

　　　b. <u>鱗鱗</u>別浦起微波，汎汎輕舟桃葉歌。（唐·李群玉《江南》）

　　　c. <u>鱗鱗</u>魚浦帆，濟濟蘆洲草。（唐·陶翰《早過臨淮》）

　　　d. 一曲一直水，白龍何<u>鱗鱗</u>。玉消花滴滴，虯解<u>光鱗鱗</u>。（唐·孟郊《寒溪》）

　　　e. 白雲<u>鱗鱗</u>滿河漢。（唐·盧綸《陳翃郎中北亭送侯釗侍御賦得帶冰流歌》）

　　　f. 秋葉風吹黃颯颯，晴雲日照<u>白鱗鱗</u>。（唐·張諤《九日宴》）

　　　g. 案《禹貢》黑水、西河之地，舜置十二牧，則其一也。……新平郡漢置。統縣二，戶二千七百。<u>漆漆</u>水在西。汾邑。（《晉書》卷十四《志第四·地理上》）

　　　h. 覺暮便歸舍，黃昏<u>黑漆漆</u>。（唐·龐蘊《詩偈》其五十三）

　　　i. 無明<u>黑漆漆</u>，渴來飲鹹水。（《同上》其七十六）

　　新生重疊「鱗鱗」和「漆漆」始見於中古時期。它們都是名詞重疊，和顏色詞構成 ABB 式。在語義上，「鱗鱗」形容鱗集貌、明亮貌、鱗狀物、雲彩、波紋等；「漆漆」形容黑暗貌。「白鱗鱗」描繪白而像魚鱗一樣的雲彩，「黑漆

漆」形容很黑。在結構上，「白鱗鱗」顏色詞「白」和新生重疊「鱗鱗」之間具有並列關係，這兩個語義因素都指向「晴雲」，「白」表示雲彩的顏色，「鱗鱗」描繪雲彩的形象。在中古時期，「白鱗鱗」出現 1 次，它是臨時性的詞語。「黑漆漆」是由顏色語素「黑」和名詞重疊「漆漆」構成的 ABB 式。這是在色物短語「黑漆」→物色詞「漆黑」→ABB 重疊式「黑漆漆」等變化發展的過程中產生的詞語。其形成機制來自物色詞「漆黑」的語義程度強化。物色詞「漆黑」見於《後漢書·班彪列傳》：「漆黑故曰玄。」唐孫樵《祭梓潼神君文》：「凍雨如泣，滑不可陟，滿眼漆黑，索途不得。」該詞的意義是黑暗貌。從例（49）hi 的句法結構中可以看出，在語義上「黃昏」和「黑漆漆」具有同義關係，「無明」和「黑漆漆」也具有同義關係。在「黑漆漆」裏面，「黑」和「漆漆」也具有同義關係。這表明，重疊詞「漆漆」對顏色詞起功能詞義的作用，以實現了語義程度強化的效果。可以看出，中古時期，「黑漆漆」已經詞彙化。

（50）a. <u>豔豔</u>金樓女，心如玉池蓮。（南朝梁·蕭衍《歡聞歌二首》其一）

　　　b. 少年窈窕舞君前。容華<u>豔豔</u>將欲然。（南朝宋·湯惠休《白紵歌三首》其二）

　　　c. 愁眉歇巧黛，啼妝落<u>豔紅</u>。（南朝梁·劉孝勝《妾薄命》）

　　　d. 只昨日顆邊<u>紅艷艷</u>，如今頭上白絲絲。（《敦煌變文·破魔變文》）

　　　e. 東風吹綻海棠開，香榭滿樓臺。香和<u>紅豔</u>一堆堆，又被美人和枝折，墜金釵。（《敦煌曲子詞集·魚美人》）

　　　f. <u>豔豔</u>剪紅英，團團削翠莖。（唐·元稹《遣興十首》其四）

　　　g. 夏龍痛毒雷雨多，蒲葉離披<u>豔紅</u>死。<u>紅豔</u>猶存榴樹花，紫苞欲綻高筍牙。（唐·元稹《有酒十章》其六）

　　　h. 花光晨<u>豔豔</u>，松韻晚騷騷。（唐·李德裕《述夢詩四十韻》）

　　　i. 何處杜鵑啼不歇，<u>豔紅</u>開盡如血。（唐·溫庭筠《河瀆神》其一）

　　　j. 家家樓上如花人，千枝萬枝<u>紅豔</u>新。（唐·韋莊《長安春》）

　　　k. 不似春風逞<u>紅豔</u>，鏡前空墜玉人釵。（唐·司空圖《華下對菊》）

　　　l. 一枝<u>紅豔</u>出牆頭，牆外行人正獨愁。（唐·吳融《途中見杏花》）

　　　m.紅者<u>霞豔豔</u>，白者雪皚皚。（唐·白居易《東坡種花二首》其一）

　　　n. 芳草叢生縷結，花豔豔，雨濛濛，曉庭中。（唐・盧綸《春日喜雨奉和馬侍中宴白樓》）

　　如見上例，出現於南北朝的新生重疊「豔豔」主要描繪花草鮮豔貌或人面容豔麗貌。「豔紅」「紅豔」比喻為「紅花」或「美女」。由此可見，新生重疊「豔豔」與顏色詞「紅」有密切聯繫。例（50）d 的 ABB 式「紅豔豔」形容桃紅的腮頰。在組塊的「紅豔豔」裏面，重疊詞「豔豔」對顏色語素「紅」添加附加意義來作補充說明。這裡「紅豔豔」已經詞彙化。例（50）m 的「霞豔豔」也和「雪皚皚」一樣，單音名詞「霞」與重疊詞「豔豔」之間具有比擬關係。它表示紅花像霞一樣紅豔豔的意思。在這裡，值得關注的是，「豔紅」與「紅豔」的出現，即構形的基式。「紅豔」是「豔紅」通過「移位」的語言手段產生的詞語。它們也是與「白雪」「雪白」一樣，暗示著由中古時期 ABB 式的主要產生方式「A＋BB」發展到「B＋BA」或「AB＋B」擴展式。我們發現，在宋代「豔紅」與「紅豔」分別重疊為「豔豔紅」和「紅豔豔」。

（51）a. 茲卉信叢叢，微榮未足奇。（南朝梁・范筠《詠慎火詩》）

　　　b. 芭蕉叢叢生，月照參差影。（唐・姚合《題金州西園九首・芭蕉屏》）

　　　c. 春圃紫芹長卓卓，暖泉青草一叢叢。（唐・王建《題裴處士碧虛溪居》）

　　　d. 健犢春耕土膏黑，菖蒲叢叢沿水脈。（唐・李賀《章和二年中》）

　　　e. 雨勻紫菊叢叢色，風弄紅蕉葉葉聲。（唐・杜荀鶴《閩中秋思》）

　　　f. 舊峰前昨下來時，白石叢叢間紫薇。（唐・齊己《將歸舊山留別錯公》）

　　　g. 賢聖讚揚千簇簇，天人歡喜萬叢叢。（《敦煌變文・妙法蓮華經講經文》）

　　　h. 碧叢叢，高插天，大江翻瀾神曳煙。（唐・李賀《巫山高》）

　　　i. 楚樹雪晴後，蕭蕭落晚風。……來年未離此，還見碧叢叢。（唐・齊己《聞落葉》）

　　新生重疊「叢叢」始見於南北朝時期。《說文》的解釋：「叢，聚也。從丵取聲。」「丵，叢生艸也。象丵嶽相竝出也。凡丵之屬皆從丵。」按此，在語義上，單字「叢」和重疊詞「叢叢」基本相同。據上例，中古時期，重疊詞「叢叢」的義項表現為「聚集貌」「濃密貌」「顏色濃豔」「石頭眾多貌」「數量

眾多」等。可見，重疊詞「叢叢」裏面蘊含著複數概念，這些語義是從草木聚集在一起生長的生態特徵引申而產生的。在唐代出現的「碧叢叢」也仍然保持其語義。例（51）h 的「碧叢叢」描寫青山重疊貌；例（51）i 的「碧叢叢」描寫楚樹（楮樹）茂盛貌。在這裡，「碧叢叢」具有指代性，即「巫山」和「楚樹」。在結構上，「碧叢叢」處於由述補式 ABB 式轉變附加式 ABB 式的過渡狀態。在句法功能上，例（51）h 的「碧叢叢」作主語。從不同的角度看，又可以看成是作一個單句；例（51）i 的「碧叢叢」作賓語。

（52）a. 翳翳結繁雲，<u>森森</u>散雨足。（晉・張協《雜詩十首》其四）

　　　 b. <u>森森</u>群像，妙歸玄同。原始無滯，孰云質通。（晉・郗超《答傅郎詩》其一）

　　　 c. <u>森森</u>連嶺，茫茫原疇。（東晉・謝安《蘭亭詩二首》其一）

　　　 d. <u>森森</u>千丈松，磊砢非一節。（東晉・袁宏《詩》）

　　　 e. <u>森森</u>荒樹齊，析析寒沙漲。（梁・丘遲《旦發漁浦潭詩》）

　　　 f. <u>森森</u>虎戟前，藹藹鑾旂轉。（陳・張正見《從籍田應衡陽王教作詩》其二）

　　　 g. 靡靡見虛煙，<u>森森</u>視寒木。（梁・蕭綱《登城詩》）

　　　 h. 澗松高百尋，四時寒<u>森森</u>。（唐・白居易《贈能七倫》）

　　　 i. 汪汪焉如萬頃之陂，<u>森森</u>焉若孤松之立。（《大唐萬年縣劉居士之墓誌》貞觀044）

　　　 j. 芝術迎風香馥馥，松檉蔽日影<u>森森</u>。（前蜀・杜光庭《題空明洞》）

　　　 k. 楚公畫鷹鷹戴角，殺氣<u>森森</u>到幽朔。（唐・杜甫《姜楚公畫角鷹歌》）

　　　 l. 松頭柏頂<u>碧森森</u>，虛檻寒吹夏景深。（唐・齊己《寄匡阜諸公二首》其一）

新生重疊「森森」已見於魏晉南北朝時期。《說文・木部》：「森，木多皃。從林從木，讀若曾參之參。」從語義上看，單字「森」的本義是樹木眾多貌。例（52）e 的「森森」屬於該義項，該重疊詞裏面具有數量眾多的意義。例（72）abcd 的「森森」的語義是從本義引申而來的：例（52）ab，描寫眾多貌，該語義反映了本義中蘊含的數量概念；例（52）c，描寫層巒疊嶂的樣子，該語義從樹木茂盛貌轉移至山嶺重疊，以使其語境義更為形象、生動。其他義項是隨

著語境的變化而產生的：例（52）d，描寫松樹高聳貌，該語義表示某種特指事物的語義特徵。這裡面蘊含著表示松樹類的集合概念；例（52）f，描寫森嚴而可畏的樣子；例（52）gh，描寫寒冷貌；例（52）i，描寫孤單的樣子；例（52）j，表示幽暗貌；例（52）k，表示殺氣騰騰的意思。可以看出，中古時期，重疊詞「森森」的語義變化較大，而且在語義擴大的過程中，其本義越來越淡化。但是，如見上例（52）l，在這一時期出現的「碧森森」反映著新生重疊的原義，即它表示樹木碧綠而茂盛貌。從句法功能上看，該詞語作謂語，以對前面的名詞進行描寫。

三、「顏色語素＋名詞」「顏色語素＋狀態形容詞」的擴展式

（53）a. 洞庭摘朱實，松江獻<u>白鱗</u>。（唐・韋應物《送劉評事》）

　　　b. 正是如今江上好，<u>白鱗</u>紅稻紫蓴羹。（唐・韋莊《雨霽池上作呈侯學士》）

　　　c. 紅粒陸渾稻，<u>白鱗</u>伊水魴。（唐・白居易《飽食閒坐》）

　　　d. 秋葉風吹黃颯颯，晴雲日照<u>白鱗鱗</u>。（唐・張諤《九日宴》）

「白鱗」始見於上古時期。如《史記・匈奴列傳》：「一云青驪白鱗，文如鼉魚。」在結構上，由顏色語素和事物名詞組成的「白鱗」是偏正式短語。如見上例，在中古時期「白鱗」已經詞彙化，其語義泛指魚。所以，中古的「白鱗」通過順向構形法可以重疊為「白鱗＋鱗」→「白鱗鱗」。可是，在唐代就出現一次，可以說是臨時性的。

（54）a. <u>紅焰</u>炎炎傳□□（盛），一回吹起一回高。（《敦煌變文・李陵變文》）

　　　b. 近火專憂<u>紅焰</u>燒，臨河恐墜清波死。（《敦煌變文・父母恩重經講經文》）

　　　c. 雕楣繡栱，<u>紅焰焰</u>以矜然；走楣行欄，炭硪硪而爭動，白紈表裏，紅紗上下，風含水精之瓦，煙照石項之砌，又有龍花瑞塔，降於忉利。（《唐文拾遺・張祐仁〈唐相州鄴縣天城山修定寺之碑〉》）

　　　d. <u>紅焰</u>出牆頭，雪光映樓角。（唐・劉禹錫《百花行》）

　　　e. 桂水夏瀾急，火山宵<u>焰紅</u>。（唐・劉禹錫《送僧方及南謁柳員外》）

「紅焰」「焰紅」「紅焰焰」始見於唐代。如見上例，在語義上，色物詞「紅焰」表示紅色的火焰、紅紅的太陽。物色詞「焰紅」是色物詞「紅焰」通過

「移位」產生的比擬式詞語。該詞對顏色語素「紅」添加形象性、生動性，其語義表示像火焰一樣的鮮紅色。物色詞「焰紅」是狀態詞，它相對於單音顏色詞「紅」富於描寫性，視覺上的突顯效果也更為卓越。雖然難以確定例（54）c 的「紅焰焰」的意義指向的對象是什麼，但表狀態義的那個 ABB 式基本上含有「焰紅」的意義。中古時期，「紅焰」成詞，所以該詞通過順向構形方式可以重疊為「紅焰＋焰」→「紅焰焰」。

（55）a. 郊園夏雨歇，閒院<u>綠陰</u>生。（唐・韋應物《苔端》）

　　　b. 重門布<u>綠陰</u>，菡萏滿廣池。（唐・韋應物《慈恩精舍南池作》）

　　　c. 噴日舒紅景，通蹊茂<u>綠陰</u>。（唐・韋處厚《盛山十二詩・桃塢》）

　　　d. 春初一臥到秋深，不見紅芳與<u>綠陰</u>。（唐・來鵠《病起》）

　　　e. 夾岸<u>綠陰</u>千里，龍舟鳳舸木蘭香。（唐・毛文錫《柳含煙》其一）

　　　f. 桐柳減<u>綠陰</u>，蕙蘭消碧滋。（唐・白居易《秋懷》）

　　　g. 細槳輕撶下白蘋，故城花謝<u>綠陰</u>新。（唐・陸龜蒙《和胥門閒泛》）

　　　h. 鳳樓高映<u>綠陰陰</u>，凝重多含雨露深。（唐・齊己《曲歌辭・其一・楊柳枝》）

　　「綠陰陰」也是與「白鱗鱗」一樣，其產生方式有兩種可能性。一種是構詞法。上面提到的「綠＋陰陰」類型的產生方式就是構詞法。對此，可以參見上例（10）。還有一種是以 AB 為基式的 ABB 式，該重疊式的產生方式是一種 AB 式複音詞的擴展式。《說文》釋為：「陰，闇也。水之南，山之北也。」可見，「陰」表示黑暗貌。按此，我們認為，在中古出現的「綠陰」的產生渠道是：述補式「綠陰」→「綠陰」的名詞化。在這裡，述補式「綠陰」中的狀態詞「陰」對顏色語素「綠」增添色彩濃度，即表示「深綠」的意思。在這一時期，由於它們經常連用，使用頻率很高，結合的緊密度很高，在語言使用者的心理上，「綠陰」已成為一個組塊，即名詞化。名詞「綠陰」又可重疊為「綠陰陰」，以由名詞轉變為表狀態義的詞語。

（56）a. 寂寥金屏空自掩，<u>青熒</u>銀燭不生光。（唐・王適《江上有懷》）

　　　b. 風臺觀滉瀁，冰砌步<u>青熒</u>。（唐・韓愈《和崔舍人詠月二十韻》）

　　　c. <u>青熒</u>芙蓉劍，犀兕豈獨剸。（唐・杜甫《八哀詩・其六・故秘書少監武功蘇公源明》）

　　　d. <u>青熒</u>陵陂麥，窈窕桃李花。（唐・杜甫《喜晴》）

　　e. 空堂留燈燭，四壁青熒熒。（唐・張籍《臥疾》）

　　「青熒」見於《文選・揚雄〈羽獵賦〉》：「玉石嶜崟，炫耀青熒。」李善注：「青熒，光明貌。」《說文》的解釋：「熒，屋下鐙燭之光。從焱、冂。」由此可見，「青熒」是由「熒」引申而來的，語義上例（56）的「青熒」與該詞的擴展式 ABB 重疊式，即例（56）e 的「青熒熒」基本一致，但其語義程度強化了。按照上面所舉的例子，這一時期，「青熒」的語義發生了變化。例（56）b，描寫冰砌透明清亮的樣子；例（56）c，古劍刀刃的寒光閃爍的樣子；例（56）d，描寫光潤而深綠的麥葉，該詞義和油綠一脈相通。可以看出，隨著語境的變化而其語義也變化，以「青熒」產生了多樣的義項。我們認為，其動因在於，「青熒」的頻繁出現和語言使用者的主觀性導致了其詞的語義變化。在這一過程中，顏色語素「青」和狀態詞「熒」之間的凝固性越強，以促使了「青熒」的詞彙化。在這裡，需要說明的是狀態詞「熒」的意義從具體名詞「熒」的語義特徵和語言環境中產生的。

四、小　結

　　以上是由原生重疊的生成到中古漢語顏色詞 ABB、BBA 式的連續性發展面貌。由此得出的結論是：

　　（1）從形態學的角度看，原生重疊屬於構詞法；大多數中古漢語顏色詞 ABB、BBA 式屬於造句法；少數中古漢語顏色詞 ABB、BBA 式屬於構詞法。這反映著重疊現象的反覆循環，即詞法→句法→詞法。按此形態變化的循環系統，中古的顏色詞 ABB、BBA 式結構類型的變化是大致如下：

　　第一類：由並列式變為述補式 ABB 式。→由述補式變為附加式 ABB 式（包括過渡狀態）。如，綠萋萋、白茫茫、白磷磷、紅團團、碧團團、紅灼灼、紅爍爍、綠陰陰、白紛紛等。

　　第二類：由主謂式變為比擬式 ABB 式。→由比擬式變為附加式 ABB 式。如，雪皚皚、霜皚皚→白皚皚，霞黤黤→紅黤黤，陽焱焱→紅焰焰等。

　　第三類：由附加式變為音綴式的過渡狀態 ABB 式。如，白差差、黃離離、紅離離、綠嫋嫋、青檆檆、黃撲撲、翠撲撲等。

　　我們認為，句法結構和具體語言環境中的語義變化對這些結構變化起了積極作用，即語義轉移導致了內部結構的變化。尤其是結構上在由「名詞＋原生

重疊」類型變為「顏色語素＋原生重疊」類型的過程中，隨著原生重疊的語義指向的對象逐漸與名詞遠離，靠近顏色語素，以顏色語素與原生重疊之間結合的緊密度也越來越高了。因此，由句法層面轉變到詞法層面的發展速度也加快了。

（2）漢語顏色詞的詞彙生動化方式主要有「重疊」「比擬」「移就」和「嵌入」四類。其形成機制來自「隱喻」「聯想」「模仿」「突顯」「強化」等心理現象。

（3）大多數原生重疊成為中古漢語顏色詞 ABB、BBA 式的主要成員。其發展趨勢是：「狀態形容詞＋原生重疊」→「一般性質形容詞＋原生重疊」→「顏色語素＋原生重疊」→「顏色語素＋新生重疊」；「名詞＋原生重疊」→「顏色語素＋原生重疊」。由此可見，ABB 式的語言成分「A」由狀態形容詞或名詞轉變為性質形容詞。這一演變告訴我們，形容詞的 ABB 式由靈活性、不穩定性系統逐漸發展到固定性、穩定性系統。

（4）中古時期，漢語顏色詞 ABB、BBA 式的產生路徑很複雜。我們認為，其原因有幾點：一是這一特點和原生重疊的類型及其語義功能的變化有密切關係。二是在組塊的 ABB、BBA 式結構裏，「A」的語言成分有很大的靈活性、不穩定性。三是上古時期，原生重疊表示某種特指對象的狀態義，而到了中古時期，在語義上，有的原生重疊沒有變化，有的在過渡狀態，還有的發生了變化。四是新生重疊和擴展式 ABB、BBA 式類型的基式「AB」或「BA」型複音詞的出現。例如，紅焰、白鱗、綠陰等。

（5）有些原生重疊，在和顏色語素結合之前，經歷了多次音變。例如，參差（周代）→差池（周代）→差差（戰國）→「差差綠」「白差差」（唐代）；峨峨／參差（西周）→嵾嵯（漢代）→嵯峨（漢代）→鬱嵯峨／鬱峨峨（南朝晉）→嵯嵯（唐代）→「碧峨峨」「綠峨峨」「青峨峨」「白峨峨」（唐代）；潺湲（戰國）→潺潺（漢代）→湲湲（漢代）→「碧潺潺」「綠潺潺」（唐代）。

（6）「顏色語素＋原生重疊＋地」結構的出現意味著中古漢語顏色詞 ABB 式的質變，即外部結構的變化。